불씨

2

불씨 2

초판 1쇄 발행 2021년 8월 20일

지은이 | 차해솔

발행인 | 김성룡
기획, 편집 | (주)스마트빅(쉼표)
교정 | 김은희
표지디자인 | 우물
출판등록 | 제2014-000017호 (2011년 6월 30일)

펴낸곳 | 도서출판 가연
주 소 | 서울시마포구 월드컵북로 4길 77, 3층 (동교동 ANT빌딩)
전 화 | 02-858-2217
팩 스 | 02-858-2219
ISBN | 978-89-6897-095-5 03810

차 례

8. 그 남자의 욕망(2) ---------------- 6

9. 사랑, 그게 뭐라고 --------------- 63

10. 본색 ------------------------- 88

11. 사랑이 짙어질 때 ------------- 108

12. 폭풍 ------------------------ 166

13. 그 남자의 추억과 꿈 ---------- 188

14. 비상 ------------------------ 219

15. 불씨 ------------------------ 259

외전 1. 품 · 296

2. 사랑이 있는 곳에 '삶'이 있다 · 326

3. 첫 번째 봄 · 351

작가후기 · 376

그 남자의 욕망 (2)

"어떡하지."

가로등 밑에 서 있는 서화의 얼굴이 초조했다. 그녀는 주차된 차의 창문을 거울삼아 몰골을 확인했다. 어떻게 머리를 손질해도 성에 차지 않았다. 갑자기 오겠다는 지한의 통보에 급히 씻느라 제대로 말리지도 못했다. 하는 수 없이 맨투맨에 달린 후드를 뒤집어쓰는데.

"거기서 뭐 해?"

서화가 흠칫 놀라며 뒤를 돌아봤다. 언제 도착했는지 지한이 비탈길에 서서 그녀를 주시하고 있었다.

"······여기 있는 줄 어떻게 알았어요?"

제원의 눈에 띄지 않기 위해 최대한 멀리 떨어진 곳에서 그를 기다리던 중이었다.

"너같이 보이는 애가 똥 마려운 강아지처럼 안절부절 못하고 있길래."

······똥 마려운 강아지. 속상한 마음에 눈을 흘기자 그가 작게 웃음을 터트렸다. 그러나 금세 세심한 눈길로 그녀의 상태를 살피며 다정히 물었다.

"오래 기다렸어?"

"아니요. 방금 왔어요."

"그런 거 같네."

그가 손을 뻗어 후드 모자 밖으로 삐죽 나온 머리칼을 살며시 움켜쥐었다.

"머리도 제대로 안 말리고."

서화의 두 볼이 발그레 달아올랐다. 그의 손길이 닿는 것만으로 심장이 울렁거렸다.

"다음에는 시간을 좀 넉넉히 줘야겠어. 그럼 낑낑거리진 않을 거 아냐. 뭐, 그건 또 그거대로 볼만 하지만."

지한이 만족스럽다는 듯 서화의 반대쪽 머리칼을 매만졌다. 그가 후드 밑에 달린 줄을 잡아당기자, 서화의 몸이 속절없이 끌려갔다. 순식간에 매듭을 지은 그가 빙그레 웃어 보였다.

"이러니까 진짜 강아지 같네."

"······"

"고양이 같기도 하고."

"……놀리니까 재미있어요?"

눈에 힘을 주며 남자를 노려보자 그의 입술이 더욱 곡선을 그렸다.

"응."

"원래 이런 사람이었어요?"

"내가 어떤 사람인데?"

어떤 사람이냐고? 그 대목에서 서화는 잠시 말문이 막혔다. 한 가지 확신할 수 있다면 그는 쉬운 사람이 아니었다.

첫 만남부터 그랬다. 언제나 그녀를 늪으로 빠트렸고, 혼란스럽게 만들었다. 하지만 그럼에도 시선을 잡아당겼다. 어느 순간 햇살 같은 미소가 그의 얼굴에 번질 때면 기분이 묘했다. 꼭 그에게 특별한 사람이 된 것만 같았다. 그래서 자꾸만 욕심을 품게 됐다. 이 미소가 오직 나로 인해 피어났으면 좋겠다고.

이런 마음을 한 번이라도 갖은 적이 있었나. 서화에게 '삶'은 지키는 것이었다. 간신히 얻은 새 가족에 포함되기 위해 무던히 노력했다. 양보하는 게 일상이었고, 수긍하는 게 당연한 인생이었다. 하지만 지한을 가만히 보고 있으면 가슴에 뜨거운 것이 울컥 치밀어 올랐다. 습관처럼 쓰고 있던 가면을 벗어던지고 싶어졌다. 겁 많고 연약한 존재. 보잘것없는 알맹이로 그를 마주하면 이상하게도 숨통이 트였다. 비로소 살아 있다는 생동감이 피부로 와닿았다. 그러니 그는…….

"좋은 사람이요."

머리칼에 머물던 지한의 손이 멈칫했다. 한층 짙어진 그의 시선

아래 서화는 고개를 들어 올곧이 눈을 맞췄다.

"그냥 이유 없이 모든 게 다 좋아요."

이제야 조금은 알 거 같다. 너무 뜨겁게 사랑해서 숨이 막힐 거 같다는, 유라와 동기들의 말이. 사랑이란 건 시시때때로 사람을 벅차오르게 했다. 제어할 수 없게 했다.

"또 이러네."

지한이 낮게 탄식하며 서화의 뺨에 손을 올렸다. 촛불처럼 일렁이는 여자의 눈을 가만히 바라보자 턱밑에 힘이 들어갔다.

"네가 자꾸 그러면 착각하게 돼."

내가 꼭 뭐라도 된 것처럼. 부질없는 용기를 한 움큼 쥐게 만든다. 어쩌면 너에게만큼은 괜찮은 어른이 될 수 있지 않을까. 좋은 사람이 될 수 있지 않을까.

"한 번만 안아 봐도 돼?"

생각지 못한 요구에 서화의 눈이 얼어붙었다.

"지금 좀 안고 싶은데."

머뭇거리던 서화는 조심스레 지한의 품으로 안겨들었다. 탄탄한 가슴팍에 얼굴이 닿자 긴 팔이 그녀를 가득 끌어안았다.

"너한테서 좋은 냄새 난다."

그가 후드 모자 위로 턱을 묻으며 중얼거리자 온 뼈마디가 찌르르 울렸다. 서화는 살포시 그의 옷자락을 그러쥐며 조심스럽게 물었다.

"있잖아요."

"응."

"무슨 일 있었어요?"

알 수 없는 무거움이 그에게서 묻어났다. 혼자만의 착각이라기엔 느낌이 좋지 않았다.

"전혀."

꽤 단호한 대답이 돌아왔다. 서화는 더 묻는 대신 지한의 품을 깊이 파고들어 넓은 등을 토닥여주었다. 그러자 한숨 같은 웃음이 정수리를 간지럽혔다.

"위로, 비슷한 건가."

나직이 중얼거린 그가 입술을 달싹였다.

"오서화."

"……."

"서화야."

생소한 부름에 서화의 눈이 들렸다. 주황빛 가로등 아래, 남자의 눈이 밤하늘에 반짝이는 별보다 아름답다고 생각한 순간이었다.

"내가 말했던가?"

볼을 살살 어루만지는 그의 손길에 마음이 간질거렸다. 그 틈을 타 그가 예고 없이 고백했다.

"좋아한다고."

멍한 표정의 서화를 보며 지한이 덧붙였다.

"그냥 그렇다고."

"……다시 말해줘요."

서화가 억울한 눈으로 재촉했다. 정신이 없었다. 방금 뭐가 지나갔는지.

"내가 뭐라고 했는데?"

"……뻔뻔해."

모르쇠로 일관하는 태도가 이토록 얄미울 수 없었다.

"몰랐어? 원래 연애도 뻔뻔한 놈이 잘하는 거야."

"그런 게 어디……!"

　반박하기 무섭게 입술이 겹쳐졌다. 서화의 눈이 크게 뜨이며, 양손은 허공 위로 붕 떠올랐다. 그러나 윗입술과 아랫입술이 번갈아 빨리며 말캉한 혀가 침입하자 스르르 눈이 감겼다. 벌어진 입술 새로 자꾸만 억눌린 신음이 흘렀다. 그가 느릿하지만 집요하게 입안을 휘젓고 다니자 몽글몽글한 감각이 아랫배에 쌓여갔다. 저도 모르게 발뒤꿈치를 들어 그의 목을 끌어안았다. 좀 더 그에게 닿고 싶었다. 그 마음을 알아챘는지 그가 허리를 당겨 안으며 몸을 밀착시켰다. 쿵쿵쿵. 누구의 것인지도 모르는 심장 소리가 맞닿은 가슴을 통해 울렸다.

"하아……."

　완벽히 맞물렸던 입술이 떨어지자 서화의 입에서 가쁜 숨이 새어 나왔다. 그녀는 몽롱한 얼굴로 지한을 올려다봤다. 흐릿하지만 열기 짙은 그녀의 시선에 지한이 서화의 아랫입술을 지분거렸다.

"참지 말까?"

"……."

"브레이크를 좀 걸어야 할 거 같은데, 자꾸 과속하고 싶어지네."

　그의 입가가 장난스럽게 말려 올라갔다. 그러나 눈빛만큼은 어느 때보다 뜨겁고 진중했다. 그제야 서화는 알 거 같았다. 그에게도 어떠한 경계선이 쳐져 있다는 걸. 그게 뭘까, 고민했으나 이내 그의 셔츠 자락을 꼭 움켜쥐었다. 어설프게나마 남자의 얼굴을 감싼 뒤, 살포시 입을 맞췄다. 촉. 이슬 한 방울이 툭 떨어지듯, 말갛고 투명한 입맞춤이었다. 서화가 떨리는 눈을 숨기지 못하며 지한을 올려다봤다.

"예전에 나한테 그랬잖아요. 한 번쯤 솔직해져도 나쁘지 않을 거라고."

"……"

"……생각보다 괜찮은 거 같아서."

뒤늦게 부끄러움이 몰려와 시선을 수그리자 턱이 붙들리고 고개가 들렸다. 다시금 젖은 입술을 쓸어내는 지한의 얼굴에서 장난기는 찾아볼 수 없었다. 고요하지만 냉담한 두 눈. 미소가 사그라든 입술에서 잠긴 음성이 흘러나왔다.

"응. 그래서 솔직해지려고."

"……읍."

다시 숨결이 빈틈없이 맞물렸다. 아랫입술을 깨무는 아찔한 통각에 입이 무방비하게 벌어졌다. 갈라진 틈으로 그가 거칠게 파고들며 맞닿은 혀를 뭉근히 비벼댔다. 그 야릇한 감각이 생생해질수록 서화의 이성은 흐물흐물 녹아내렸다. 꼭 바다 한가운데에 내던져진 기분이었다. 욕망에 충실한 그의 몸짓이, 여유를 잃고 입안 곳곳을 헤엄치는 그의 혀가, 귓가를 적시는 그의 달뜬 숨소리가 서화의 발목을 휘감았다. 그리고 끝이 없는 심해로 끌어당겼다. 서화는 기꺼이 몸을 맡겼다. 깊은 만족감을 느끼며 눈을 감았다.

좋았다. 이대로 잠겨 죽어도 전혀 아쉽지 않을 만큼.

* * *

아침부터 회사가 소란스러웠다. 한 중년 남성이 몇 시간째 이사실 앞에서 발을 동동 구르고 있었다. 문 앞을 막고 있는 경호팀에게 매달리는 몸짓은 처량하기 짝이 없었다.

"잠깐이면 되네. 10분, 아니 5분이면 돼. 잠깐만 차 이사 얼굴 좀 보겠다는데……."

"안 됩니다."

경호원 한 명이 단호히 남자를 제지했다. 남자가 울분에 찬 얼굴로 눈가를 부르르, 떨었다.

"그럼 어떡하란 거야. 얼굴 보자고 애걸복걸 매달려도 연락을 받기는커녕 깡그리 무시하는데! 그리고 내가 누군 줄 알고 이따위로 길을 막아. 나……!"

"무슨 일이죠?"

소음이 난잡한 공간 위로 낮은 음성이 불쑥 파고들었다. 몰려 있던 직원들이 홍해 갈라지듯 길을 터주었다. 매끄러운 앞코가 모습을 보이며 키가 큰 남성이 걸어 들어왔다.

"차, 차 이사. 잘 왔네. 잘 왔어."

남자가 반색하며 성준에게 달려갔다.

"긴히 할 이야기가 있어서 내 직접 찾아왔네."

성준은 화답하는 대신 시선을 내리깔았다. 판판하게 펴진 슈트 소매 위로 남자의 손이 김겨들나. 그 사실을 뒤늦게 인지한 남자가 황급히 팔을 떼며 난감한 웃음을 흘렸다.

"아니, 글쎄 오늘 회사에 갔더니……."

남자는 주변의 눈치를 살피며 목소리를 최대한 낮추었다.

"날 실직자 취급하지 뭐야. 이게 웬 날벼락이냐고. 어제까지만 해도……."

"전무직을 달고 있으셨는데 말이죠."

성준이 나긋이 내뱉자 남자의 눈에 화색이 돌았다.

"내 말이 그 말이야. 역시 차 이사랑은 대화가 통한다니까."

"그런데 지금은 아니잖습니까."

"……뭐?"

"그러니 절 찾아올 명분은 없으실 텐데요."

남자가 믿을 수 없다는 표정을 지었다.

"차 이사. 나 안상진이야. 어? 차 회장님 곁을 30년 가까이 지킨 안 전무라고."

"그러게."

"……."

"30년 동안이나 보필하셨으면 뭐가 옳고 뭐가 그른지는 구분을 하셨어야죠."

남자를 바라보는 성준의 두 눈이 싸늘했다.

"스무 살이나 어린 여자랑 노닥거릴 정신은 있고, 회사가 어떻게 돌아가는지는 안중에도 없으셨나 봅니다."

"차, 차 이사 지금 무슨 소리를……."

"계약직 건드리면 모를 줄 알았습니까?"

매서운 일침에 남자의 얼굴이 새하얗게 질려갔다. 차라리 잘된 일이었다. 어제 자르나, 오늘 자르나 언젠가는 치워야 할 인간이었다.

"그 여직원이 그러더군요. 안 전무님을 찾은 성희롱으로 당장 고소하고 싶은데, 배후가 두려워서 그럴 수 없다고. 그래서 부족하지 않게 손에 쥐여 주고 오는 길입니다."

"무, 뭘."

남자의 눈동자가 두려움으로 출렁거렸다. 성준이 손목에 찬 시계를 확인했다.

"지금쯤이면 도착했겠네요."

그 말이 끝나기 무섭게 남자의 휴대폰이 울렸다. 남자가 떨리는 손으로 전화를 받았다. 스피커 새로 '여보, 집에 웬 고소장이 하나 날라 왔어요.' 초조한 음성이 넘어오자 남자가 퍼렇게 뜬 얼굴로 소리쳤다.

"너, 너 이 나쁜 새끼!"

성준에게 달려드는 남자를 경호원들이 재빠르게 막아 세웠다. 남자가 발악하며 소리를 내질렀다.

"네가 어떻게 나한테 이럴 수 있어! 차 회장도 너도 나한테는 이러면 안 되지! 코딱지만 한 회사 키우겠다고 내 인생 반을 쏟았는데!"

그러거나 말거나 회사에 오점이 남는 놈이라면 그게 누가 됐든 가차 없이 내치는 게 차준택 회장의 신념이었다.

"어차피 너도 나랑 다를 거 없어. 차 회장 핏줄이면 뭐해. 애정이라곤 눈곱만큼도 없는데! 게다가 숨겨둔 둘째가 한국에 돌아왔다지? 그럼 뭐겠어? 넌 차 회장한테 말 질 듣는 개밖에 안 되는 거야. 개보다 못한 새끼라고!"

문고리를 잡아당기던 성준의 손이 잠시 멈추었다. 그는 고작 소리 한 번 내질렀다고 헉헉거리는 남자를 지그시 응시했다. 꼭 오물을 보는 것처럼 볼품없다는 시선이었다. 성준이 차게 명령했다.

"치우세요."

"놔, 놓으라고!"

처절하게 끌려 나가는 남자의 절규를 들으며 성준은 이사실로 들어섰다. 넥타이를 느슨히 풀어내는 손아귀에 힘이 들어갔다. 매듭이 풀리자 타이가 바닥으로 툭, 떨어졌다.

성준은 의자에 등을 묻으며 숨을 깊게 내쉬었다. 기분이 더러웠다. 언제부턴가 그를 둘러싼, 뒤바뀐 공기가 마음에 들지 않았다. 아마도 그 녀석이 온 뒤로부터겠지. 서지한이 귀국하자 기쁨을 감추지 못하던 준택은 녀석이 집을 나간 뒤로 식음을 전폐한 사람처럼 굴었다. 어제는 그 증상이 더욱 극심해졌다. 녀석과 무슨 일이 있었는지 밥 한 숟갈 뜨지 못하고 창밖만 하염없이 바라봤다.

우스웠다. 서지한이 죽은 것도 아니고, 고작 집을 나간 것뿐인데 무너질 듯한 그의 모습이 가증스럽기 짝이 없었다. 태어났을 때부터 그랬다. 상이란 상은 죄다 휩쓸어 그에게 갖다 바쳐도, 그가 밟지 못해 한이 됐던 엘리트 코스를 남부럽지 않은 실력으로 순순히 밟아줘도, 뛰어난 추진력으로 회사 주주들의 신임을 얻어와도. 성준을 향한 준택의 시선은 한결같았다. 갖은 노력에도 그를 둘러싼 공기는 언제나 고요했다. 기뻐하는 사람도, 흐트러지는 사람도 없었다. 도리어 넌 당연히 그래야 하지 않냐는 강박 어린 시선만 따라붙었다.

똑똑. 간결한 노크 소리에 성준이 눈을 감으며 말했다.

"들어와요."

문이 열리며 윤 실장이 나타났다. 그는 각 잡힌 몸짓으로 책상 앞으로 다가와 황갈색 봉투를 내려놓았다.

"말씀하신 인적 사항입니다."

성준이 눈을 뜨며 봉투를 집어갔다. 서류 몇 장이 긴 손가락에 의해 끌려 나왔다. 그 안에 적힌 내용을 찬찬히 살피던 성준은 어느 순간 시선을 붙박았다.

"용케 살아 있었나 보네?"

되묻는 입술에 흥미로운 미소가 번졌다. 기다렸다는 듯 윤 실장이 입을 열었다.

"최승원이 아닌 최익준이라는 이름으로 개명을 한 뒤 과거 신분을 숨긴 채 살아가고 있었습니다. 올해로 다른 여자와 식을 올린 지 벌써 25년째라더군요."

"오서화가 친딸인 건 알고 있나?"

"네. 알고 있는 눈치였습니다. 근데 김윤서가 죽은 후로 일절 오서화 양을 찾아온 적이 없다고 합니다."

"그 세월이 합쳐 25년이라……."

25년. 오서화의 나이도 스물다섯이던가. 즉, 최승원한테 '김윤서'를 제외하고도 다른 여자가 있었다는 걸 뒷받쳐주는 증거였다. 오서화가 태어나기 전부터. 혹은 꼴에 어울리지도 않은 양다리를 걸쳤거나.

"슬하에 아들 한 명과 유학 중인 딸이 한 명 있으며, 현재는 노량진 골목 상가에서 자그마한 음식점을 운영 중입니다."

"조만간 날짜 잡죠."

"알겠습니다. 그리고 전달 드릴 사항이 하나 더 있습니다."

윤 실장이 재킷 안쪽에서 휴대폰을 꺼내 책상에 내려놓았다. 화면에 떠오른 빨간 버튼을 누르자 녹음파일 하나가 재생됐다. 30초도 채 되지 않는 짧은 파일이었다.

−I have nothing to say. Please do not contact me with this issue anymore.

[난 할 말 없어요. 더는 이 문제로 연락하지 말아요.]

외국어를 구사하는 중년 여성의 음성이었다. 그녀는 온화한 톤으로 'NO.'를 여러 번 구사하더니, 이내 전화를 끊었다.

"누구지?"

성준이 깍지 낀 손등에 턱을 묻으며 물었다.

"2년 전, 파리 중심가에서 일어난 6중 추돌 사건 사망자 중 한 명의 부모입니다."

사망자라면…….

"서지한이 죽였다는 그 친구?"

"네."

"보아하니 문제가 생긴 거 같은데."

윤 실장이 기척 없이 뒷짐을 지며 진실을 실토했다.

"사고 관계자들과 서지한이 다닌 회사 측근들의 말에 따르면, 사망자의 어머니가 서지한을 굉장히 증오했다고 합니다. 작업실 앞에서 1인 시위를 한 적도 있고요. 그런데 갑자기……."

"태도를 바꾸셨다?"

탁탁. 성준이 책상을 엄지로 두드리며 입술을 쓸었다. 녹음된 여자의 어조는 아들이 죽은 건 안타깝지만, 더는 그 일을 언급하고 싶지 않다는 단호한 의사를 품고 있었다.

"남편이랑은 연락 해봤나?"

"그게……. 현재 아내와 별거 중이랍니다. 젊었을 때부터 자주 다툼이 있었다는데, 한 번 이혼했다가 아들, 마크 때문에 10년 전에 재혼했다더군요. 지금은 다시 갈라선 사이입니다."

"아들이 어떻게 죽었는지는 알 거 아니야."

"그 문제로 한동안 아내와 크게 다퉜다고 합니다. 아마 별거를 한 이유도 그게 아닐까 추측 중입니다."

성준은 팔짱을 끼며 한쪽 눈썹을 치켜세웠다.

"어째서? 진부한 부성애가 뒤늦게 발동이라도 했나. 아들의 죽음에 대한 진실을 파헤치고 싶어서? 아님 다른 저의라도?"

성준은 준택을 보좌하면서 이런 비스름한 사건을 자주 보아 왔다. 자식이 덮어쓴 누명을 벗기고자 진실한 마음으로 회사와 싸우는 부모도 있었지만, 다른 목적을 가지고 태클을 거는 인간도 수두룩했다. 이때다 싶어 모성애와 부성애를 내세우며 자금을 요구하는 돈벌레 같은 것들 말이다. 성준이 겪은 부류는 대부분 후자였다.

"왜 대답이 없지?"

침묵하는 윤 실장을 나직이 재촉하자 그가 마지못해 입술을 뗐다.

"아직은 심증만이라 좀 더 확실해지면 전달 드리려고 했습니다."

"최소한 후자라면 됐어요. 그쪽이 다루기도 훨씬 편하니까. 연락 닿는 대로 일 진행해요."

"알겠습니다. 그리고 이건."

또 다른 봉투 하나가 슥, 들이밀어졌다. 어쩐지 조심스럽고 신중한 손길이었다. 그 의미를 알아챈 성준이 상황을 정리했다.

"두고 나가봐요."

윤 실장이 나가고 성준의 두 눈은 한동안 뜯지 못한 봉투에 머물렀다. 하지만 이내 커터 칼로 입구를 한 번에 베어냈다. 내용물이 와르르, 책상 위로 쏟아졌다. 죄다 같은 사람을 담고 있는 사진이었다. 성준은 부채꼴 모양으로 널브러진 사진 중 한 장을 집어 들었다. 익숙한 여자가 누군가를 보며 웃고 있었다. 성준은 처음 보는 미소였다.

이렇게 밝게 웃을 줄도 알았나? 오서화는 한 남자를 보며 자주 웃었다. 그게 '서지한'이란 것에 성준의 낯빛이 차게 식어갔다. 길을 걸으면서, 버스에 올라타면서, 점심을 먹으면서. 시도 때도 없이 서지한을 보며 미소를 감추지 못했다. 그건 서지한도 마찬가지였다. 도망치다시피 한국으로 돌아온 주제에 꽤 편한 얼굴로 오서화를 마주하는 면모가 뻔뻔했다. 마치 무구한 얼굴로 성준의 세상에 불쑥 침입한 그날처럼.

'인사하거라. 앞으로 네 동생이 될 녀석이다.'

준택은 어린 지한의 손을 잡고 성준의 방문을 서슴없이 두드렸다. 불청객 그 이상, 그 이하도 아니었던 아이. 녀석은 어머니를 잃었다는 이유로 성준의 세상을 흩트리는 특권을 쥐게 됐다. 틈만

나면 그의 방에 수시로 들락거리며 말을 걸었다.

'형. 공부 끝나면 나랑 놀면 안 돼?'
'형. 밥 먹었어?'
'형. 나 악몽 꿔서 그러는데, 같이 자주면 안 돼?'

모든 게 거슬렸다. 할 수만 있다면 당장 눈앞에서 없애버리고 싶
었다. 간신히 충동을 억누르고 녀석을 내치면 녀석은 겁에 질린
얼굴로 아버지에게 달려갔다. 그럼 준택은 주저 없이 녀석을 안
고 잠이 들 때까지 곁을 지켜주었다. 성준에게는 있을 수 없던 일
이었다. 그의 세상이 처음으로 어그러지기 시작한 순간이었다.
　이번에도 다를 건 없었다. 서지한은 여전히 주변을 맴돌며 그가
가진 것들을 건드렸다. 그 대상이 '오서화'란 것에 성준은 조소했
다. 문득 어젯밤 녀석이 던진 말이 떠올랐다.

'늘 느끼는 거지만 참 보잘것없는 알맹이야.'
'그래서 난 형이 불쌍해.'
'스스로한테 좀 솔직해지려고 해봐.'
'그럴 필요가 충분히 있어 보이니까.'

"누가 누굴 보고 솔직해지란 건지."
　녀석이 던진 충고에는 치명적인 위선이 담겨 있었다. '강호'가 성
장하고 그 품위를 유지하는 데 불필요하다고 생각되는 것들은 소
리 없이 흔적을 지웠다. 그게 무엇이든지 간에. 그리고 그 뒤치다

꺼리는 언제나 성준의 몫이었다. 고고하게 하고 싶은 것만 하고 다니는 서지한과는 달랐다. 늘 손에 오물이 묻고, 냄새가 배는 일은 성준이 도맡아야 했다. 차준택의 장남이란 이유로, 그의 수단이 되었고 도구가 되었다.

성준은 눈을 지그시 감았다. 머릿속을 배회하는 생각을 하나둘씩 정리하던 참이었다. 꽤 흥미로운 결단이 까만 동공 위를 스산하게 스쳐 갔다. 넌 어차피 차준택의 개나 다름없다던 안 전무의 절규처럼.

그래, 어쩌면.

어쩌면. 진짜 '개'가 되어보는 것도 썩 나쁘지 않겠다고.

* * *

-그럼 오늘 같이 못 가는 거예요?

스피커 너머로 넘어온 음성에 서운함이 묻어났다. 지한은 차 핸들을 돌리며 내비게이션에 뜬 현재 시각을 확인했다.

[AM 6:40]

최대한 속도를 밟아야 약속장소에 늦지 않게 도착할 수 있었다. 그런 이유로 서화를 차에 태우고 학교까지 동행하는 짧은 데이트는 오늘 생략해야 했다.

"응. 그렇게 됐네."

-그렇구나.

"서운해?"

-아니요. 전혀.

말은 그렇게 해도 아쉬운 기색이었다. 그게 또 지한은 좋았다. 유치하단 걸 알면서도 타인에게는 선을 긋고, 그에게만 진심을 보이는 서화가 요즘 들어 부쩍 사랑스럽게 느껴졌다.

"그래? 난 좀 허전한데."

-뭐가요?

지한이 통화 사운드의 볼륨을 높이며 말했다.

"네 손."

-…….

"잡을 때마다 착 감기는 게, 느낌이 좋거든."

그녀와 사귄 지 한 달이 된 참이었다. 그새 손을 잡고 운전을 하는 게 습관이 됐는지 아무런 온기도 느껴지지 않는 오른손이 오늘따라 허전했다.

-날씨가 좀 덥네요.

부끄러운지 냉큼 화제를 돌리는 목소리가 어색했다.

"그러게. 안 그래도 잘 달아오르는 얼굴인데, 오늘 같은 날은 더 익겠어."

스피커 새로 침묵이 감돌았다. 지한은 자연스레 서화를 떠올렸다. 지금쯤 입술을 앙다문 채 산딸기처럼 상기돼 있을, 오서화를.

-끊어요.

이니니 다를까, 단호한 반응이 돌아오자 지한은 민첩하지만 여유로운 목소리로 그녀를 붙잡았다.

"끝나고 연락할게."

또다시 침묵이 찾아오더니, 새침한 음성이 날아들었다.

-저녁에 봐요.

"응."

미소가 입가에 번지며 통화는 끝이 났다. 지한에게는 지극히 낯선 현상이었다. 그녀와 연락을 할 때마다 습관처럼 입꼬리를 우연히 거울이나 통유리에 비쳐 보게 될 때면 기분이 썩 좋지 않았다. 뭐랄까. 좀 덜떨어진 놈 같았다. 꼭 사랑이 전부인 것처럼 구는. 또다시 통화가 걸려왔다. 발신자를 확인한 지한은 언제 그랬냐는 듯 무심한 얼굴로 돌아왔다.

-오고 있어?

이번에 통화를 건 상대는 외국어를 구사하는 남성이었다. 지한이 낮은 한숨을 흘렸다.

"누구 때문에 교통법 위반이란 위반은 골고루 하는 중."

-그거 반가운 소식이네. 날 사랑하는 만큼 밟아봐. 그럼 일 분 뒤에 볼 수 있는 건가?

능글맞은 말투가 여전했다. 지한은 남자의 이름을 나직이 씹어 뱉었다.

"제이클."

로마에 상륙하고 처음으로 맺은 인연. 그리고 지금까지 유일하게 연락하는 동료 제이클이 한국에 귀국했다는 소식을 접하게 된 건 정확히 새벽 5시 20분쯤이었다. 뜬금없이 '나, 한국이야.'라고 예고도 없던 통화가 걸려왔다. 덕분에 지한은 3시간도 채 자지 못한 채 부랴부랴 씻고 차를 몰아야 했다.

끼익-. 브레이크가 밟히며 기어가 당겨졌다. 공항이라고 크게 써진 팻말이 보였다.

지한은 단숨에 제이클을 찾아냈다. 이 날씨에 비니를 쓰고 해맑게 손을 흔드는 얼굴이 눈에 띄지 않을 리 없었다. 그런데 지한은 좀처럼 차에서 내리지 못했다. 제이클의 등 뒤로 익숙한 인영이 보였다. 키카 크고, 슈트가 잘 어울리는 여자. 지한이 눈을 가늘게 뜨며 여자의 이름을 읊조렸다.

"송유미?"

거짓말처럼 유미의 시선이 지한을 향해 돌아갔다. 그녀는 손가락으로 차량을 가리키며 성큼성큼 다가왔다. 그리고 조수석 문을 벌컥, 열어젖히며 얼굴을 들이밀었다.

"빨리빨리 와야 할 거 아니야."

지한은 핸들에 팔을 걸치며 무심한 눈으로 물었다.

"네가 여기서 왜 튀어나와."

"뭐? 튀어, 나와? 하여간 말 한번 예쁘게 하는 꼴을 못 봤지. 왜겠어?"

"Hi. Jihan."

유미의 등 뒤로 제이클이 나타나며 해맑게 인사했다. 그는 천연덕스러운 몸짓으로 뒷좌석에 냉큼 올라탔다. 그 사이 제이클의 짐을 트렁크에 싣고 온 유미가 조수석에 착석하더니, 벨트를 매고 전방을 가리켰다.

"자, 이제 출발해야지."

미소 짓는 얼굴이 지나치게 여유로웠다. 꼭 이렇게 널 줄 알고 있던 사람처럼.

"설명이 필요할 거 같은데."

지한이 알기로 제이클과 유미는 일면식이 없었다. 그런데 위화
감이라곤 전혀 느껴지지 않는 두 사람의 모습은 뭐란 말인가. 지
한의 눈이 싸늘히 식어가자 유미가 조심스레 운을 뗐다.

"실은 그게 말이지."

* * *

누굴 만나길래 꼭두새벽부터 나간 거지. 서화는 학교에 도착한
후로 줄곧 휴대폰만 바라봤다. 수업이 겹치면, 아니 겹치지 않더
라도 늘 자신을 태우고 학교까지 바래다주던 지한이었다. 고작
30분도 되지 않는 시간이었지만, 그래서 더 달콤하고 중독성 있
는 데이트였다.

"선배님, 이건 좀 구리겠죠?"

생각에 잠겨 있던 사이, 후배 한 명이 서화에게 다가왔다.

"선배님, 회화과에서 이번 부스 뭐 할 거냐고 물어보는데 뭐라고
할까요? 겹치지 않길 바라는 눈치던데."

"선배님, 강 교수님이 그러셨는데……."

여기저기서 서화를 찾는 소리가 들끓었다. 오늘도 변함없이 조
소과는 분주했다. 초여름을 앞둔 5월 말. 일 년에 한 번씩 찾아오
는 대학 축제가 코앞으로 다가왔다. 과마다 특성을 살려 부스를
운영해야 했기 때문에 아침저녁으로 학교가 떠들썩했다.

"우리 같은 노땅이 참여하면 민폐 아니냐?"

은정이 책상에 축 늘어지며 잠이 묻은 목소리로 말했다.

"하긴. 신입생한테 졸업을 앞둔 선배는 화석이지."

옆에 앉은 가은이 맞장구를 쳤다.

"화석 정도면 선전했지. 까딱하면 고인돌 취급받게 생겼는데."

"이럴 거면 휴학하지 말고 바로 졸업할 걸 그랬나."

"웃긴다. 지네들은 안 늙는 줄 알아?"

립스틱을 분주히 바르던 유라가 살벌한 표정으로 대화에 끼어들었다.

"사람은 다 꾸미기 나름이야. 가꾸면서 살면 서른이 스무 살처럼 보이는 거고, 마흔이 서른 살처럼 보이는 거라고."

"그래서 오늘은 잘 입지도 않는 치마를 걸치셨고?"

은정이 턱을 괴며 시선을 내렸다. 유라의 차림새가 평소와 남달랐다. 트레이드 마크였던 후줄근한 추리닝은 어디 가고, 풋풋함이 물씬 풍기는 프릴 원피스가 그녀의 몸을 감싸고 있었다.

"서재욱이 대단한 놈이긴 해. 노유라 개과천선도 시킬 줄 알고."

"뭐, 뭐래. 나 원래 이런 스타일 좋아했거든?"

"뭐야. 결국 사귀기로 한 거야?"

가은이 놀라움을 금치 못하며 눈을 동그랗게 떴다. 유라가 성급히 그녀의 입을 틀어막았다.

"조용히 해. 일 키우지 말란 말이야."

졸업이 얼마 남지 않은 시점에서 재욱과 교제 중이라는 걸 들키게 돼봤자 좋을 게 없었다.

"그 연영과 연하남이랑은 어떻게 되고? 잘 돼 가던 거 아니었어?"

마저 립스틱을 바르던 유라가 멈칫하며 얼굴을 굳혔다.

"말도 마. 그 새끼, 알고 보니까 재활용도 불가능한 쓰레기였어.

양다리도 아니고 문어 다리를 걸치셨더라? 이은정이 말 안 해줬으면 깜빡 속을 뻔했잖아. 연영과 아니랄까 봐 연기가 어찌나 수준급이던지. 얼마 전에는 대뜸 찾아와서 영화표를 주는데, 그 자리에서 찢고 싶은 걸 겨우 참았다."

"대박. 무슨 영화였는데?"

"나도 몰라. 아, 여기 있네. 생각난 김에 버려야겠다."

유라가 지갑에서 하얀 종이 두 장을 꺼내었다. 그것을 은정이 무심코 가져가며 적힌 영화 제목을 중얼거렸다.

"미로? 이런 게 최근에 나왔었나?"

"찾아보니까 옛날 영화던데? 이번에 리메이크 했나 봐."

"아, 이거 그거네. 그 누구지? 비운의 여배우로 종종 언급되는 사람."

골몰하던 가은이 불현듯 크게 소리 냈다.

"아, 맞아. 김윤서."

필기하던 서화의 손이 멈춘 것도 그때였다.

"이거 찍고 뜨나 싶더니, 얼마 되지 않아서 결혼 소식이 터졌다던가. 근데 결혼한 지 10년도 안 돼서 갑자기 죽는 바람에 한때 시끌벅적했나 봐. 이래서 천재는 일찍 데려가나 싶기도 하고. 너희 미로 안 봤지? 시간 나면 꼭 봐. 여주인공 연기가 수준급이야."

"이 사람 맞아?"

유라가 휴대폰을 내밀며 묻자 가은이 고개를 끄덕였다.

"응. 맞아. 어쩜 지금 봐도 촌스럽지가 않냐. 이때는 메이크업도 수수했을 텐데."

"근데 가만 보니까…… 오써랑 좀 닮지 않았어?"

유라가 악의 없는 눈길로 서화와 사진을 번갈아 봤다.

"어? 그러고 보니까……."

가은을 비롯한 은정까지 다소 놀란 얼굴로 서화를 바라본 때였다. 끼이익, 의자가 밀려나며 웅크려 있던 작은 실루엣이 몸을 일으켰다.

"오써, 어디 아파? 얼굴이 왜 그래?"

안 그래도 하얀 서화의 얼굴이 유독 창백하게 질려 있었다. 책상을 짚은 손등에는 새파란 핏줄이 도드라졌다.

"나, 잠깐. 화장실 좀……."

서화는 도망치듯이 자리를 박찼다. 남은 학생들이 어리둥절한 표정을 지었다. 유일하게 은정만이 심각한 얼굴로 그녀의 발자취를 좇았다.

* * *

"하아, 하아……."

서화는 화장실 칸막이에 몸을 숨기자마자 밭은 숨을 연달아 토해냈다. 가슴을 움켜쥐고 있는 손이 파르르 떨렸다. 숨을 쉬기가 괴로웠다. 갑자기 사위가 흐릿해지더니, 거대한 어둠이 집어삼킬 것처럼 덤벼들었다.

"왜 또 이러는 거야."

이젠 딤딤할 내노 냈는데. 김윤서의 이름이 가은의 입에서 튀어나오자 도둑질을 하다 걸린 것처럼 심장이 벌렁거렸다. 두려웠다. 혹시라도 그 여자의 친딸이 나란 걸, 그리고 그런 아름다운 여자한테 학대받고 자랐다는 걸 누군가 알게 될까 봐 도망치듯이 실기장을 빠져나왔다.

똑똑. 노크 소리에 서화가 몸을 굳히며 닫힌 문을 바라봤다.

"나야."

익숙한 음성. 은정이었다.

"주변에 아무도 없으니까 문 좀 열어봐."

잠시 망설이던 서화는 잠금장치를 풀었다. 열린 문틈 새로 빛이 스며들며 은정의 얼굴이 나타났다.

"괜찮아?"

"은정아."

"일단 나와. 거기 있어봤자 더 심란해지기만 해."

은정이 부드럽게 서화의 손목을 잡아당겼다. 순순히 끌려 나온 서화가 호흡을 크게 들이켜며 시선을 부딪쳤다.

"병원에는 안 가 봐도 괜찮겠어?"

"괜찮아."

"괜찮긴. 하여간 너는……. 됐다, 좀 진정되면 들어와. 애들한테는 대충 둘러댔으니까 티 내지 말고."

"왜…….."

"……."

"왜…… 아무것도 안 물어봐?"

이쯤 되면 답답해서라도 물어볼 만했다. 우연인지 필연인지 몰라도 감정이 널을 뛸 때마다 항상 은정이 곁에 있었다. 언제나 완벽함을 추구하며 학교생활을 보내려던 서화였기에 이런 모습이 은정에게는 낯설 법도 했다. 그러나 그녀는 침묵하거나 화제를 돌리는 것으로 일관했다.

"본인도 감당 못 할 이야기를 남이 들어서 뭐 해. 복잡한 건 딱 질색이야. 위로답지 않은 위로로 물 흐리는 건 더 질색이고."

"미안해."

"또 뭐가. 그래도 나, 너한테 불편한 사람은 아닌 줄 알았는데, 혼자 앞서갔어? 그런 거야?"

"아니, 맞아."

은정을 비롯한 유라와 가은까지. 그녀들이 없었으면 휴학을 포함한 5년간의 대학 생활을 어떻게 버텼을지 상상이 안 갔다.

"정 힘들면 백마 탄 왕자님이라도 부르던가."

그게 무슨 소리냐며 서화가 눈을 끔뻑였다.

"누구겠어. 겸임이지."

"그런 거 아냐."

서화는 소심하게 발끈하며 고개를 저었다. 은정이 허리를 숙이며 서화의 얼굴을 골똘히 응시했다.

"너 겸임 앞에서도 이렇게 변하니?"

⋯⋯변하다니?

"이게 산딸기야, 토마토야?"

그제야 서화는 거울에 반사된 자신의 얼굴을 알아챘다. 불그스름한 열기가 하얀 목덜미를 시작으로 이마 끝까지 번져있었다. 은정이 픽, 웃으며 허리를 세웠다.

"뭐, 범생이처럼 구는 것보단 이쪽이 보기는 훨씬 더 좋네. 좀 추스르면 들어와. 먼저 갈 테니까."

은정이 등을 돌리고 금세 멀어져갔다. 그녀의 호의 덕분인지 두

방망이질 치던 심장이 차차 안정을 되찾았다. 서화는 화장실을 빠져나와 강의동을 이어주는 복도로 향했다. 은정의 입질 때문인지 지한의 목소리가 듣고 싶어졌다. 짧은 신호음 끝에 통화가 이어졌다.

ㅡ여보세요.

듣기 좋은 중저음이 스피커로 넘어오자 입가에 흐린 미소가 피어났다. 왠지 모를 울컥함에 그의 이름을 부르려던 찰나였다.

"……."

서화의 입술이 굳게 다물렸다.

ㅡ여보세요? 오서화, 무슨 일이야?

수상함을 느낀 지한이 낮은 목소리로 그녀를 추궁했다. 복도 끝에서 다가오던 검은 실루엣이 서화의 앞에 멈춰 선 것도 그쯤이었다. 제원이 뒷짐을 진 채 서화를 내려다봤다.

"여기서 뭐 하는 거지?"

서화는 휴대폰을 등 뒤로 숨기며 주위를 살폈다. 다행히 두 사람을 알아볼 만한 기척은 느껴지지 않았다.

"잠깐 볼 일이 있어서 나왔어요. 이제 막 들어가려던 참이었고요."

제원은 무감한 얼굴로 서화를 훑어 내렸다. 어쩐지 날이 선 듯한 시선이었다. 휴대폰을 숨긴 서화의 손에 힘이 실렸다.

"별일 아니라면 됐다."

제원이 눈길을 거두며 한 발짝 물러섰다.

"여긴 어쩐 일이세요?"

그는 이곳이 아니라 총장실에 있어야 했다. 이 건물과는 정 반대에 있는.

"황 교수랑 할 이야기가 있어서 차 한잔하고 나오는 길이다."

황 교수라면 제원의 대학교 후배였다. 종종 자택에 찾아와 저녁 식사를 즐기는 얼굴을 몇 번 본 적이 있었다.

"서화야."

"네."

서화는 최대한 차분한 얼굴로 제원을 올려다봤다. 뒷짐을 지고 서 있는 그의 몸짓은 꼭 한 마리의 공작새를 보는 것처럼 곱고 우아했다.

"흐트러지는 모습을 쉽게 보이지 말렴."

그가 더없이 부드러운 목소리로 속삭였다.

"적어도 이 캠퍼스 안에서만큼은 날 실망시키지 않았으면 좋겠구나."

"……."

"이만 가 보거라."

제원이 입술을 끌어당기며 복도 반대편을 턱짓했다. 네가 있어야 할 마땅한 자리로 돌아가라는 명령과도 같았다. 서화는 천천히 다리를 움직였다. 그러기 무섭게 제원이 다시 그녀를 불러 세웠다.

"생각은 해봤니?"

"……."

"그 여자 기일 말이다."

간신히 진정된 심장이 언제 그랬냐는 듯 발작을 일으켰다. 쿵쿵 쿵. 불규칙한 심장박동이 갈비뼈를 타고 귓가를 아프게 때렸다.

"다음 주 토요일이다."

폭탄과도 같은 말을 남기며 제원이 등을 보였다. 서화는 한동안 못 박힌 채 서 있었다. 한 번도 그 여자의 죽음에 대해 안타까워한 적이 없었다. 오히려 미친 듯이 원망했다면 모를까. 그런 사람을 내가 어떻게…….

"……다시 볼 수가 있어."

닥쳐오는 절망을 감당하지 못하며 눈을 감았다. 그리고 한 남자가 그 모습을 어둠 속에서 지켜보고 있었다. 다름 아닌 제원이었다. 그는 벽에 등을 기댄 채 당장이라도 무너질 것처럼 서 있는 서화를 고요히 응시했다.

19년, 긴 세월 동안 지켜본 아이의 모습 그대로였다. 금세라도 울음을 터트릴 것 같은 얼굴, 하얗게 질린 안색, 파르르 떨리는 작은 입술. 이 모든 조건이 갖춰질 때면 제원은 풍족한 만족감을 느꼈다. 그러니 변해서는 안 될 일이었다. 그의 울타리가 곧 세상 전부란 걸 느끼게끔, 오서화는 한결같아야만 했다. 그래야지만 이 지독한 감정을, 갈증을, 원망을 으스러트릴 수 있었다. 해소할 수 있었다.

그런데 언제부턴가 날파리 같은 게 나타나 그의 신경을 수시로 긁어댔다. 제원의 두 눈이 서화의 손에 쥐어진 휴대폰으로 향했다. 누구와 통화 중이었는지 안 봐도 눈에 선했다. 제원은 재킷 안에서 휴대폰을 꺼내었다. 능숙하게 11개의 번호를 누른 뒤 스피커를 귀에 가져다 댔다.

"차 이사님, 접니다."

* * *

"서화 씨한테 무슨 일이라도 생겼어?"

일방적으로 끊긴 통화에 지한의 얼굴이 심각해졌다. 유미는 어리둥절한 눈으로 제이클과 시선을 교류했다.

"먼저 가 볼게."

"뭐? 간다고? 야, 안 돼. 이게 어떻게 만든 자리인데!"

유미가 다급히 지한의 팔목을 붙잡았다. 그러자 싸늘한 시선이 돌아왔다.

"놔."

"일단 진정하고 전화부터 다시 해봐. 무슨 일인지 알아야 할 거 아니야."

그러기엔 느낌이 좋지 않았다. 이럴수록 평정심을 찾아야 하는데, 생각은 극단적으로 내달렸다. 서화한테 무슨 일이 생긴 게 확실하다. 희미했지만, 호흡을 짧게 삼키던 그녀의 위태로운 숨소리가 마음에 걸렸다.

"서화 씨 같은데?"

유미가 테이블에 놓인 지한의 휴대폰을 가리켰다. 익숙한 번호가 액정에 둥둥 떠올랐다. 지한은 낚아채듯이 휴대폰을 가로채며 통화버튼을 눌렀다.

"오서화, 너 지금 어디야."

-미안해요. 먼저 연락해놓고 갑지기 끊어서 놀렸죠.

"묻잖아. 지금 어디냐고."

-그게 그러니까…….

그녀가 말끝을 흐릴수록 지한의 인내심은 급격히 고갈되었다. 보다 못한 유미가 휴대폰을 빼앗아갔다.

"서화 씨, 나 유미예요. 기억하죠? 지금 학교예요? 혹시 괜찮으면 여기로 올 수 있을까요? 올 수 있다고요? 그럼 주소 불러줄 테니까 택시 타고 와요. 택시비 줄 테니까 신경 쓰지 말고. 그래요. 도착하면 지한이 휴대폰이나 내 휴대폰으로 꼭 연락 줘요."

통화를 끝낸 유미가 휴대폰을 돌려주며 한숨을 내쉬었다.

"진정해. 학교라잖아. 수업 끝나면 바로 온다니까 숨 좀 돌리고 있어."

그러나 지한은 좀처럼 액정에서 눈을 떼지 못했다. 휴대폰을 쥐었다 놓았다 하는 그의 초조한 손길이 유미는 낯설기만 했다. 쟤가 저런 적이 있었나? 그동안 지켜본 지한은 연락에 연연하는 스타일이 아니었다. 이성이든, 동성이든 모두에게 한결같이 무심했다. 물론 서화가 그에게 특별한 여자인 건 알고 있었지만, 몇 달 전 그녀를 대하던 그의 태도와 지금의 태도의 괴리감은 상당했다. 꼭 품에 쥐고 있던 것을 잃어버리기라도 할까 전전긍긍하는 것처럼…….

"너 원래 이 정도는 아니지 않았어? 이건 증상이 좀 심한데."

잠깐만. 유미가 눈을 크게 뜨며 지한을 바라봤다.

"설마 둘이 사귀니?"

* * *

유미가 알려준 주소에 도착하자 익숙한 실루엣이 서화를 기다리고 있었다. 택시에서 내린 서화는 옷을 정돈하며 걸음을 옮겼다.

"나, 기다린 거예요?"

지한이 인기척에 고개를 돌렸다. 그는 미소를 머금은 서화를 말 없이 내려다봤다. 뭔가를 가늠하려는 듯 올곧은 그의 시선이 파편처럼 따가웠다. 입꼬리에 더욱 힘을 주었다. 그 순간, 지한이 한숨을 흘리며 팔목을 감싸왔다.

"일단 들어가자."

그가 이끄는 대로 향하자 작은 미니 펍이 눈앞에 나타났다. 유니크한 인테리어가 이목을 끌었다. 벽에 걸린 작품은 보랏빛 조명과 어우러지며 몽롱한 분위기를 만들어냈다.

"서화 씨, 잘 왔어요."

안쪽에 앉아 있던 유미가 반색하며 달려왔다.

"오는데 차 많이 막혔죠? 이건 택시 값."

"괜찮아요."

"사양 말고 받아요."

유미가 반강제로 서화의 손에 초록색 지폐 세 장을 쥐여 주었다. 불편하지 않으면 거짓말이었다. 그녀를 마지막으로 본 게 언제더라. 아마도 호텔 입구 앞에서였을 것이다. 술에 잔뜩 취한 모습으로 지한에게 안긴 그날의 유미를 떠올린 서화는 저도 모르게 지한의 소매 셔츠를 움켜쥐었다.

"그러고 보니까 소개가 필요하겠네요. 이쪽은 오늘 내가 모셔야 할 귀중한 손님이자 세계적인 예술가로 사랑받고 있는……."

"……제이클?"

제이클을 발견한 서화의 표정이 멍해졌다. 하얀 피부와 볼륨이

진 금발 앞머리, 그리고 푸른 숲을 떠올리게 만드는 에메랄드 눈동자가 낯설지 않았다. 눈앞의 이 남자는…….

"……렌지 제이클."

서화가 현실감 없는 목소리로 중얼거렸다. 그는 세계에서 가장 큰 주목을 받고 있는 예술가이자 작가, 렌지 제이클이었다. 서화가 평소 좋아하는 작품 중 절반은 그의 손에서 탄생한 것들이었다.

"많이 놀랐죠? 제이클이 서지한 절친일 줄 누가 생각이나 했겠어요?"

절친? 서화가 놀란 눈으로 지한을 바라봤다. 그는 딱히 관심 없다는 표정이었다. 심드렁한 눈빛이 이 자리를 썩 달갑지 않아 하는 눈치였다. 유미는 싱글벙글 웃으며 품고 있던 이야기를 풀기 시작했다.

"상원 선배가 그러는 거야. 서지한 이사한 집에 제이클 작품이 걸려 있었다고. 당연히 복제품이겠거니 했는데, 웬걸? 진품이라네? 그래서 당장 제이클한테 메일을 쐈죠. 나, 서지한이랑 친구 되는 사람이라고."

답장은 하루도 되지 않아 도착했다. 긍정적인 대답이었다. 단, 조건이 따라붙었다.

"대뜸 네가 친구라는 증거를 대라잖아. 그러니 어쩌겠어? 당장 내미는 수밖에."

눈치껏 대화의 흐름을 알아챈 제이클이 휴대폰을 만지며 사진 한 장을 내보였다. 서화는 조용히 입을 다물었다. 유라는 큭큭 웃었고 제이클도 그녀 못지않게 만족스러운 표정을 지었다. 그도 그럴 것이 사진 속 주인공은 지한이었다. 다만 볼에 찍힌 붉은 반점

38

과 양 갈래로 땋아진 머리는 그의 것이라기엔 다분히 어색했다.

"대학 엠티 때 벌칙으로 여장에 걸렸었거든요. 그때 찍은 게 이런 식으로 쓰일 줄은 몰랐지."

서화는 조심스레 옆을 바라봤다. 지한의 두 눈이 어느 때보다 살벌하게 굳어 있었다.

"지워."

그가 고압적으로 명령했다. 유미는 순순히 고개를 끄덕였다.

"응. 원한다면. 하지만 내겐 복사본이 그리고 제이클에게는 원본이 있다는 것만 알아줘."

서화는 슬그머니 두 사람을 번갈아 봤다. 한 명은 싱긋 웃고 한 명은 냉엄한 표정을 짓는 게, 보이지 않는 스파크가 살벌하게 튀었다. 팽팽한 긴장감이 이어지는 가운데, 누군가 테이블을 리드미컬하게 두드렸다. 제이클이었다. 그는 앉아서 이야기하라는 듯 가볍게 손짓했다. 그 신호에 유미가 먼저 발을 뺐다.

"서화 씨, 끝나고 바로 와서 배고프죠? 여기 밥, 안주도 있으니까 천천히 살펴봐요. 특별히 제이클 덕분에 한도 없는 법카로 받아왔거든. 먹고 싶은 거 맘껏 골라요."

유미는 손수 메뉴판을 펼치며 서화에게 내밀었다. 서화가 얼떨결에 팔을 뻗은 순간이었다. 크고 단단한 손이 불쑥 끼어들며 메뉴판을 가져갔다.

"용건만 간단히 해."

지한이 메뉴핀을 도로 딛으며 네이블에 내던졌다. 쿵. 짧고 굵은 마찰음에 유미가 도통 이해할 수 없다는 표정으로 따졌다.

"서지한. 너 왜 이렇게 날을 세워?"

"세우게 한 사람이 누군데."

"그래, 사전에 네 협의 없이 제이클을 멋대로 한국에 부른 건 미안해. 근데 불청객은 아니잖아. 그리고 제이클 말로는 올해 한 번 보기로 했다면서. 겸사겸사 이야기 좀 나누자는 건데, 그게 그렇게도 어려워?"

"그게 아니니까 하는 소리지."

"뭐?"

"거래가 오갔겠지. 너랑 제이클 사이에. 거기에 내가 끼어 있을 거고."

유미는 반박하지 못했다. 취조당하는 분위기가 몹시 마음에 들지 않았지만, 순순히 인정할 수밖에 없었다.

"맞아. 오갔지."

수긍하는 입술에 옅은 미소가 번졌다. 진실을 들킨 것치곤 태연한 얼굴이었다.

"제이클 미공개 작품을 우리 전시관이 단독 입수하는 조건으로 부탁 하나를 받았어."

"……."

"서지한. 네 작품도 함께 거는 거로."

생각보다 어려운 조건은 아니었다. 적어도 서화가 생각하기엔 그랬다.

"서화 씨, 지한이가 만든 작품 본 적 있어요?"

유미의 물음에 서화는 고개를 저었다. 직접적으로 그의 작품을 본 적은 없었다. 인터넷에 검색해도 그와 관련된 정보는 찾을 수 없었다. 아마도 가명을 사용해서 그런 듯싶은데, 그러고 보니까 왜 한 번도 묻질 못했을까?

"역시 없구나. 근데 나도, 제이클도 서지한 작품을 못 본 지 꽤 됐어요."

어째서?

"당사자가 절대 보여주지 않으니까요. 아니, 만들려고 하지를 않네요."

그 이유를 유미도 알지 못해 답답해하던 참이었다. 오직 제이클만이 그 답을 알고 있었다. 하지만 그에 관한 이야기는 일절 묻지 않기로 협의가 된 상황이었다. 유미가 팔짱을 끼며 나직한 한숨을 흘렸다.

"그 말은 곧 이 거래가 협상이 되기까지 많은 시간이 소요될 수도 있다는 거죠. 물론 서화 씨가 도와준다면 꼭 어렵지만은 않을 거 같은데."

유혹의 손길이 서화를 향해 너울거렸다. 그때 지한과 맞잡은 손에 힘이 실렸다. 홀리지 말란 경고였다. 긴 침묵 끝에 서화가 입을 열었다.

* * *

"서화 씨, 지한이랑 사귄다면서요?"

글라스 잔을 기울이던 서화는 멈칫하며 유미를 바라봤다. 그녀가 싱긋 웃으며 갓 튀겨져 나온 감자튀김 하나를 건넸다.

"축하해요. 두 사람 잘 어울려요."

서화는 괜스레 입술을 혀로 축였다. 유미는 진심으로 기뻐하는 표정이었다. 그래서 더 난감했다. 마땅히 떠오르는 말이 없어서.

　이 자리에 참석한 것에는 순전히 지한의 영향이 컸다. 게다가 그녀의 도움이 필요하다는 유미의 제안이 꼭 지한에게 영향력 있는 사람이라는 뜻인 거 같아서 더욱 자리를 뜰 수 없었다.

"혹시 궁금한 거 있어요? 뭐, 예를 들면 서지한이 과거에 어떤 놈이었는지?"

　불쑥, 던져진 질문에 서화는 눈을 끔뻑였다.

"여기 산증인이 두 명이나 있잖아요. 그치, 제이클?"

　믹스 테이블에서 지한과 칵테일을 즐기던 제이클이 손을 들어 보였다. 두 사람 초면이라고 들었는데, 그새 제이클과 가까워진 유미의 친화력이 새삼 놀라웠다.

"녀석에 대해 궁금한 게 있으면 뭐든 물어봐요. 내가 눈치가 없어서 그런지 이런 건 막, 말하고 싶더라고요."

"……여자 친구."

"응?"

　서화가 작은 목소리로 웅얼거렸다.

"여자 친구 있었어요?"

"아…….."

　유미가 난감한 표정을 지었다. 역시 괜한 걸 물어봤나. 그 순간 유미가 풉, 웃음을 터트렸다.

"귀여워라. 그치. 그 나이 때는 우리 오빠가 누구랑 사귀었는지, 몇 명이랑 노닥거렸는지, 그래서 그 여자들은 예뻤는지, 옷 입는 스타일은 어땠는지, 그런 게 다 궁금할 때죠."

"아니, 전……."

단지 교제한 이성이 있었나, 그걸 알고 싶었을 뿐이지, 호구조사를 할 마음은 전혀 없었다.

"있었을 거 같아요, 없었을 거 같아요?"

고개를 좌우로 까닥이며 미소 짓는 유미의 반응이 얄미웠다.

"툭 까놓고 말하면 고백하는 애들은 많았어요. 내가 얼굴도 모르는 애들한테 욕먹은 것도 그 이유였고."

고백하는 사람이 많았다는 건 그중에 사귄 사람이 있었다는 건가?

"서지한이 누구 손잡고 캠퍼스를 돌아다닌 적이 있었나?"

유미가 턱을 쓸며 고심하는 눈빛을 띠었다. 덩달아 서화의 얼굴에도 긴장감이 어렸다. 그 감정이 너무 눈에 훤히 보여서 유미는 그만 웃어버렸다.

"아쉽게도 없네. 중간에 서지한이 유학 가는 바람에. 재밌는 구경이나 싶었더니 좀 아쉬운걸요? 그래도 난 이로써 서화 씨 경계 대상에서 완전히 제외된 거 맞죠? 그런 의미로 짠, 해요."

유미가 손수 잔을 부딪치며 빙그레 웃었다.

"그래서 하는 말인데, 혹시나 그날 일이 마음에 걸리는 거면 오해하지 않았으면 해요."

그날 일? 유미가 크큼, 헛기침을 하며 목을 다듬었다.

"왜 그때 있잖아요. 나 완전 술에 절었던 날. 사실 나 그때 차이고 오는 길이었거든요. 오랫동안 짝사랑한 사람한테."

시화는 아무 말도 하시 못했나. 서슴없는 유미의 고백에 할 말을 잃은 표정이었다.

"이미 정해진 결말인 걸 알고 시작한 마음이었는데, 막상 그 현

실이 눈앞에 닥치니까 꽤 아프더라고요. 덕분에 죄 없는 서지한
만 머슴 역할 한 거죠."

괜찮은 척해도 그녀의 입가에 번진 미소는 씁쓸했다.

"아무튼 서화 씨. 지한이 좀 잘 설득해줘요. 제이클 작품만 무사
히 걸리면 승진은 떼어 놓은 당상이라서. 난 지금 누구보다 이 시
련에서 탈출하고 싶거든요."

그 시련이란 게, 순전히 승진을 향한 욕망이 아니라 그렇게라도
일에 미쳐 범람하는 아픔에서 벗어나고 싶은 노력처럼 보였다. 그
마음을 서화는 어렴풋이 알 거 같았다.

"물론 지한이 작품을 보고 싶은 마음도 크고요. 서화 씨, 지한
이 작품 한 번도 본 적 없다고 했죠?"

서화가 고개를 끄덕이자 유미가 씩 웃었다.

"보면 아마 깜짝 놀랄걸요. 어쩌면 자괴감에 빠질지 몰라. 난 그
랬거든. 이게 재능과 노력의 차이인가, 싶어서. 왜 그런 말이 있잖
아요. 노력하는 놈은 재능 있는 놈 못 따라가고, 재능 있는 놈은
즐기는 놈 못 따라간다고. 근데 서지한은."

유미는 의자에 팔을 걸치며 시선을 널리 뻗었다. 능숙한 외국어
실력으로 제이클과 대화를 나누고 있는 지한이 보였다. 그 모습
에 유미는 혀를 내두르며 말했다.

"불공평하게도 재능만 가진 게 아니라 한 가지에 미치면 제대로
미칠 줄 아는 놈이었어요."

"방금 네 욕한 거지?"

유미의 목소리에 귀를 쫑긋 세우고 있던 제이클이 지한을 보며
물었다. 지한은 대꾸하지 않으며 칵테일을 한 모금 마셨다.

"그래도 걱정한 것보단 좋아 보여서 다행이야. 여자 친구 때문인가?"

제이클은 내심 걱정했다. 미련 없이 작업실을 정리하고 한국으로 떠난 지한의 뒷모습이 어제 일처럼 생생했다. 여전히 그가 무기력하게 살아가고 있으면 어떡하나 싶었다. 그러나 쓸데없는 고민이었다는 걸 한국에 와서야 절실히 체감했다. 제이클이 서화를 흘긋 보며 물었다.

"하나뿐인 뮤즈?"

"또 쓸데없는 소리."

지한이 차게 제이클의 말을 잘랐다.

"근데 왜 쟤만 봐? 눈이 자꾸 돌아가는데."

제이클이 씩 웃으며 반박했다.

지한은 외국에서도 꽤 많은 호감을 사고 다녔다. 그러나 상대가 적극적일수록 돌 보듯 상대하는 녀석을 볼 때면 괜히 염려되곤 했다. 그곳의 기능을 제대로 발휘 못 하는 건 아닌지. 제이클은 남은 칵테일을 입속에 털어 넣으며 꽤 간절한 어조로 속삭였다.

"널 제대로 자극하고 있나 본데, 이왕 건드리는 거 확 붙이나 붙여버렸으면 좋겠네."

* * *

"제이클은 당분간 회사 측에서 세공한 호텔에서 지내게 될 거야. 이거 협박 아니고 부탁이니까 괜히 꼬아서 듣지 마."

술자리가 끝나자 유미는 가게 입구에 서서 지한에게 재차 경고를 날렸다. 제이클이 발 벗고 나섰는데도, 지한은 끝까지 작품에 관한 이야기를 꺼내지 않았다. 괘씸하기 이를 데 없었다.

"제이클. 먼저 타."

유미는 예약한 택시가 도착하자 제이클을 먼저 태웠다. 그리고 서화에게 다가와 작별 인사를 건넸다.

"서화 씨, 덕분에 오늘 즐거웠어요. 조심히 들어가요. 서지한 때문에 속상한 일 생기면 언제든 연락하고요."

"즐거웠어, 귀여운 뮤즈님."

뮤즈? 제이클의 인사에 서화가 눈을 끔뻑거렸다. 그러나 지한이 유미를 뒷좌석에 마저 태우며 탁, 문을 닫자 택시는 금세 떠나갔다.

"가자. 데려다줄게."

지한이 기다렸다는 듯 서화의 손을 잡았다. 어느덧 시침이 밤 열한 시를 알려주고 있었다. 지금쯤이면 혜진과 제원 모두 잠자리에 들었을 시간이었다. 그러니 한시라도 빨리 집에 돌아가야 하는데, 좀처럼 발걸음이 떨어지지 않았다. 뒤늦게 술기운이 달아오르며 몽롱한 감각이 전신을 물감처럼 물들였다. 그래서였다. 그 힘을 빌려 충동적으로 지한의 옷자락을 잡아당긴 것은.

그가 걸음을 멈추며 뒤를 돌아봤다. 서화가 불그스름하게 달아오른 얼굴로 애원했다.

"오늘 나랑 같이 있어 주면 안 돼요?"

* * *

"불편하게 왜 서 있어."

불쑥 들린 낮은 목소리에 서화는 뒤를 돌아봤다. 샤워를 끝마친 지한이 머리에 타월을 둘러쓴 채 욕실 앞에 서 있었다.

괜스레 마른침이 삼켜졌다. 그의 집을 방문한 건 다분히 충동적인 결정이었다. 생각지 못한 제이클과의 만남, 소소한 웃음을 안겨줬던 유미와의 대화.

바라만 봐도 가슴이 벅찬 지한과 함께 있다 보니 우습게도 제원을 만나 느꼈던 우울감이 말끔히 씻겨 내려갔다. 그러나 헤어질 순간이 다가오자 언제 그랬냐는 듯 기분이 다시 바닥을 기었다. 그 검은 감정에 휩싸이기 싫어 충동적으로 그를 붙잡았다. 지한의 턱에 맺힌 물방울을 바라보던 서화는 벽에 걸린 제이클의 작품으로 시선을 옮겼다.

"왜 여태 못 봤을까요?"

지한이 젖은 머리칼을 타월로 가볍게 털며 말했다.

"그야 네가 왔을 때는 창고에 박아뒀으니까. 최근에야 다시 건 거고."

"왜요?"

"부르는 게 곧 가격이고 가치를 어림잡는 이 바닥에서 이게 여기 있다고 하면 시끄러워질 게 뻔하잖아. 뭐, 누구 때문에 이미 초친 거 같지만."

진종일 지한을 들들 볶던 유미의 얼굴이 떠올랐다.

"너도 좋아해?"

지한이 턱으로 제이클의 작품을 가리켰다. 서화는 순순히 고개를 끄덕였다.

"처음 봤을 때 채색 질감이 신기해서 몇 번 찾아본 적이 있어요.”

　제이클은 조형물만이 아니라 현대미술에서도 뛰어난 두각을 드러내는 예술가였다. 그게 잘 드러난 작품들 중 하나가 바로 눈앞에 있는 ‘무제(無題)’라는 작품이었다.

　날개를 달고 뜨거운 태양을 바라보는 소녀의 뒷모습은 빛과 어둠을 반반씩 품고 있었다. 누구는 끝내 날지 못한 소녀의 절망을 담은 작품이라 했고, 또 누구는 힘찬 날갯짓을 위한 소녀의 발돋움이라며 비상이라 부르곤 했다.

　절망 혹은 비상. 극단적인 감상평에 서화는 생각했다. 어쩌면 제이클은 그걸 노리고 작품명을 ‘무제(無題)’라고 지은 건 아닐까.

　“마음에 드는 눈치네. 필요하면 가져가든가.”

　서화는 순간 두 귀를 의심하며 지한을 바라봤다. 그의 얼굴은 내뱉은 말과 달리 지나치게 평온했다.

　“……진심이에요?”

　최소 몇 십억에 가까운 작품이었다. 지한이 픽, 웃으며 팔짱을 꼈다.

　“왜? 덥석 물기엔 양심에 찔려?”

　“아뇨. 그게 아니라 제이클 씨가 교수님한테 선물한 거잖아요.”

　“글쎄. 선물보단 처분에 가까웠지.”

　그럴 리 없다. 제이클은 그동안 만든 작품 중 이 작품을 가장 애정한다고 했다. 그런 작품을 선뜻 지한에게 선물했다는 건 특별한 의미를 품고 있다는 소리였다.

　“제이클 씨랑은 언제 알게 된 거예요?”

　“스물하나 로마에 도착한 지 얼마 안 돼서 바로.”

그날을 회상하듯 지한의 눈에 웃음기가 감돌았다.

"제이클은 뜨기 전에 거리 예술을 하던 녀석이었어. 어머니가 좋아하는 작품을 보러 갔다가 그 성당 앞에서 그림을 그리고 있던 녀석을 발견했지."

"로마에 있는 성당이라면……."

"맞아. 바티칸 성 베드로. 어머니가 평소 미켈란젤로의 피에타 조각상을 좋아하셨거든. 근데 난 그날 피에타보다 제이클의 그림에서 헤어 나오지 못했어."

차가운 돌바닥 위, 오직 하얀 캔버스만 두고 붓을 휘두르던 제이클은 한눈에 봐도 천부적인 감각을 지닌 녀석이었다.

"왜 길바닥에서 그 짓을 하고 있는지 이해가 안 갔지. 이유를 물으니, 대답은커녕 자기 작품을 이렇게 열정적으로 좋아해 준 사람은 네가 처음이라는 거야. 뭔가 이상하잖아. 알고 보니까 함께 지내던 무리에서 소외를 당한 처지였어. 제이클은 고아거든."

서화는 침묵했다. 제이클의 작품을 찾아보며 그가 고아라는 걸 인터뷰에서 몇 번 읽은 적이 있었다.

"그래서 누구도 녀석에게 재능 있다고 말해준 사람이 없었던 거야. 그 와중에 보는 눈은 있다고 제이클의 그림을 본 무리가 녀석의 작품을 돈벌이로 이용했던 거고. 혹시나 제이클이 자신의 예술성에 대해 깊이 생각이라도 할까, 수시로 가스라이팅까지 해가면서 말이야. 그게 곧 돈방석인 줄도 모르고. 돌바닥 위에서만 굴리기 급급했으니 미련했던 거지."

그런 사연이 있을 줄은 꿈에도 몰랐다.

"그래서 어떻게 했어요?"

"그 자리에서 작품 몇 개를 골라 바로 전시회에 접수했어. 신인들은 그런 식으로 발굴되기도 하거든. 그리고 며칠 뒤에 작품이 경매시장에 나가게 됐다는 연락을 받게 됐고."

그 방식마저 지극히 서지한다워서 서화는 할 말을 잃어버렸다. 왜 제이클이 중간 중간 지한을 애틋한 눈으로 봤는지 알 거 같았다.

"추진력 하나는 참 서지한 씨답네요."

"그런가?"

씩 웃어 보이는 남자에게서 서화는 눈을 떼지 못했다. 마치 스물하나로 돌아간 것처럼, 청량함이 물씬 묻어나는 미소였다.

"왜 작품을 만들지 않는 거예요?"

서화가 조심스레 입을 열었다. 제이클의 재능을 한눈에 알아보고, 어쩌면 그보다 더 뛰어난 실력을 갖췄을지 모를 지한이 왜 더는 작품을 만들지 않는지 알다가도 모를 일이었다. 서화는 지한의 왼쪽 어깨를 빤히 응시했다. 저곳에 난 굵직한 상처도 이와 관련된 건 아닐까, 희미한 직감이 연기처럼 피어오르는 순간이었다.

"지겨워서."

그가 일말의 망설임도 없이 대답했다.

"언제부턴가 손을 대기가 귀찮아졌어. 적성에 안 맞나 싶기도 하고. 지금 학교에서 하는 일도 강 교수님이 명예퇴직하시면 그만둘 생각이야. 애초에 그 부탁 때문에 여길 온 거고. 이 나이에 새 직업을 찾아야 한다는 게 영 귀찮긴 하지만, 썩 나쁠 것도 없지."

……거짓말. 그는 지금 거짓말을 하고 있다. 언젠가 그를 카메라에 담았을 때 느꼈던 서글픔이 남자의 눈동자에 희미한 불빛처럼 일렁였다.

50

"그래도……."

"씻을 거지?"

"……네?"

생각지 못한 제안에 서화의 몸이 얼어붙었다.

"같이 있어 달라며. 설마 그러고 자게?"

그가 느릿한 시선으로 머리부터 발끝까지 훑어 내리자 서화는 발가락을 꼼지락거렸다. 지한이 낮게 웃으며 돌아섰다.

"잠깐 기다려. 갈아입을 옷 가져다줄게."

달칵. 굳게 닫힌 문소리에 서화의 두 눈이 허공에 머물렀다. 기분 탓일까. 방금 그가 회피한 것처럼 느껴졌다면.

* * *

방에 들어온 지한은 무표정한 얼굴로 옷장 문을 열었다. 그러다 문득 협탁에 놓인 노란 봉투가 눈에 들어왔다. 제이클이 건네준 편지였다.

'그래서 지한, 언제 돌아올 거야?'

제이클은 끈질기게 지한을 설득했다. 알고 있다. 그가 왜 그렇게까지 미련을 못 버리는지. 그에게 지한은 소중한 동료이자 또 가족 같은 친구였다. 그리고 한 사람 더.

'이거 마크 어머님께서 전해주라고 한 거야.'

제이클이 건넨 노란 편지 봉투를 보며 지한은 침묵할 수밖에 없었다.

'어머님이 널 많이 그리워해. 네 얼굴 보고 작업실 앞에서 시위했던 일을 사과하고 싶대. 그리고 너랑 함께 마크가 잠든 곳을 가고 싶어 해.'

마크. 그는 제이클을 비롯한 지한에게 둘도 없는 동료였다. 멋모르던 시절부터 세 사람은 동고동락하며 꿈을 키워갔다. 때로는 배고픔에 허덕이기도, 때로는 외로움에 잠을 설칠 때도 있었지만, 제이클과 마크가 있었기 때문에 지한은 그 시간을 기꺼이 버틸 수 있었다.

한국을 떠나며 수천 번 다짐하지 않았는가. 더는 내겐 가족 따위 없다고. 그러니 이곳에서 어머니가 못다 한 꿈을 꼭 이루자고.

그중에서도 지한의 작품에 대한 마크의 애정은 남달랐다. 그는 매 순간 지한을 감탄하고 존경했으며, 때론 그처럼 되기를 간절히 원했다. 생각해보면 거기서부터 어긋난 건지 모르겠다. 타고난 재능을 가진 지한과 제이클과 달리 마크는 오직 노력만으로 이 세계에 뛰어들었다. 그런 그와 평생을 함께하고 싶었던 마음은 어리석은 욕심이었을지도.

'지한, 재차 말하지만 그건 마크의 선택이었어.'

제이클의 음성을 떠올리며 지한은 쓰게 웃었다. 마크의 죽음에 대해 사람들은 말했다. 지한, 너의 잘못이 아니라고. 그러나 또 다른 사람들은 지한을 향해 손가락질했다. 네가 그딴 말만 지껄이지 않았어도 마크가 그런 선택을 하지는 않았을 거라고. 마크가 죽기 하루 전날이었다. 지한의 작업실에 찾아온 마크는 무릎을 꿇고 애원했다.

'나, 이번에는 성공하고 싶어. 지한, 알잖아. 우리 부모님 나 때문에 다시 합친 거.'

마크의 부모님은 마크가 어렸을 때부터 사이가 좋지 못했다. 넉넉하지 못한 살림으로 어머니는 돈을 벌기 위해 늘 밖을 돌아다녔고, 아버지는 사업에 실패한 뒤로 술로 밤낮을 보낸 적이 허다했다. 매일같이 반복되는 싸움 속에서 마크는 혹시나 부모님이 이번에는 진짜 이혼이라도 할까, 매번 가슴을 졸여야 했다.

'위태롭긴 하지만 그래도 지킬 수 있어. 내 벌이가 안정적이면 우리 부모님 관계도 차차 좋아질 거야. 그러니까 딱 한 번만 눈감아 주면 안 될까?'

마크는 그 어느 때보다 간절한 얼굴로 빌고 또 빌었다.

'니는 니나 제이클처럼 타고나시 못해서 겨우 하루 벌어서 하루 먹고 사는 놈인 거 알잖아. 그래서 더 간절해, 지한. 하루라도 빨리 이 무명에서 벗어나고 싶어. 나도 너랑 제이클이 서는 그 무대,

아니 반의반만이라도 좋으니까 제발……'

　대기업으로부터 한 건의 프로젝트를 제의받은 게 큰 화근이었다. 그때 지한의 몸값은 하늘을 모르고 치솟을 때였다. 애석하게도 마크는 여전히 무명이었다. 그런 비극을 신도 안타깝게 여겼는지, 마크가 공모전에 접수한 작품을 보고 한 대기업에서 연락을 취해왔다. 그들은 마크와 장기간 함께할 의사를 가지고 있었다. 단 두 가지 조건이 따라붙었다.

　1) 너의 친구, 'Leap'와 함께 이 프로젝트에 참여할 것
　2) 회사 측에서 '공수한 재료'로 꼭 작품을 완성시킬 것.

　'Leap'은 지한이 작품 활동을 하며 쓰는 가명이었다. 마크는 무명 생활을 청산할 수 있다는 환희에 차오른 채 이 같은 사실을 지한에게 알렸다. 지한도 반색하며 제의를 받아들였다. 평소 좋아하던 아티스트와 많은 콜라보를 성사시킨 회사였기에 지한의 커리어에도 큰 도움을 줄 수 있었다. 그런데 계약이 체결된 직후, 지한은 갑자기 파기 의사를 밝혀왔다. 마크는 이해할 수 없다며 반문했다.

　'갑자기 왜 파기하겠다는 건데? 설마 회사 측에서 공수한 재료 때문에 그래? 그건 이미 합의했잖아. 너도, 나도 합의하고 도장 찍은 거잖아.'
　'다시 생각해보니까 우리한테 좋은 선택이 아닌 거 같아서 그래.'
　'좋은 선택? 아니. 이건 나한테 마지막 기회야. 다시는 없을 마지

막 기회라고. 네가 못 하겠으면 나라도 할 거야.'

'안 돼. 마크.'

지한은 절박한 손길로 마크를 붙잡았다.

'정신 차려. 그렇게 해서 얻는 게 뭔데? 네가 그러고도 떳떳하게
예술 하는 놈이라고 말할 수 있어? 그 재료로 조각을 하는 게 진
짜 예술이라고 믿는 거야?'

'……너 지금 내가 실력도 없으니까 양심이라도 팔아서 돈 벌겠
다는 놈으로 보인다는 거야?'

'그런 말이 아니잖아. 분명 더 좋은 기회가 올 거야. 그러니까 이
번만큼은 내가 하자는 대로 해.'

끝내 계약은 지한의 일방적인 선택으로 파기가 되었다. 그리고
다음날. 마크는 파리 중심가에 몸을 내던졌다. 하필 지한은 그 거
리를 활보 중이었다. 자동차 바퀴가 도로를 사납게 긁고, 사람들
의 신음이 난무하는 파리의 중심가는 그야말로 난장판이었다.
그 속에서 비척비척 움직이던 마크를 목격하고 온 사지가 마비되
는 기분이었다. 꼭 죽길 바라는 사람처럼, 녀석의 눈동자가 텅 비
어 있었다.

……안 돼, 마크.

그를 피하기 위해 연딜아 추돌하는 차들을 보며 지한은 소리 없
는 아우성을 내질렀다. 꼼짝없이 굳은 다리를 죽을힘으로 움직이
며 도로에 뛰어들었다. 검은 차량이 마크를 보지 못하고 전속력

으로 질주한 건 그때였다. 끼이이이익─.

퍽! 두 개의 몸이 허공에 붕, 떠올랐다. 그게 마지막이었다. 숨이 붙은 마크와의 눈 맞춤은.

지한은 왼쪽 어깨에 가만히 손을 올렸다. 그날의 흔적은 여전히 상흔으로 남아 있었다. 부서진 차체에 등이 긁히고, 어깨가 시멘트 바닥에 추락하며 뼈가 뒤틀리는 고통은 그야말로 살가죽이 산채로 뜯기는 아픔과 맞먹었다. 그러나 그보다 견딜 수 없던 것은 끝내 막지 못한 마크의 죽음이었다.

[지한, 난 그냥 조금 행복해지고 싶었어.]

마크가 남긴 유언을 보며 지한은 한동안 집 밖을 나오지 않았다. 폐인처럼 하루하루를 살아갔다. 그 사이 자식의 죽음을 받아들이지 못한 마크의 부모가 회사를 상대로 소송을 걸었다. 회사는 혹여 재료에 대한 진실이 사회에 퍼질까, 모든 책임을 지한에게 전가했다. 지한은 어떤 입장도 내놓지 않았다. 이미 모든 전의를 상실한 상태였다.

그렇게 마크가 죽은 지 한 달이 지난 후였다. 평소 마크와 친하게 지내던 동료가 지한의 집을 찾아왔다. 그는 핏발이 곤두선 눈으로 지한을 몰아붙이기 시작했다.

'네가 어떻게 그럴 수 있어!'
'다짜고짜 와서 그게 무슨 말이야.'
'마크가 죽기 하루 전에 날 찾아왔었어.'

'……뭐?'

'네가 계약을 파기하려고 했던 진짜 이유가 재료 때문이 아니라 네 전시회 때문이라던데. 사실이야?'

지한의 눈동자에 얕은 떨림이 일었다. 몇 달 후, 지한의 개인 전시회가 잡혀 있었다. 많은 셀럽이 주목하는 자리이자 그의 인생에 있어서 가장 중대한 날이 될 예정이었다.

'마크는 널 만난 후, 한 번 더 회사에 찾아갔었어. 자기만이라도 써달라고 빌러 간 자리였지. 근데 간부가 뭐라고 한 줄 알아?'

지한은 주먹을 움켜쥐었다. 알 수 없는 두려움이 가슴을 두드렸다.

'지한, 네가 자기 전시회에 이 계약이 걸림돌이 될 거 같다고. 그래서 계약을 파기하고 싶다 했다고.'

지한은 아무 말도 하지 못했다. 대기업에서 제의한 프로젝트를 맡게 됐을 때, 한편으론 두려웠다. 재료에 대한 진실이 밝혀지기라도 한다면 그간 치열하게 쌓아온 필모그래피가 모래성처럼 무너질까, 겁이 났다.

'그날 마크가 무슨 말까지 들었는데. 지한의 친구가 아니었으면 너 같은 게 쓰일 일은 절대 없을 거라고 갖은 수모까지 당해

야 했어.'

'······.'

'그런 녀석한테 뭐? 그러고도 떳떳하게 예술 하는 놈일 수 있
냐고?'

지한의 손과 발이 차게 식어갔다.

'네가 솔직하게만 말해줬어도 마크는 죽지 않았을 거야. 네 선택
이 그 녀석을 두 번 죽인 거야.'

지한은 부정하지 못했다. 조금이라도 행복해지고 싶었다는 마
크의 마지막 진심이 환영처럼 귓가를 맴돌았다. 진실을 알게 된
후, 주변 동료들의 시선은 판이하게 갈라졌다. 그중에는 지한을
감싸는 사람도 있었다.

'이게 어떻게 지한 책임이야? 잘못된 걸 알면서도 그 길을 가려
고 했던 마크 책임이지. 이건 전적으로 정의를 지키기 위한 일이
었다고!'

지한은 그조차도 우스웠다. 정의? 솔직히 말하면 그딴 거, 없었
다. 시간이 흐르면서 그는 꿈보다는 현실을 좇아가는 인간이 되
어 있었다. 가슴 속 나약한 면을 마주하게 되자 삶은 무서운 속도
로 무채색으로 변해갔다. 때로는 스스로에게 화가 나 견딜 수 없
었고, 때로는 그 어리석은 마음을 인정하고 싶지 않아 주어진 현

실 안에서 발버둥 쳤다.

　가장 괴로웠던 것은 틈만 나면 떠오르는 아버지, 준택이었다. 욕망과 이득을 위해 어머니를 가차 없이 버렸던 그와 자신도 다를 게 없다는 생각에 미쳐버릴 것만 같았다. 그날 후로 지한은 작품에 손을 대지 않았다. 만드는 것마다 죄다 절망이 담겨 있었다. 그 어떤 생명력도 담지 못했다. 쉬지 않고 달린 6년이란 시간이 잿더미로 전락하는 순간이었다.

　그렇게 또다시 도망치듯 한국행 비행기를 밟았다. 그리고 선을 그었다. 그 누구도 그의 세상에 침범할 수 없게, 스스로를 새장 안에 가뒀다. 그 무엇에도 집착하고 싶지 않았다. 타인을 향한 애정도, 제 안의 욕망도, 그래서 찾아오는 공허함도.

　똑똑똑.

　갑자기 울려 퍼진 노크에 폭풍 같던 상념이 연기처럼 휘발되었다.

　"저기……."

　문을 연 장본인은 서화였다. 그녀는 차마 방 안으로 들어오지 못하고 멋쩍은 미소를 지었다.

　"이만 가 보려고요. 다시 생각해보니까 민폐인 거 같아서요. 눈치 없이 따라와서 미안해요. 피곤할 텐데, 푹 쉬어요."

　돌아서는 가녀린 등을 지한은 말없이 주시했다. 찬물을 들이부은 것처럼 기분이 가라앉았다. 그 순간 서화가 다시 문턱 앞으로 다가왔다.

　"이런 말 하는 거, 도 넘은 참견일 수 있는데요."

　"……."

"작품이 지겨워졌다는 거 사실 거짓말이죠? 실은 유미 언니가 교수님 학창 시절에 만든 작품을 하나 보여줬어요. 근데 그건 지겨운 사람이 만들 수 있는 작품이 절대 아니었어요."

한눈에 봐도 기본기가 탄탄한 작품이었다. 한 치의 오차도 없이 완벽한 인체 비율이며 이목구비 하나하나, 섬세한 결을 따라 모양을 갖춘 조각상은 그야말로 천재가 아니면 만들 수 없는 작품이었다. 유미가 왜 그의 작품을 보면 자괴감에 빠질 수밖에 없다고 말했는지 알 거 같았다.

"그러니까 떠나지 않으면 좋겠어요. 이 길, 말이에요."

서화는 누구보다 절실히 그의 작품을 직접 보고 싶었다. 그렇게 그와 이 길을 함께 걷고 싶었다. 정작 지한의 표정은 무감했다. ……역시 쓸데없는 참견이었나.

"가 볼게요. 쉬어요."

그에게서 다시 등을 보인 찰나였다.

"가지 마."

깊게 잠긴 음성이 등 뒤를 울렸다.

"한 발짝도 더는 움직이지 마."

명령인 듯하면서, 어딘가 간절한 어조였다. 서화는 믿을 수 없다는 눈으로 뒤를 돌아봤다.

"이리 와."

지한의 두 눈이 서화에게 닿았다. 정확히는 문턱을 절대 넘지 않는 그녀의 두 발이었다.

그에게는 그가 만든 세계란 게 있었다. 그 공간에 발을 디딜 수 있는 사람은 오직 지한, 자신뿐이었다. 누군가 문을 두드리기라도 하면 한결같이 벽을 쳤다. 그러던 어느 날 생각지 못한 여자가 그의 세상에 눈독을 들였다. 아니, 눈독을 들인 건 그, 자신이었다. 처음엔 그저 작은 호기심에 불과했다. 그 호기심은 어느 순간 욕심이 되었고 욕심은 끝내 감당 못 할 욕망으로 부풀었다. 그러니 그의 세계에 발을 디딘 사람은 서화가 처음이었다. 그가 거부하지 않은 사람도 그녀가 유일했다. 하지만 여자가 자꾸 등을 보이자 신경이 날카로운 파편처럼 날을 세웠다. 꼭 그의 세상에서 발을 빼려는 거 같아 미숙한 조바심이 숨통을 조여 왔다.

"더 가까이 와."

서화의 눈동자가 얕게 떨렸다. 그가 이런 식으로 자신을 원한 적이 있었나. 기쁨과 혼란 속에 갈팡질팡하며 걸음을 옮기자 그는 좁혀진 거리를 만족하지 못하며 갈구했다.

"더."

지한이 더는 참을 수 없다는 듯 팔을 뻗어 서화를 끌어안았다. 그녀를 무릎에 앉힌 그가 가느다란 허리를 휘감았다. 그제야 비로소 숨통이 트였다. 목구멍 깊이 박혀 있던 탄식이 입 밖으로 터져 나왔다.

"하……."

등줄기를 적시는 한숨 소리에 서화의 어깨가 움찔, 떨렸다.

"무슨 일 있었죠?"

지한이 서화의 어깨에 턱을 묻으며 눈을 감았다.

"응."

"말 안 해줄 거예요?"

"응."

서화는 입술을 말아 물었다. 서운한 마음이 들지 않는다면 거짓말이었다. 그에 대해 낱낱이 알고 싶었다. 그가 어떤 삶을 살아왔는지. 그래서 어떤 감정을 느꼈는지까지 모조리 다 꿰뚫고 싶었다.

"그래도 괜찮아요. 너무 걱정 마요."

주문을 외우는 듯한 속삭임에 지한이 낮게 실소했다.

"무슨 일인 줄 알고?"

"그냥……. 전 그랬거든요. 어렸을 때 큰 사고를 당한 후로 버릇처럼 되새겼어요. 마음이 불안해질 때마다 아무 일 아닐 거라고, 이 또한 다 지나갈 거라고. 그럼 신기하게도 정말 아무것도 아닌 게 됐어요."

서화가 상체를 틀어 지한을 마주 봤다. 그녀는 그의 젖은 머리칼을 살며시 매만지며 미소 지었다.

"그러니까 분명 아무 일 아닐 거예요. 바람처럼 스쳐 지나갈 거예요."

그것만으로는 부족했는지 손을 뻗어 지한의 뺨을 감쌌다. 그리고 그의 입술에 사뿐히 입 맞추며 속삭였다.

"……정말로."

지한의 이성은 거기까지였다. 단전 밑에서 끓어오르던 욕구를 참지 못하며 여자를 순식간에 침대에 눕힌 뒤, 몸 위로 올라탔다. 서화의 기다란 속눈썹이 위아래로 움직였다. 그가 제 위를 군림했다는 사실을 알아차리기까지는 짧은 시간이 소요됐다. 볼을 어루만지는 손길을 자각하고 나서야 비로소 그가 보였다. 검은 욕망으로 짙어진 두 눈이 그녀를 보며 갈구했다.

"지금 널 안고 싶어."

사랑, 그게 뭐라고

쿵쿵쿵. 심장이 걷잡을 수 없이 뛰기 시작했다. 천천히 다가오는 얼굴을 멍하니 지켜보던 서화가 지한의 어깨를 붙잡았다. 입술이 닿기 직전이었다.

"······씨, 씻고 올게요!"

그녀는 초인적인 힘을 발휘하며 지한을 밀쳐냈다. 후다닥 방을 뛰쳐나가는 몸짓이 심승에게서 달아나는 산토끼처럼 날렵했다. 홀로 남겨진 지한은 한동안 밀려난 자세 그대로 열린 문을 바라보더니, 이내 바람 빠진 웃음을 터트렸다.

* * *

씻고 나오자 지한의 것으로 추정되는 하얀 셔츠와 반바지가 욕
실 문고리에 걸려 있었다. 품이 큰 탓인지 마치 셔츠만 몸에 걸친
듯한 핏이 연출했다. 노골적으로 드러난 새하얀 다리를 보며 서
화는 생각했다.

뭐, 어때. 어차피 벗을 건데…….

별안간 얼굴이 홧홧하게 달아올랐다. 무의식적으로 떠올린 무
방비한 생각이 낯설었다. 빨간색의 상상을 애써 떨치며 욕실을
빠져나왔다. 떨리는 심장을 부여잡고 그의 방으로 다가선 참이
었다. 서화가 걸음을 멈추며 눈을 끔뻑였다. 굳게 닫혀 있어야 할
문이 활짝 열려 있었다. 마치 그녀가 오기만을 기다렸다는 듯 양
팔을 뒤로 뻗은 채 침대에 걸터앉아 있던 지한이 인기척을 느끼
곤 미소 지었다.

"잘 씻고 왔어?"

"……물이 따스하고 좋네요."

……미쳤나 봐.

의지와 상관없이 흘러나온 헛소리에 그가 작게 키득거렸다.

"그러게. 따스하긴 하더라."

지한이 몸을 일으키며 다가왔다. 그는 자연스럽게 손을 밀착해
오며 서화를 방 안으로 이끌었다.

"앉아. 머리 말려줄게."

"……괜찮은데."

"감기 걸려."

언제 준비했는지 거울 앞에 자그마한 의자가 놓여 있었다. 지한은 서화를 앉힌 뒤, 드라이기를 콘센트에 꽂으며 전원을 작동시켰다. 위이이잉. 머리칼을 좌우로 털어내는 그의 손길이 생생히 느껴졌다. 이따금 물기를 짜내기 위해 그가 손끝에 힘을 줄 때는 저도 모르게 무릎을 모으며 발뒤꿈치를 들었다. 그러다 거울로 눈이라도 마주치면 나쁜 짓을 하다 걸린 것처럼 심장이 쿵, 내려앉았다.

정작 지한은 한없이 여유로워 보였다. 그의 손길을 서화가 의식한다는 걸 느꼈는지 더욱 부드럽게 그녀의 머리칼을 바람에 휘날렸다. 그 배려 섞인 모습에 서화는 설레기보단 아쉬움이 혀끝을 맴도는 것을 느꼈다. 지금이 아니면 안 된다는 것처럼 자신을 절박하게 원했던 그의 얼굴이 잊히지 않았다.

어느 정도 머리가 마르자 모터 소리가 공기 중에서 감쪽같이 사라졌다. 지한은 대충 드라이기를 정리한 뒤 무릎을 굽히며 서화와 눈을 맞췄다. 손만 뻗으면 닿을 만큼 서로의 거리가 가까웠다.

"무슨 생각해?"

"……아무, 생각 안 했어요."

그러면서 눈동자는 왜 부자연스럽게 굴러가는지. 지한은 문득 셔츠 자락을 꽉 움켜쥐고 있는 서화의 손을 발견했다. 그가 장난스러운 눈빛을 띠며 노골적으로 불을 붙였다.

"이럴 거면 입히지 말 걸 그랬어."

"……."

"어차피 벗길 건데."

서화가 화들짝 놀라며 고개를 들었다. 눈 밑 언저리는 붉게 물들인 채였다.

"자꾸 그렇게 달아오르지 마."

나직한 한숨이 지한의 입술을 타고 흘렀다.

"궁금해지잖아. 여기만 이런 건지. 아니면."

그의 시선이 단추 위로 흘러내렸다.

"여기도 그럴지."

"잠깐 물 좀 마시고 올게요."

숨 막히는 공기를 감당하지 못하고 서화가 의자에서 벌떡 일어났다. 그러나 한 걸음도 채 달아나지 못하고 허리에 단단한 팔뚝이 닿았다. 여유롭게 침대에 걸터앉은 지한이 무릎에 앉힌 서화를 당겨 안으며 단단히 경고했다.

"한 번은 넘어가 줘도 두 번은 용납 못 해. 고문할 작정 아니면 인내심 테스트 그만해."

서화는 손 하나 까딱할 수 없었다. 엉덩이 밑으로 단단한 감촉이 선연히 느껴졌다. 반사적으로 하체에 힘을 주자 그가 미간에 힘을 주며 허리를 더욱 강하게 끌어안았다.

"움직이지 마."

"……."

"간신히 참고 있으니까."

숨 쉬는 것도 잊고 거울을 바라봤다. 먼지 한 톨 없는 네모난 거울에는 웃음기 하나 없는 남자의 얼굴이 적나라하게 담겨 있다. 낯설지만 낯설지 않은 모습. 그래서 더 들춰내고 싶어지는 이중적인 마음. 숨이 가빠지며 얼굴에 열이 몰렸다. 결국, 서화는 울 거 같은 얼굴로 애원했다.

"……어떻게 해야 할지 모르겠어요."

"아무것도 하지 마."

더없이 자비롭고, 나긋한 음성이었다.

"그냥 모든 감각에 널 맡겨. 난 그럴 작정이거든"

그의 입꼬리가 부드럽게 말아 올라갔다. 꼬리가 아홉 개 달린 구미호처럼 사람을 홀리게 만드는 미소였다. 정신을 차렸을 때는 시선 밑으로 셔츠 단추를 끄르기 시작하는 그의 단단한 손이 보였다.

툭.

툭.

툭.

단추가 하나씩 풀릴 때마다 서화의 하얀 살갗이 조명에 의해 아슬아슬하게 드러났다. 살구색 브래지어 안에 꽉 들어찬 하얀 가슴이 공기 중으로 노출되자 숨을 쉴 수 없었다. 기분이 이상했다. 호흡이 가빠지고 어깨가 짧은 간극 차로 들썩거렸다. 그때도 이런 느낌이었다. 이 침대에서 그와 질척한 키스를 나누며 느꼈던 야릇한 감각이 다리 밑으로 고여 들었다.

"……묻고 싶은 게 있어요."

마지막 단추를 남겨둔 차였다. 서화는 성급히 지한의 팔목을 붙잡았다. 그는 고개를 드는 대신 거울을 바라봤다. 하얀 셔츠는 어느새 팔뚝까지 흘러내려 있었다. 그 안에 숨겨진 굴곡진 몸이 그의 눈동자 안에 고스란히 담기는 길 똑똑히 시켜봐야 했다.

"언제부터…… 언제부터 내가 신경 쓰였어요?"

언젠간 꼭 묻고 싶었던 질문이었다. 언제부터 그에게 자신이 여자로 비추어졌는지, 자신의 어떤 면이 매력적으로 다가왔는지 알고 싶었다. 그럼 조금이라도 더 그에게 다가갈 수 있을 테니까.

"처음부터."

한 치의 망설임 없는 대답에 서화의 눈이 커졌다.

"……거짓말."

"글쎄. 내가 말 안 했었나? 빼앗아서 달아나고 싶었다고."

서화는 흐트러지려는 이성을 겨우 붙잡으며 기억을 더듬었다. 아마도 그 밤이었을 것이다. 이루어질 수 없는 관계라며 그가 차게 못을 박았던 밤. 그래서 가슴이 미치도록 시렸던 그 밤.

'아님 형 여자를 빼앗고 도망치는 파렴치한 놈이 되길 원했나?'

"……진심이었어요?"

놀란 얼굴로 되묻자 그가 서화의 하얀 어깨에 코를 박으며 속삭였다.

"응. 처음 만났을 때부터 신경 쓰였지, 아마."

"……왜."

"예쁘잖아."

담백한 고백에 순간 서화는 두 귀를 의심했다. 그와 동시에 마지막 단추가 툭, 풀리며 셔츠가 맥없이 바닥으로 추락했다.

"몰랐나 본데, 너 예뻐."

"……읏."

예고 없이 귓불이 깨물리자 신음이 무방비하게 터져 나왔다. 말캉한 혀가 귓바퀴를 훑으며 부드럽게 파고들었다. 절로 다리가 꼬이며 미간에 힘이 실렸다.

그는 예민한 신경만을 집요히 건드렸다. 한 손으로는 브래지어 훅을 능숙히 풀어냈다. 갑자기 밀어닥친 서늘한 공기에 어깨가 움츠러들기 잠시. 곧바로 턱이 붙들리고 시선은 거울을 향해 고정됐다. 그가 또 한 번 시선을 얽어오며 속삭였다.

"봐, 예쁘잖아."

서화는 고개를 미약하게 저었다. 이건, 이건 너무 자극적이었다. 그녀가 아닌 거 같았다. 그의 무릎에 앉아 붉게 물들며 흐느끼는 여자의 얼굴이 낯설었다. 그 모습을 느긋하게 감상하던 지한은 본인의 욕망을 서슴없이 드러냈다.

"처음부터 이러고 싶었던 건지도 모르지."

……그만. 그의 숨소리, 목소리, 특유의 향기가 귓가를 간지럽히자 서화는 견딜 수가 없었다.

"아……."

가슴 밑으로 따스한 온기가 퍼졌다. 굳이 보지 않아도 느낄 수 있었다. 아니, 반강제적으로 똑똑히 지켜봐야만 했다. 커다란 손이 하얀 가슴을 가득 품고 하프를 연주하듯 부드럽게 움직이는 것을. 고작 그 손길 하나만으로 엉망진창 흐트러지는 여자의 얼굴을. 그러나 못 견디게 참을 수 없는 것은 따로 있었다.

"부끄러워할 필요 없어."

덤덤한 어조로 모든 감각을 일깨우는 남자였다. 그는 끈질기게 여자를 연주했다. 산뜩 소였다가, 풀었다가, 낯선 감각에 휘몰아치게 했다가, 그리고 마침내 흐느끼는 소리가 여자에게서 흘러나오자 거울을 보며 마지막 주문을 걸었다.

"이건 인간이 가진 가장 원초적인 본능이자, 죽을 때까지 꺼지지 않을 욕망이니까."

그 목소리가 서글프게 느껴졌다면 혼자만의 착각일까. 고개가 옆으로 돌려지며 시선이 부딪혔다. 그 상태로 입술이 집어삼켜졌다. 밀려들어온 혀가 부드럽게 입안을 헤집더니, 살성이 약한 부분을 찌르며 질척하게 쓸어 올렸다. 으응, 맞닿은 입술 새로 자꾸만 안달 난 신음이 흘렀다. 발끝에서부터 피어오르는 열기에 이성이 흐물흐물 녹아내렸다.

그 순간, 서화가 성급히 숨을 삼켰다. 배꼽에 머물러 있던 그의 손이 아래로 향했다. 그리고 그 누구의 손도 닿지 않은, 은밀한 곳에 서늘한 감촉이 스며들었다. 예고 없는 침범이었다. 가슴을 만지던 손길과는 차원이 다른 섬세함이었다. 피아노 건반을 지그시 누르듯이 압박하고 위아래로 느릿하게 쓸어올리기를 반복했다. 서화는 고개를 저었다. 참을 수 없었다. 맞붙은 입술 새로 나가는 교성은 꼭 제 것이 아닌 것처럼 들렸다.

"……이, 상해요."

간신히 입술이 떨어진 틈을 타 헐떡였다.

"……이상해."

그녀는 잔뜩 흐트러진 상태였다. 아직 물기가 남은 검은 머리칼이 동그란 이마에 달라붙어 청초함을 더했다.

"……뭐가 뭔지 모르겠는데, 못 참겠어요."

지한이 살며시 웃었다. 못 참겠다는 애원이 이토록 달콤할 수 없었다. 그는 더 정성껏 여자의 깊은 곳을 연주했다. 가장 예민하게 곤두선 감각을 집요하게 짓누르며 물기 젖은 소리를 가득 품게 했다.

"참지 마."

더없이 상냥한 음성이 서화의 귓가에 흘러들었다.

"네가 솔직하게 망가지는 걸 보고 싶으니까."

오로지 쾌락만을 뒤좇다가 흠뻑 취하며 산산이 부서지는 것. 그 모든 과정을 여자가 숨김없이 드러내 주길 바랐다. 그토록 그가 증오하던 '욕망'이란 감정에 여자가 충실하게 지배당하는 모습이 보고 싶어졌다.

"하지만……."

서화는 뭔가 억울하다는 표정이었다. 지한의 팔뚝을 잡은 그녀의 손에 미약한 힘이 실렸다. 심술이 난 것이다. 자신만 이렇게 망가지는 것이 못 견디게 부끄러워 참을 수 없는 것이다. 애석하게도 그 분노마저 지한의 말초신경을 자극했다. 그가 하얀 귓불을 이로 잘근 깨물며 속삭였다.

"여유가 많네. 쓸데없는 생각도 할 줄도 알고."

"아……!"

서화의 고개가 뒤로 젖혀졌다. 은밀한 곳을 헤집던 그의 손이 전과는 비교할 수 없이 예민한 감각을 휘젓기 시작했다. 고개는 다시 거울을 향해 붙잡혔다. 외설스러운 광경이 눈물 맺힌 서화의 눈동자에 생생히 박혀 들었다. 살성이 약한 탓에 그가 닿는 곳마다 붉은 자국이 묻어났다. 서화는 손등으로 입을 가린 채 무방비하게 흐느꼈다. 모든 것이 자극적이었다. 그의 손길에 젖어가는 몸도. 찰박이는 소리가 귓가를 수시로 때리는 것도.

끝을 모르고 차오르던 쾌감이 결국 폭발하자 몸이 팽팽히 당겨진 활시위처럼 휘어졌다. 그 절정에서 툭 떨어졌을 때는 얕은 떨림이 부르르, 몸을 뱀처럼 기어갔다.

"하아, 하아."

"잘했어."

그가 살며시 입 맞추며 젖은 머리칼을 넘겨주었다. 힘이 풀린 서화는 한동안 지한의 어깨에 얼굴을 묻은 채 숨만 내쉬더니, 흘끗 눈을 들어 중얼거렸다.

"……못 됐어, 진짜."

원망하는 눈꼬리에 눈물이 한 움큼 맺혔다. 지한이 그것을 서슴없이 혀로 훔치며 부드럽게 미소 지었다.

"그래도 나름 훌륭한 연출이지 않았어?"

눈도 귀도 모든 것이 자극적이었던. 난생처음 느껴본 절정은 이루 말할 수 없는 공허함을 몰고 왔다. 너무 강렬해서 그 감각의 부피만큼 갈증을 품게 했다.

"……나만, 나만 엉망이잖아요."

그러나 이성이 한 가닥 돌아오자 자신이 얼마나 엉망진창으로 이 남자 앞에서 흐트러졌는지 생생히 기억났다. 억울함에 숨을 크게 내쉬며 거울을 바라보는데, 서화의 몸이 바짝 굳었다.

지한의 두 눈이 가쁜 숨을 내쉬느라 오르내리는 그녀의 하얀 가슴에 박제돼 있었다. 그리고 아래로, 더 아래로. 다시 서로의 시선이 엉켜 든 순간, 그가 실소했다. 그 또한 거울에 비춘 자신을 보며 어이가 없었다. 정염으로 짙게 물든 남자의 얼굴이 볼만했다. 오로지 원초적인 본능만을 좇기 위해 태어난 놈처럼 서화의 하체를 찌르는 그의 열망은 단단하고 노골적이었다. 그래서 그는 더 참지 않기로 했다. 자신이 증오하고 멀리했던 욕망에 기꺼이 몸을 집어 던졌다.

"난 이미 엉망이었어."

그가 단숨에 서화를 번쩍 안아 올렸다. 새하얀 몸이 침대 한가운데에 사뿐히 내려앉았다. 가까이 다가와 입맞춤을 선사하는 남자를 서화는 망설이지 않고 끌어안았다. 몸이 또다시 달아오르기 시작했다. 그가 손을 뻗었다. 아슬아슬하게 걸쳐진 마지막 속옷이 그의 손가락에 걸리더니, 가느다란 종아리를 타고 바닥으로 툭 떨어졌다. 완전한 나신이 된 서화는 부끄러움에 고개를 돌렸다. 그러나 가슴은 설렘을 주체하지 못했다. 그가 또다시 안겨줄 쾌락을 상상하자 우습게도 좀 더 자신을 엉망으로 흩트려 줬으면 하는 발칙함이 싹을 피웠다.

"아……."

서화가 두 눈을 꾹 감으며 신음을 흘렸다. 그의 연주가 다시 시작된 탓이었다. 그는 손이 아닌 입술로 여자를 맘껏 연주했다.

촉, 촉. 움푹 파인 쇄골에 잔 키스를 흩뿌리며 창백하다시피 하얀 가슴을 농밀하게 적셨다. 그 쾌락을 참지 못한 서화가 지한의 머리칼 속으로 깊숙이 손을 집어넣었다. 말캉한 혀가 봉긋이 솟아오른 살갗을 집요히 괴롭히자 허벅지가 오므라들며 신음의 세기가 짙어졌다. 그리고 그의 입술이 가장 뜨거운 곳에 닿았을 때였다. 서화가 화들짝 놀라며 지한의 머리를 움켜쥐었다.

"잠깐, 반!"

"쉬, 괜찮아."

뜯긴 머리가 아플 법도 한데 그는 화 한 번 내지 않고 나긋하게 서화를 달랬다.

"완전히 풀어주지 않으면 네가 괴로워."

서화는 입술을 꽉 짓씹었다. 그녀의 양 허벅지를 단단히 붙들고 고개를 치켜든 그의 얼굴은 무척 야했다. 또다시 흠뻑 젖어버릴 만큼.

"참지 못하겠으면 더 세게 잡아."

그가 손수 자신의 갈색 머리칼을 쥐게 했다. 결국 서화는 울 거 같은 얼굴로 천장을 바라봤다. 두렵지만 좋아서 미칠 거 같은 쾌락에 손 한 번 쓰지 못하고 몸을 맡겼다. 마침내 전보다 더 격렬한 절정이 몰아닥치자 헐떡이며 눈물을 흘렸다.

그 사이, 지한이 입고 있던 티셔츠를 벗어 던졌다. 탄탄한 근육이 적절하게 자리 잡은 몸을 보며 서화의 눈동자가 어색하게 굴러갔다.

"새삼스럽게 왜 빨개지는데."

지한이 뒤틀린 서화의 턱을 끌어오며 픽 웃었다. 그는 마저 바지와 속옷도 벗으며 몸을 맞붙였다. 서화는 눈을 질끈 감았다. 찰나였지만 보고 말았다. 그녀의 하체를 단단히 찌르던 그것을.

"……불, 불 좀 꺼줘요."

"싫어."

그가 단호히 굴며 눈을 맞춰왔다.

"전부 다 놓치지 않고 볼 거야. 합의했잖아."

"……."

"너도, 나도. 솔직해지기로."

그리고 이 쾌락의 늪에 맘껏 취하기로.

어느 틈에 사 왔는지 그가 준비한 콘돔의 비닐을 이로 뜯으며 몸을 맞춰왔다. 맞물리기 직전, 상냥한 손길이 서화의 볼을 쓰다듬었다.

"많이 아플 거야."

"······괜찮아요."

진심이었다. 다른 사람도 아닌 눈앞의 이 남자라면 모든 게 다 괜찮았다. 그 신호탄을 보내듯 서화가 지한의 목을 끌어안았다.

"서지한 씨라면 다 괜찮아."

어쩌면 이 말을 기다렸을까. 지한은 더 지체하지 않고 끝까지 파고들었다. 몸을 관통하는 고통에 서화는 저도 모르게 남자의 어깨에 손톱을 세웠다. 그는 물러서는 대신 더 깊은 포만감을 선사하며 하체에 힘을 주었다. 완전히 서로가 맞물리자 억누르는 듯한 그의 한숨 소리가 귓가를 적셨다.

"몸에 힘 풀어."

서화는 고개를 저었다. 도리어 입술을 꽉 깨물며 하얀 종아리로 지한을 휘감았다.

"······싫어요."

죽을 만큼 아팠지만, 그를 놓치기 싫었다. 아픔 속에서도 미세하게 출렁이는 쾌락의 끈을 그가 다시 끌어와 주길 바랐다. 그라면 그렇게 해줄 거 같았다. 이 아픔조차 결국은 사탕처럼 녹아내릴 것이라며 달콤하게 속삭여줄 거 같았다.

"······빨리."

재촉하는 어리숙한 몸짓에 마지막 남은 지한의 이성이 뚝 끊어졌다. 입가에 맺힌 메마른 웃음이 사라지고 오직 타오르는 불씨만이 그의 눈동자를 가득 채웠다.

"참을 수 없으면 할퀴어."

"……"

"깨물어도 되고 네가 하고 싶은 만큼 날 상처 내."

그가 귓바퀴를 부드럽게 핥더니, 그토록 바라는 달콤함을 안겨
주었다.

"너라면 괜찮아."

본격적으로 시작된 몸짓에 서화는 뱀처럼 지한에게 얽혀들었
다. 파동 치는 남자를 따라 그녀의 몸도 함께 흔들렸다. 시트가
움푹 패일 만큼 격렬히 몰아붙였다가 달아나는, 치밀하고 감질나
는 그의 몸짓에 어깨를 꽉 깨물었다. 이미 두 차례 절정을 맞은
몸이었다. 이 정도론 만족하지 못했다. 더 큰 쾌감이 필요했다. 그
리고 보고 싶었다. 그녀만큼이나 취한 남자의 얼굴을. 서화는 귓
바퀴와 어깨를 쉬지 않고 애무하는 지한의 얼굴을 간신히 붙잡
으며 애원했다.

"……보여줘요."

끊임없이 몰아붙이던 지한의 미간에 굵직한 선이 패였다.

"날 얼마만큼 원하는지 보여줘요."

탄력 있게 흔들리던 그의 허리가 거짓말처럼 멈추었다. 그는 얼
굴 양옆으로 손을 짚으며 시선을 내렸다. 서화는 색색거리며 몽롱
한 눈으로 지한을 올려다봤다. 그녀는 깊게 취해 있었다.

오직 욕망만을 위해 내달리는 얼굴. 언제나 그랬듯 거부감이 일
어야 하는 게 정상이었다. 그러나 애석하게도 아름다웠다. 도무
지 안지 않고선 견딜 수 없을 만큼 여자는 아름다웠다. 문득 제이

클이 했던 말이 머릿속을 스쳐 간다.

'하나뿐인 뮤즈?'

　얼토당토않은 소리라 생각했다. 신을 섬긴 적도, 인간을 대상으로 영감을 받은 적도 한사코 없었다. 그러나 그는 인정해야 했다. 이 순간 여자는 그를 천국으로 이끌 수 있는 하나뿐인 신이자 지옥으로 끌어내릴 수도 있는 유일한 악마란 걸.

　삐그덕. 다시 한번 침대가 움푹, 파이며 거친 파동이 시작됐다. 열기로 흐릿해진 여자의 눈을 꿰뚫듯이 직시하며 끊임없이 그녀를 쾌락으로 빠트렸다. 그리고 하나도 놓치지 않으며 눈에 담았다.

　물결처럼 일렁이는 검은 머리칼. 발그레 달아오른 볼. 붉게 젖은 눈 밑. 밀어닥친 쾌감에 허우적거리며 울 거 같은 얼굴로 그의 이름을 쉬지 않고 부르는 사랑스러운 입술.

　서화가 흐느낄수록 지한의 숨소리도 거칠어져 갔다. 하얗고 가느다란 종아리가 천장을 향해 드높게 올라가고 찰박이는 물소리가 흘러내리다시피 살결을 적셨다. 지한이 서화의 턱 끝을 붙잡으며 혀를 밀어 넣었다. 비명 같은 그녀의 교성이 그의 입안으로 산산이 부서져 내렸다.

"하아, 하아."

　서화의 가슴이 크게 오르내렸다. 팔과 다리가 시트 위에 힘없이 늘어졌다. 그 작은 몸뚱어리를 지한이 부드럽게 끌어안으며 땀에 젖은 머리칼을 다정히 넘겨주었다.

"잘했어."

서화는 힘겹게 지한을 바라봤다. 그도 그녀만큼이나 잔뜩 젖어 있었다. 땀으로 번들거리는 탄탄한 어깨를 살며시 쓸며 조심스레 소리 냈다.

"……좋았어요?"

"뭐?"

방금 무슨 소리를 들었냐는 듯 그의 미간이 일그러졌다. 서화는 한 마리의 고양이처럼 머리를 포근히 기대며 수줍게 중얼거렸다.

"난 좋았는데, 서지한 씨는 아닐 수도 있잖아요. 내가 처음이라서 많이 서툴렀을 텐데…… 읍."

지한이 서둘러 서화의 입술을 막았다. 아프게 아랫입술을 깨문 그가 탄식 같은 한숨을 흘리며 멀어져갔다.

"그만해. 여기서 더 괴롭히면 진짜 널."

악마라고 부르고 싶을지도 몰라. 그 말이 턱까지 차올랐지만, 지한은 간신히 집어삼켰다. 여기서 더 관계를 맺었다간 서화의 몸에 상처가 날 수도 있었다. 그녀의 피부 곳곳에 붉은 자국이 자욱했다. 죄다 그가 남긴 흔적이었다. 그 사실에 금세 아래가 뻐근해졌지만, 그는 한 가닥의 이성을 꽉 붙들며 물에 적신 타월을 들고 왔다. 경직된 하얀 다리를 살며시 닦아주자 서화가 흠칫 놀라며 허벅지를 오므렸다.

"괜찮아요."

"가만히 있어. 지금 안 풀어주면 내일 움직이기 힘들어."

"진짜 괜찮은데……."

서화가 다시 붉게 달아올랐다. 지한이 픽, 웃으며 나머지 한쪽

다리도 마저 풀어주었다.

"더한 것도 했으면서 왜 자꾸 숨기려고 할까."

"그야……."

그때는 제정신이 아니었으니까.

"미안. 막무가내로 굴어서."

"……뭐가요?"

"아플 거 같아서."

지한의 시선이 서화의 허벅지 안쪽에 머물렀다. 붉은 자국이 각인되다시피 번져있었다. 그게 못내 마음에 걸렸는지 눈을 떼지 못하는 그를 보며 서화가 단호히 말했다.

"그런 말 하지 말아요. 좋았으면 됐어요. 그리고 그런, 순간에서조차 이성적인 거 좀 별로예요. 꼭……."

그녀가 말끝을 흐리며 귓불을 붉혔다.

"날 좋아하지 않는 거 같아서."

"그러니 거칠수록 사랑의 농도도 짙어진다? 뭐, 그런 소리야?"

"아니, 내 말은……."

서화의 무구한 눈동자를 보며 지한은 한숨을 흘렸다. 여자의 표현은 대범하기 짝이 없었다. 아니, 자기가 무슨 말을 하고 있는지 알긴 할까.

"졸려요."

뒤늦게 부끄러움이 몰려왔는지 서화가 품에 파고들었다. 어리숙한 몸짓에 지한은 웃고 말았다.

"아무 생각 말고 푹 자."

하얀 볼에 살며시 입 맞추자 그녀의 두 눈이 스르르 감겼다. 그렇게 잠드나 싶더니, 희미한 음성이 지한을 불렀다.

"있잖아요."

"응."

"나, 오늘 좀 힘들었어요."

생각지 못한 고백에 시선을 내리자 얇게 떨리는 여자의 속눈썹이 보였다. 서화가 힘겹게 눈꺼풀을 들어 올렸다.

"오늘 학교에서 날 낳아준 여자 이야기를 듣게 됐거든요."

충동적인 고백이었다. 스스로조차 왜 이런 말을 하고 있는지 자각하지 못했다. 그의 품이 눈물 날만큼 따스해서일까. 무방비하게 녹아내리는 마음이 자꾸만 쓸데없는 용기를 품게 했다.

"실은 다 가짜예요. 내 주변을 둘러싸고 있는 모든 게, 전부 다."

"……."

"나, 사실은 입양아예요. 그때 그랬죠. 그렇게 어설퍼서 달아날 수 있겠냐고."

지한의 두 눈이 어둡게 가라앉았다. 잊을 수 없었다.

'그렇게 어설퍼서 달아날 수 있겠어?'
'이왕 시도한 거 필사적으로 굴어야지.'
'개처럼 끌려다니기 싫으면.'

그는 남의 인생에 끼어드는 것을 극도로 꺼렸다. 그런 그가 고의적으로 서화의 삶에 침투했다. 그것도 몇 번씩이나. 그건 아마도 그녀의 주변을 둘러싸고 있는 어둠 때문이었을까.

"어설플 수밖에 없는 게 당연해. 그때 나 굉장히 겁쟁이였거든요. 지금도 다를 건 없어요. 겨우 가족이라는 울타리가 생겼는데, 이걸 어떻게 내 손으로……."

말끝을 흐린 그녀의 입술이 서글프게 일그러졌다.

"무너트릴 수 있겠어요. 그 여자랑 너무도 다른걸. 적어도 날 학대하진 않으니까. 나한테 죽으라고 소리치진 않으니까."

이 사실을 감추기 위해, 그 과거에서 벗어나기 위해 얼마나 피나는 노력을 했는지 모른다.

"근데 오늘 그 여자 이야기를 우연히 학교에서 듣게 되니까 다시 원점으로 돌아간 기분이었어요. 무명 시절이 길었대요. 사람들에게 그 사람은 안타깝고 안쓰럽고…… 너무나도 여려서 보고만 있어도 슬퍼지는 얼굴로 기억되고 있었어요. 그걸 듣고 있으니까 꼭 내가 용서해야만 할 거 같은 거야. 그래도 날 낳아준 사람이니까 언젠가는 용서해야 하는 게 맞는 걸 아는데, 그게 맘처럼 되질 않아요. 이럴 땐 어떡해야 해요?"

가끔 친모에 관한 기사를 찾아볼 때면 죄다 안타깝다는 이야기뿐이었다. 함께 죽은 유태하의 이야기도 포함이었다. 두 사람은 끔찍이 서로를 사랑했으며, 그래서 고결한 죽음을 맞이했다는 것. 반은 맞고 반은 틀린 말이었으나 그 속에 서화는 없었다. 그 비극에 서화의 이야기는 단 한 줄도 적혀 있지 않았다. 아무도 그녀를 찾지 않았다.

"용서하지 마."

나직이 떨어진 음성에 서화의 눈이 커졌다. 지한이 손을 뻗어 서화의 눈꼬리에 맺힌 눈물을 닦아냈다.

"네가 하기 싫으면 안 해도 그만이야. 그 선택에 누가 손가락질한다고 해도 네가 감당할 몫은 아니란 소리야.”

“…….”

“괴로워서 죽을 거 같은데, 남 시선이 두렵다는 이유로 본인 목소리를 못 듣는 게 더 미련한 거 아니야? 자기가 자기 자신을 학대하는 거랑 뭐가 달라.”

서화의 표정이 멍해졌다. 아무도 이런 식으로 그녀에게 말해줬던 사람은 없었다. 지한이 서글픈 미소를 지었다.

“힘들었겠다. 많이 아프고. 그래서 난 네가 널 맘껏 표현했으면 해. 그리고 행복해졌으면 좋겠어.”

뒤따라온 말에 눈물이 다시 가득 차올랐다.

“네가 늘 추구하던 완벽한 작품 말고. 네가 진짜 조각하고 싶은 거 말이야. 그러기 위해선 네 감정이 뭘 원하는지에 집중해야 할 텐데, 그래서 때론 이기적인 사람이 돼야 한다면 그것도 나쁘지 않아.”

그만, 그만. 서화가 고개를 저었다. 마음속 자아가 격하게 아우성을 쳤다. 위험했다. 19년 동안 겹겹이 쌓아온 탑이 와르르 무너지려고 했다. 서화는 직감했다. 여기서 그가 한 발짝 더 다가온다면 그녀는 다시 예전처럼 돌아가지 못할 거라고. 남들이 바라던 가면을 척척 쓰던 지난날의 오서화가 될 수 없을 거라고. 그럼에도…….

“모두에게 완벽해지려고 하지 마. 그럼 네가 너무 안쓰럽잖아.”

“……흐윽.”

좋았다. 그의 한 마디, 한 마디가. 마음을 어루만져 주는 거 같아서. 사실은 기다렸던 걸까. 나는 여전히 그 과거에 머물러 있으니 누군가 손 내밀어주길.

"이제야 좀 본인 나이답게 우네."

지한이 어린아이처럼 펑펑 우는 서화를 감싸 안으며 낮게 웃었다. 한참을 그의 품에서 목 놓아 울던 서화가 훌쩍거리며 속삭였다.

"……좋은 사람이 되고 싶어요."

촉촉이 젖은 눈망울로 그를 올려다보았다.

"서지한 씨한테만큼은 좋은 사람이 되고 싶어."

당신이 내게 그랬듯이.

"그래서 언젠가는 나한테 말해줬으면 좋겠어요. 당신이 어떻게 살아왔고, 어떤 길을 걸어왔는지."

그 말이 꼭 당신도 나와 같은 상처를 품고 있는 사람이라는 소리처럼 들렸다.

"기다릴게요."

지한은 잠시 생각에 잠겼다. 어쩌면 그도 과거에 머물러 있는지 모른다. 여전히 마크가 죽은 그 도로에 두 발이 묶여 있는지 모른다. 죽을 때까지 죄책감을 껴안고 살아가야 하는 게 마땅한 삶이라 여긴 적이 있었다. 그런데 왜일까. 서화가 원하는 것이라면 뭐든 들어주고픈 충동이 일었다. 그게 남들이 손가락질하는 일일지라도.

"그래."

담백한 대답에 서화가 발그레 웃어 보였다. 아름답고 고귀해서 차마 함부로 손댈 수조차 없는 얼굴이었다. 지한은 다시금 여자를 품에 당겨 안았다. 심장이 뜨거웠다. 메말랐던 마음에 자꾸만 샘이 흘렀다. 더없이 행복해서 덧없는 욕심을 품게 하는 밤. 두 사람의 마음에 비슷한 온도의 불씨가 피어오른 순간이었다.

* * *

눈 깜짝할 새에 일주일이란 시간이 흘렀다. 서화는 고개를 들어 올렸다. 하늘이 어느 날보다 높고 청량했다.

-괜찮겠어?

휴대폰 스피커 새로 듣기 좋은 중저음이 흘렀다.

"그럼요. 너무 아무렇지 않아서 문제인걸요."

덤덤한 대답에 잠시 침묵이 흘렀다. 그 이유를 알 거 같아 서화는 입술을 말아 물었다. 때를 놓치지 않고 지한이 물었다.

-약속하지 않았어?

"……뭘요?"

-솔직해지기로.

역시 그에게는 어떤 거짓말도 할 수가 없다. 이리 쉽게 들통이 나버리니.

"조금 무서워요."

서화는 진심을 내뱉었다.

"그래도……. 가 보고 싶어요. 용서, 같은 거 하러 가는 거 절대 아니니까."

-그래. 마음 가는 대로 하고 와.

서화는 시선을 널리 뻗었다. 자택 앞에 검은 승용차가 그녀를 태우기 위해 대기 중이었다. 목적지는 김윤서, 그 여자가 잠들어 있는 납골당이었다.

"서지한 씨도 잘 도착했어요?"

오늘 지한에게도 가야 할 목적지가 있었다.

"유미 언니가 좋아하겠어요."

−글쎄. 얼굴 보여주니까 계약서 들고 온다면서 사라진 거 보면 돈줄로 보는 거 같은데.

설마, 그럴 리가. 그가 다시 작품 작업을 한다고 했을 때 기뻐할 사람들의 모습이 눈에 선했다. 그중에는 서화도 당연히 포함이었다. 서화는 숨을 크게 들이켰다. 녹음이 우거진 길가에 햇살이 쏟아져 내렸다.

"우리 잘할 수 있겠죠?"

달콤한 음성이 주문처럼 그녀의 귓가를 간지럽혔다.

−얼마든지.

* * *

"내가 전생에 나라를 구했을까?"

유미는 황홀함에 젖어 있었다. 막 통화를 끝낸 지한이 무심한 눈으로 그녀를 바라봤다.

"계약서는?"

"여기."

평소 차분히 작가를 상대하는 그녀답지 잃게 계약서를 들이미는 손길이 조급했다. 그만큼 이 상황이 믿기지 않았다. 서지한은 한다면 하는 놈이었다. 그 말은 즉, 한번 내린 결정은 세상이 무너져도 절대 번복하지 않는다는 소리였다. 그런 녀석이 작품을 함께 하겠다고 직접 찾아왔으니 믿기지 않을 수밖에.

"진짜로 다시 잡는 거야?"

"왜? 못마땅하면 여기서 접을까?"

"미쳤어? 어떻게 굴러들어 온 복인데. 제이클과 서지한의 개인 작도 모자라서 두 사람의 합작을 우리한테 준다는 거잖아. 나, 이 거 꿈꾸고 있는 거 아니지? 잘만 하면 부관장 자리는 떼놓은 당 상인데. 어? 제이클, 여기야!"

유미의 연락을 받고 도착한 제이클이 느긋한 걸음으로 두 사람 에게 다가왔다.

"보고 싶었어, 지한."

그는 능청스럽게 지한의 어깨에 팔을 둘렀다. 지한은 눈길 한 번 주지 않고 마저 계약서를 읽어 내려갔다. 온도 차가 극명한 모습 에 유미는 흐뭇한 미소를 지었다. 보기 좋은 그림이었다. 지한을 비롯해 제이클도 만만치 않은 미남이었다. 금빛 머리칼과 푸른 숲 을 닮은 연녹색 눈동자가 보석처럼 아름다웠다.

"내 소원이 통한 모양이야?"

제이클이 은밀히 속삭이자 유미가 눈을 동그랗게 떴다. 그녀도 외국어를 웬만큼 하는 편이었다. 제이클이 발음한 문장이 귀에 속속 박혀왔다.

"제이클 무슨 소원 빌었어?"

제이클은 대답 대신 어깨를 으쓱였다. 그는 망설임 없이 계약서 에 도장을 찍는 지한을 보며 감탄하듯이 덧붙였다.

"역시 그녀는 위대한 신이었네."

지한은 아무 말도 하지 못했다. 반박할 수 없었다. 그의 입가에 옅은 미소가 번져있었다. 사랑, 그게 뭐라고. 자꾸만 희망을 손에 쥐게 했다.

본색

"갑자기 생각을 바꾼 이유가 뭐지?"

차가 인적이 드문 국도로 진입한 참이었다. 뒷좌석에 앉은 제원이 나긋한 음성으로 물었다. 서화는 고개를 돌려 제원을 바라봤다.

"언제까지 안 볼 수는 없으니까요. 그리고 아버지가 그곳에 꾸준히 신경을 쓰고 있으실 줄은 전혀 몰랐어요. 늦었지만, 감사합니다."

제원은 침묵하며 서화의 얼굴을 빤히 응시했다. 딸아이는 평소와 다를 바 없는 분위기를 풍기고 있었다. 아이를 데리고 온 여섯 살. 그때부터 시작된 훈육과 철저한 세뇌로 길러진 완벽한 모습 그 자체였다. 그랬던 아이가 납골당을 가겠다며 서재를 찾은 건 지금으로부터 일주일 전이었다. 갑작스러운 심경의 변화였다. 제원은 누구보다 잘 알고 있었다. 김윤서가 서화에게 어떠한 영향력을 끼치는 여자인지.

"도착했습니다."

차가 숲이 우거진 주차장에 들어서자 수행 기사는 룸미러로 제원을 바라봤다. 그 시선에 제원이 가볍게 고갯짓하며 차 문고리를 붙잡았다.

"내리자꾸나."

"네."

차에서 내린 서화는 산 중턱에 세워진 건물을 바라봤다. 그토록 외면하던 친모(親母)가 저곳에 잠들어 있다는 사실이 새삼 다가왔다. 원피스를 움켜쥔 손에 힘이 절로 들어갔다. 이곳을 여러 번 방문한 사람답게 건물로 향하는 제원의 걸음은 자연스러웠다. 서화는 그 뒤를 천천히 밟았다. 생각보다 건물 내부는 작고 협소했다. 직접 수소문해서 찾아보지 않는 한 쉽게 발길이 닿지 않을 만한 장소였다.

"이렇게 보는 건 19년만인가?"

제원이 한 유골함 앞에 멈춰 섰다.

"하고 싶은 말이 있으면 편하게 전하고 나오거라."

그가 자리를 비우자 환히 웃고 있는 여자의 사진이 눈에 들어왔다. 여자는 연푸른 원피스를 입고 세상에서 가장 행복한 사람의 얼굴을 하고 있었다. 그녀가 이렇게 활짝 웃을 줄도 알았나. 서화가 기억하는 '김윤서'는 항상 괴성을 지르고 죽고 싶다는 말을 밥 먹듯이 하고 다니던 여자였다. 그러나 사진 속 김윤서는 무척 행복해 보였다. 그리고, 끔찍이도 서화와 닮아 있었다. 눈코입을 빼다 박은 것처럼 그녀의 흔적은 서화의 얼굴 곳곳에 문신처럼 각인돼 있었다.

"보고 싶어서 온 거 아니에요."

침묵을 지키던 서화가 힘겹게 목소리를 냈다.

"내가 어떻게 당신을 그리워할 수 있겠어요."

서화가 이곳을 찾은 것만으로도 기적이었다. 그리고 이것은 처음이자 마지막 상면이 될 것이다.

"끔찍해서 찾아온 거예요. 당신이 날 죽이려고 했던 그날이 도무지 잊히지 않아서."

하얀 눈이 펑펑 쏟아질 때면 다른 친구들은 행복하게 눈을 밟고 다니기 바빴다. 서화만 한 발짝도 움직이지 못했다. 자꾸 생각이 나서. 눈으로 뒤덮인 땅을 붉게 적신 김윤서와 유태하의 피가 생생히 떠올라 토기가 쏠렸다. 눈이 내리는 날이면 어김없이 악몽을 꿔야 했다.

"간절히 바랐죠? 내가 당신 딸일 리 없다고. 유태하와 당신 사이에 자식 같은 건 없어야 한다고."

틈만 나면 소리 지르고, 물건을 부수고, 끝내 친딸을 죽음으로까지 몰아붙인 여자. 그래서 지금까지도 내 인생을 구렁텅이로 빠트리는 여자.

"당신한테 처음부터 딸 같은 건 없었던 거야. 나, 절대로 당신 딸인 적 없어요. 그러니까 다신 내 꿈에 나타나지 말아요. 내 인생에서 제발……."

19년 동안 가장 절실히 바라던 소원을, 서화는 간절히 토해냈다.

"사라져줘."

다시는 나타나지 마. 용서 같은 거 바랄 생각도 하지 마. 그냥……. 내 인생에서 제발 사라져줘.

그동안 쌓아온 원망을 와르르 쏟아냈다. 눈 한 번 감지 않고 김윤서의 사진을 꿰뚫듯이 주시했다. 언젠간 그녀를 만나면 퍼붓고 싶던 말들을 하나도 놓치지 않고 줄지어 내뱉었다.

"하."

켜켜이 묵혀온 감정을 터트리자 이상하게도 가슴 한구석이 시원했다. 이토록 별것 아닌 일을 왜 이리도 망설였는지.

"……그래, 이거면 됐어."

이젠 이 진창에서 벗어날 일만 남았다며 서화가 납골함에서 등을 보인 찰나였다.

'누구지?'

처음 보는 중년 남성이 서화를 빤히 주시하고 있었다. 그의 손에는 한 송이의 국화가 들려 있었는데, 하얗게 질린 얼굴이 마치 오늘 아침 누군가의 죽음을 목도한 것처럼 위태로웠다. 한 발짝 물러서며 남자를 스쳐 간 순간이었다.

"저기, 잠깐만요."

생각지 못한 남자의 부름이 서화의 발목을 붙잡았다. 뒤를 돌아보자 남자가 더듬더듬한 눈길로 서화의 머리부터 발끝까지를 훑어 내렸다. 다시 시선을 부딪치자 그의 입술이 파르르 떨렸다. 그와 동시에 중후한 음성이 서화의 등 뒤를 울렸다.

"서화야."

제원이었다. 그를 마주한 남자는 이제 송장처럼 굳어 있었다.

"볼일 끝났으면 먼저 내려가 있거라."

제원이 뒷짐을 진 채 1층을 턱짓하자 서화는 말 잘 듣는 아이처럼 순순히 두 사람에게서 멀어져갔다. 문득 고개를 돌리자 기다렸다는 듯이 남자가 눈을 맞춰왔다. 남자는 여전히 꼼짝없이 굳어 있었다.

또각또각. 말갛게 울려 퍼지는 서화의 구두 굽 소리를 멍하니 듣고만 있던 남자는 돌연 울분에 찬 눈으로 제원을 직시했다. 제원이 고개를 비스듬히 기울이며 말했다.

"다시는 이곳에 얼쩡거리지 않기로 약조했던 거 같은데."

남자는 파들거리는 입술을 간신히 움직였다.

"……죽었다고 했잖습니까."

"그래, 죽었지."

죄책감이라고는 느낄 수 없는 선선한 대답이었다. 남자가 목에 걸린 분노를 씹어뱉었다.

"누가 봐도 저 아이는 윤서 딸인데, 죽긴 누가 죽었습니까."

"아니."

제원은 단호히 남자의 말을 가로채며 미소 지었다.

"누가 뭐래도 저 아이는 내 딸이야. 그쪽이 기억하는 그래, 유지아. 그 아이는 그날 이후로 죽은 게 아니었나?"

김윤서가 스스로 목숨을 끊은 날. 유태하도 그녀와 함께 세상을 떠난 후 자연스레 서화의 존재는 잊혀 갔다. 아무도 아이를 찾지 않았다. 김윤서와 유태하. 두 사람과 얽혀 있는 사람들끼리의 암묵적인 약조였다.

"왜? 저 아이가 유태하 딸이 아니라 당신 딸이라는 사실에 뒤늦은 부성애라도 피어오르나? 분명 김윤서와 함께 생을 마감했다고 했을 때 굉장히 안도했던 걸로 아는데."

남자의 눈이 거센 비바람을 맞은 나무처럼 초라하게 흔들렸다.

"기가 차는군. 10년 동안 사랑했던 여자를 두고 다른 여자에게 애를 배게 한 인간이 지금 와서 처연한 얼굴을 해봤자 무슨 소용이 있겠어. 최익준 씨. 아니."

"……."

"최승원 씨."

김윤서가 그토록 사랑해서 죽음을 택하게 만든 남자는 이토록 잘 살아가고 있었다. 다른 여자를 만나 결혼을 하고, 애를 낳고, 하하 호호 웃으며 김윤서와 함께했던 지난날을 파도에 휩쓸려간 모래알 취급하듯 20년이 넘는 세월을 잘 보내왔다. 그래놓고 이제 와 서화가 살아 있다는 것에 작살 맞은 물고기처럼 꿈틀거리는 게, 제원의 눈에는 가증스럽기 짝이 없었다.

"찾아올 생각은 눈곱만큼도 없었습니다."

말아쥔 승원의 주먹이 희미하게 떨렸다.

"어젯밤 윤서가 꿈에 나타나 하염없이 울길래 너랑 나는 참 지독한 인연인가 보구나, 하늘에서도 너는 편히 쉬지 못하나 보구나, 죄책감에 찾아온 거뿐입니다. 그리고 그 남자만 찾아오지 않았어도 이곳에 찾아올 생각은 전혀 하지 않았을 겁니다."

그 남자? 제원의 미간이 미약하게 일그러졌다. 수상함을 느낀

승원이 눈에 힘을 주며 덧붙였다.

"모르는 눈치군요. 총장님이 보낸 사람 아니었습니까? 유태하부터 시작해서 당신, 그리고 차성준 그 남자까지. 왜 날 못 잡아먹어서 안달입니까."

최승원은 절박한 얼굴로 호소했다.

"이 질긴 인연을 끊어내고 싶은 사람은 바로 접니다. 제발 저 좀 내버려 두십시오."

제원은 무감한 눈으로 남자의 애원을 감상했다. 최승원이 호흡을 크게 들이키며 조심스레 물었다.

"……아이는 어쩔 생각입니까?"

"도가 지나치군."

제원이 쯧, 혀를 차며 한 걸음 다가왔다. 그 순간 승원의 손에 쥐어진 국화꽃 한 송이가 바닥으로 툭 떨어졌다. 흘긋 눈길을 준 제원이 발을 살짝 들어 올려 사정없이 국화꽃을 짓밟았다. 하얀 진물이 왈칵 흘러나오자 제원의 눈에 서슬 퍼런 냉기가 피어올랐다.

"그 큰돈을 받아 간 주제에 말이 많아."

김윤서가 죽은 지 얼마 되지 않아 제원은 최승원을 찾아갔다. 그리고 전했다. 그녀에게 딸이 하나 있는데, 아마도 그쪽이 친부인 거 같다고. 최승원은 적잖이 당황해했다. 그럴 리 없다고 몇 번이나 부정했으나 사실이었다.

유태하가 이사직으로 있는 금융회사에서는 며느리인 김윤서를 달가워하지 않았다. 뼈 빠지게 가난한 집에서 태어나 이제야 빛을 보기 시작한 무명 여배우. 그리고……. 그녀의 스폰서 역할을 자처했던 유태하. 회사 입장에서 좋을 게 없는 타이틀이었다. 어떻게든 묻고 가야 하는 진실이었다. 그래서 아이의 존재를 감췄다. 김윤서와 유태하의 시신을 수습하는 대신 살아남은 서화를 죽은 듯이 없애거나 조용히 외국으로 빼돌릴 생각이었다. 그러다 서화가 유태하의 친딸이 아니란 걸 알게 됐고, 수소문 끝에 최승원에게 연락하려던 걸 제원이 중간에 가로챘다.

제원이 말했다.

"그날 이후로 당신 딸은 죽은 거라고, 몇 번이나 인지하게 해줬으면 적당한 선에서 알아먹어야지."

제원은 죽은 아이의 시신을 자신이 수습하겠다며 장례식장에 찾아오지 않는 조건으로 최승원에게 큰돈을 내밀었다.

"하, 하지만 난 몰랐습니다. 정말 몰랐어요. 그 아이가 내 아이일 줄은."

최승원의 입이 허망하게 벌어졌다.

"유태하, 그 자식이 나타나서 그딴 말만 내게 지껄이지 않았어도……."

남자는 짓밟힌 국화꽃을 처연하게 바라보며 지난 과거를 회상했다.

'다신 김윤서, 그 여자 앞에 나타나지 마.'

아직도 생생했다. 느닷없이 제 앞을 가로막으며 경고하던 유태히의 얼굴이. 유태하는 승원에게 설대 넘을 수 없는 산과도 같았다. 언제든지 그를 집어삼킬 수 있는 남자였다. 그걸 알면서도 그날 놈에게 달려든 건 도무지 참을 수 없어서였다.

'모르나 보지? 윤서가 날 얼마나 사랑하는지. 어제도 밤새 울부짖었다고. 다시 자기한테 돌아와 달라고. 당신은 그 여자한테 스폰, 그 이상 그 이하도 아닌 거야. 지금 배신에 울부짖어야 하는 사람은 내가 아닌 당신이라고.'

유태하에게 그가 내보일 수 있는 건 오직 김윤서, 그 여자 하나뿐이었다.

'아아. 그래서 바로 다른 여자와 짐승마냥 몸을 섞었나? 심지어 그 여자 배에 애새끼까지 배게 만들고?'
'그, 그건.'

다분히 충동적인 밤이었다. 아무리 그래도 몸은 섞지 말았어야지. 널 팔진 말았어야지. 윤서를 다그칠 때마다 그녀는 이 지긋지긋한 무명을 끝내기 위해선 그 남자를 속일 수밖에 없었다며 펑펑 울었다. 밉고 괘씸했다. 그래서 충동적으로 다른 여자와 하룻밤을 보냈다. 그런데 유태하가 이 같은 사실을 전부 알고 있었다.

'김윤서가 말 안 하던가? 우리 사이에 이미 훨씬 전부터 애가 들어섰단 걸. 이 모든 걸 김윤서가 알면 참 볼 만하겠어. 이래도 너 같은 걸 사랑할까?'

너 같은 거. 그 한마디에 최승원은 허망하게 부서져 내렸다. 그렇게 윤서와 헤어졌다. 어떻게 10년을 사랑한 세월을 버릴 수가 있냐며 울부짖는 그녀의 곁을 가차 없이 떠났다.

"전생에 무슨 원수를 졌다고 유태하, 그놈은 죽어서까지 내 발목을 잡는지."

승원은 지긋지긋한 악연을 떨치려 고개를 젓다가도 제원을 마주하자 침을 꿀꺽 삼키었다. 생각해보면 유태하보다 더 지독한 인간은 오제원일지도 모른다.

"입단속 잘하는 게 좋을 거야."

제원이 무감한 눈으로 최승원을 내려다보며 경고했다.

"지금 지키고 있는 가정마저 풍비박산 내고 싶은 게 아니라면."

승원은 멀어져가는 제원의 등을 무력하게 지켜보았다. 울먹이는 목소리가 뒤늦게 그의 입술을 타고 흘렀다.

"……아이는, 아이는 아무 죄가 없단 말입니다."

* * *

집으로 돌아오자 거실에 나란히 앉아 있는 수연과 혜진이 보였다.

"잘 다녀오는 길이야?"

혜진이 자리에서 벌떡 일어나 서화의 손을 붙잡았다.

"어디 불편한 구석은 없고?"

그녀의 표정은 초조했다. 제원과 단둘이서 납골당을 간 게 몹시 미음에 걸렸나 보이다.

"전 괜찮아요. 걱정 끼쳐서 죄송해요."

"아니야. 잘 다녀왔으면 됐지. 고생 많았어."

"근데 언니, 아빠는? 같이 나간 거 아니었어?"

수연이 의아한 눈으로 현관문을 바라봤다.

"아, 잠깐 볼일 있다고 다시 가셨어."

돌아오는 동안 제원은 아무 말이 없었다. 그 침묵에 숨이 막힐 때쯤 그는 약속이 있다며 서화를 먼저 집으로 돌려보냈다.

"근데 어디 다녀온 거야? 보니까 엄마도 아는 눈친데. 나도 아는 사람이야?"

수연의 무구한 물음에 혜진이 어서 방으로 올라가라며 눈짓했다. 말하기 곤란한 것을 알았는지, 수연도 더 이상 묻지 않았다. 서화가 부드럽게 수연의 손목을 붙잡고 2층으로 향했다.

"그나저나 언니. 대체 언제 보여줄 거야?"

"뭘?"

"나랑 약속했잖아. 언니 남친 보여주기로."

방에 들어서던 서화의 등이 딱딱하게 얼어붙었다. 그럴 줄 알았다는 듯 수연이 혀를 쯧쯧 찼다.

"한창 좋을 때라서 아무 말 안 했는데, 이 정도면 알면서도 모른 척하는 거네."

지한과 사귀는 데 수연의 공이 컸다는 걸 서화는 부정할 수 없었다.

"언니 곧 축제라며."

"그걸 네가 어떻게 알아?"

"어? 그, 게 말이지. 실은 내 남친이 언니랑 같은 학교 다니거든."

"뭐?"

"쉿. 엄마랑 아빠한테는 비밀이야. 아빠 알면 또 시끄러워져. 하필 남친이 아빠가 총장으로 있는 학교에 다닐 줄 누가 알았겠어. 그것만 아니었으면 언니한테 진즉에 말해줬을 거야."

"남자친구 이름이 뭔데?"

"왜? 알면 가서 호구조사라도 하게?"

할 수만 있다면 당장이라도 그러고 싶었다. 학교에 입학한 뒤로 남다른 외모와 우수한 평판 때문인지 서화의 주변에는 끊임없이 남자가 들끓었다. 선후배 가릴 거 없이 누구든 틈만 나면 그녀와 소개팅 자리를 갖기 위해 별별 수작을 다 걸어왔다. 오죽하면 은정과 유라가 중간에 나서서 죄다 쳐낼 정도였다.

그래봤자 다 껍데기에 불과한 인간들이었다. 서화의 반반한 얼굴에 호기심을 갖고, 어떻게 한 번 해보려는 음흉한 심보로 다가온 놈이 대다수였다. 수연이라고 다를 바 없을 거였다.

"걱정하지 마. 늙다리 아니고 나랑 동갑이야. 이제 풋풋한 1학년이라고. 아무튼 축제 때 보여줄 거야, 말 거야?"

계속되는 채근에 서화는 한숨을 내쉬었다.

"그 사람이 시간이 될지 잘 모르겠어."

"물어보면 되잖아."

"지금?"

"응. 차라리 내 두 귀로 직접 듣는 게 속 편하지."

머뭇거리던 서화는 가방에서 휴대폰을 꺼내 통화버튼을 눌렀다. 그러나 신호음만 갈 뿐, 좀처럼 지한의 목소리를 들을 수 없었다.

"바쁜가 봐. 안 받네."

"뭘 얼마나 기다렸다고. 다시 걸어봐."

수연의 닦달에 못 이겨 다시 전화를 걸려는데, 돌연 화면에 '파도'라는 문구가 떴다. 조심히 통화버튼을 누르자 듣기 좋은 중저음이 스피커를 타고 넘어왔다.

－응. 잘 다녀왔어?

수연이 눈을 동그랗게 뜨며 입을 쩍 벌렸다. 목소리만 들어도 생김새가 유추됐다. 수연은 재빠르게 통화를 스피커 모드로 돌렸다. 그러자 지한을 둘러싼 주변 소리가 방 안을 생생히 울렸다.

－뭐야. 왜 걸어놓고 말이 없어.

멍한 표정으로 서 있던 서화는 서둘러 목소리를 냈다.

"혹시 바빠요?"

－아니, 잠깐 휴식 타임. 근데 바로 또 들어가야 해. 기분은 좀 어때? 괜찮아?

아무래도 친모를 보러 갔다는 게 신경 쓰인 모양이다. 서화의 입꼬리가 살며시 올라갔다.

"괜찮아요. 가길 잘했던 거 같아요."

－다행이네.

수연이 살며시 서화의 팔뚝을 꼬집었다. 어서 빨리 본론으로 들어가라는 채근이었다.

"있잖아요."

－응.

"그러니까……."

－왜? 또 목소리라도 듣고 싶어서 전화했어?

"……네?"

－회의 끝나면 여덟 시쯤 될 거 같은데, 시간 되면 잠깐 볼래? 일

없으면 그쪽으로 갈게.

수연이 화들짝 놀라며 양 엄지를 치켜들었다. 그녀는 소리 없이 입을 뻐끔거리며 다섯 글자를 전달했다.

'추진력 대박.'

이대로 둬선 안 되겠다는 생각에 서화는 냉큼 준비한 말을 꺼내었다.

"사실은요. 여동생이 서지한 씨를 보고 싶어 해요."

―날?

"남자친구 생기면 꼭 보여주기로 했거든요. 축제 때 올 수 있다는데, 혹시 그때 시간 될까요?"

본격적인 작업에 들어가면 얼굴 보기가 힘들어질 거라고 지한이 은연중에 흘린 적이 있었다. 당연히 거절 멘트가 돌아올 거라 생각했는데.

―그래, 보자.

흔쾌한 수락이 떨어졌다. 서화의 눈이 크게 뜨였다.

"……진짜요?"

―안 될 건 또 뭐야. 그날 일이 있긴 한데, 잠깐 짬 정도는 낼 수 있을 거야. 여동생 시간 될 때 말해줘. 맞춰서 갈게.

"아……, 네."

―그럼 푹 쉬어.

그대로 통화가 끊기나 싶더니, 지한이 툭 내뱉었다.

그리고 부딕힐 게 있으면 직접 선하라고 해. 괜히 옆에 보초 세워서 쫄려 하지 말고.

뚝. 통화가 종료되며 고요한 침묵이 흘렀다. 그 정적을 깨트린 건

난데없는 수연의 아우성이었다.

"뭐야, 완전 대박! 꺄!"

"쉿, 조용히 해. 밖에 다 들려."

"와……. 소름. 언니 이거 봐봐. 내 팔뚝에 닭살 돋은 거 보여? 나 옆에 있던 거 눈치 까고 있었던 거잖아. 언니, 이 사람 잘생겼지?"

"……그건 왜?"

"목소리만 들어도 딱 보이잖아. 이건 절대 못 생길 수가 없는 조합이야. 그래도 명색이 오서화 남친인데, 우리 언니가 좀 예뻐? 내가 쪽팔려서 말은 안 했지만, 한국에 있는 내 친구들 죄다 언니 소개받고 싶어 한 거 알아?"

"그런 말 없었잖아."

"당연하지! 비빌 걸 비벼야지. 인어공주한테 감히 오징어 따위가 가당키나 해?"

……이, 인어공주. 그 대목에 서화는 잠시 할 말을 잃었다. 그러나 금세 웃음을 터트리며 쉴 틈 없이 이야기를 하는 수연을 흐뭇하게 바라봤다. 행복했다. 이래도 되나 싶을 만큼.

* * *

제원은 예약한 한식당 룸에 앉아 누군가를 잠자코 기다렸다. 머릿속에는 오후에 만난 최승원의 음성이 쉬지 않고 이어졌다.

'*유태하부터 시작해서 당신, 그리고 차성준 그 남자까지. 왜 날 못 잡아먹어서 안달입니까.*'

드르르륵. 굳게 닫힌 문이 열리며 커다란 실루엣이 등장했다. 상대를 확인한 제원이 차분한 얼굴로 말문을 열었다.

"오셨군요, 차 이사님."

"먼저 와 있으셨네요. 오래 기다리셨습니까?"

"저도 막 도착한 참입니다. 편히 앉으시죠."

성준은 절제된 몸짓으로 맞은편에 자리를 잡았다. 시선을 교류한 두 남자는 한동안 말이 없었다. 직원들이 룸을 드나들며 상위에 휘황찬란한 음식이 차려지고, 두 개의 도자기 술잔이 준비됐다.

"귀한 시간 내주셔서 감사합니다."

제원이 손수 성준의 빈 잔에 술을 따르기 시작했다. 채워지는 잔을 말없이 보던 성준이 나지막이 말했다.

"급하셨던 모양입니다."

정종 주전자를 기울이던 제원의 손이 잠시 멈칫했다.

"손수 먼저 연락을 취해오시고. 기다리기만 잘하시는 줄 알았더니."

제원은 마저 술을 따르며 주전자를 소리 없이 내려놓았다. 그의 두 눈은 성준에게 닿아 있었다. 그 눈빛은 한없이 고요하며 적막했다.

"그리 말하니 단도직입적으로 묻죠. 왜 최승원을 찾아갔습니까?"

"왜일 거 같습니까?"

성준의 느긋한 태도에 제원의 턱 근육이 미세하게 꿈틀거렸다.

"차 이사님이 바라던 건 오서화, 그 아이가 아니었습니까? 별 도움도 안 될 그 아이의 더러운 가정사에까지 관심을 보일 줄은 전혀 몰랐습니다."

"더러운 가정사라……."

음미하던 성준의 입가에 조소가 번졌다.

"그렇게 말씀하시면 총장님이 그간 살아왔던 노고도 자연스레 깎아내리는 게 되는데, 언사 선택이 조금은 섣부른 감이 없지 않아 있네요."

마치 제원이 그간 어떤 삶을 살아왔는지 낱낱이 알고 있다는 듯한 어투였다.

"유감입니다. 저와 차 이사님은 비슷한 처지에 처해있는 줄 알았는데요. 같은 길을 걷고 있던 거 아니었습니까?"

"같은 길?"

제원의 말을 곱씹은 성준은 실소를 흘렸다. 조롱과도 같은 웃음이었다.

"그래도 제가 사람 보는 눈은 명확한 편인데, 이번에는 틀렸나 보군요. 오 총장님은 분수를 잘 아는 분이라고 생각했는데."

성준은 입속에 술을 가볍게 털어 넣으며 잔을 탁, 내려놓았다. 그는 적색의 상을 긴 손가락으로 툭툭 두드리며 제원에게 익숙한 이름을 차례차례 나열하기 시작했다.

"유태하."

"……."

"그 남자가 사랑했던 김윤서."

"……."

"그리고 김윤서가 사랑했던 최승원."

"……."

"마지막으로 오제원 총장님까지."

"……."

"아니, 유제원 총장님이라고 불러 드려야 정확할까요?"

더 이상의 고고함은 제원에게 남아 있지 않았다. 껍데기처럼 얇게 갈린 이성 너머로 그의 진실한 민낯이 머리를 보였다. 그 모습을 성준은 무감한 눈으로 응시했다.

"여전히 많이 증오하나 봅니다. 총장님을 버리고 간 친부를."

그의 친부가 제원을 버리지 않았더라면 그는 '오제원'이 아닌 '유제원'으로 인생을 살아갔을 것이다.

"꽤 큰 금융업을 운영 중이시던데, 이제는 고인이 돼서 원망할 상대도 없겠다, 그 저격대상을 유태하로 바꾼 건 좀 유감입니다. 뭐랄까. 질이 좀 떨어진달까?"

"차 이사님."

제원의 이성이 뚝뚝 끊기는 소리가 들렸다. 성준은 눈 하나 깜빡이지 않으며 제원이 쓰고 있던 가면에 금이 가는 것을 지그시 지켜보았다.

"최승원 씨가 모든 걸 술술 불더군요."

최승원은 약자 중에서도 극악한 약자였다. 자리를 마련하기 무섭게 겁에 질린 얼굴로 자신은 아무 죄가 없다며 빌고 또 빌었다. 오서화가 이런 남자를 아버지로 알고 있지 않은 게 축복이다 싶을 성노였다. 그는 혹여 지금의 가정이 풍비박산이라도 날까, 제원과 있던 일을 줄줄이 토해냈다.

"설마 그 자한테 뇌물이라도 먹였습니까?"

제원이 한층 가라앉은 목소리로 묻자 성준의 입술이 비틀렸다.

"그럴 리가요. 누구처럼 수준 떨어지게 영향력 없는 인간한테까지 선의를 베푸는 그런 짓 따위, 전 하지 않습니다."

제원을 깎아내리는 성준의 두 눈이 싸늘했다.

"근데 한 가지 이해가 안 가는 게 있더군요. 어차피 오서화는 유태하의 친딸도 아닌데, 굳이 그 여자를 지금까지 데리고 있는 이유가 뭡니까? 최승원한테 그 많은 돈을 쥐여 주면서까지 오서화를 총장님 품에 가두려는 진짜, 이유 말입니다."

제원은 침묵을 지켰다. 그가 지닌 가정사가 성준에게 영향력을 끼칠 일은 전혀 없었다. 단지 끈질기게 유태하를 붙잡고 있는 그의 집념이 이성적으로 납득가지 않았다.

"유태하가 끔찍이 사랑한 여자의 딸이라서? 그러기엔 그 사람도 꽤 불쌍한 처지로 인생을 마감했던데."

유태하에게 김윤서는 처음이자 마지막 사랑이었다. 그러나 김윤서는 완벽한 목적이 있던 여자였고, 그 사실이 발각됐을 때 유태하는 이미 김윤서에게 모든 걸 쏟아부은 뒤였다. 마음도, 돈도, 삶의 목적마저도.

"절절하게 사랑했으니까 그 여자의 배 속에 든 아이가 최승원의 아이란 걸 알면서도 곁에 두려고 했던 거겠죠. 김윤서에게 자기 핏줄이라 속이면서까지. 그리고 동반 자살이라."

사랑이었는지 집착이었는지도 모를 감정은, 결국 파국을 몰고 왔다. 충분히 비극적인 결말이었다.

"누구도 예기치 못한 죽음이었습니다."

그날의 비극을 회상하는 제원의 음성은 평온했다. 성준의 눈이 가늘어졌다. 제원은 기다렸다는 듯 시선을 맞추며 그 누구에게도 보이지 않은 본색을 드러냈다.

"죽이고 싶었지만, 내 손이 닿기도 전에 죽어버렸을 때의 그 허망함을 차 이사님은 살면서 느껴본 적 있습니까?"

사랑이 짙어질 때

　고대하던 축제 날이 찾아왔다. 아침부터 오후가 되도록 학교는 쉴 틈 없이 소란스러웠다. 과에서 운영하는 부스마다 커다란 현수막이 걸려 있었다. 학생들은 부지런히 소품 및 음식을 운반하는 데 정신이 없었다.

　바쁜 건 조소과도 마찬가지였다. 머리를 굴리다가 만든 부스 컨셉이 '손' 석고 뜨기였다. 전적으로 커플을 노린 아이템이었다. 마지막 커플의 석고상을 뜬 후, 바닥에 떨어진 잔여물을 한창 청소할 때였다.

"축제 끝나면 이제 졸업전시회만 남았네."

유라가 빗자루질을 하다 말고 창밖을 바라봤다. 웃고 떠드는 학생들이 캠퍼스에 넘쳐났다.

"우리 휴학한 게 엊그제 같은데."

2년 전이었을까. 이대로 실기장에서만 틀어박힌 채 꽃다운 청춘을 잃을 순 없다며 유라가 먼저 휴학 신청서를 냈다. 뒤이어 은정과 가은이 합세해 휴학을 신청했다. 그리고 마지막으로 서화가 신청서를 제출했다. 그녀에게는 첫 일탈이었다. 그 때문에 제원과 6개월 가까이 냉전을 해야 했지만, 지금 생각해보면 후회 없는 결정이었다. 적어도 그 1년 동안은 동기들과 실컷 웃고 다닐 수 있었으니까.

"이번엔 뭐 만들 거야?"

졸업전시회를 두고 묻는 말이었다. 서화가 음, 고민하는 신음을 흘렸다.

"글쎄."

"저번 전시회에 출품한 것도 괜찮았는데. 아, 왜. 겸임이 좋아했던 거 있잖아."

아……. 그거. 마치 뺨을 때리기 직전이라던 누군가의 감상평을 떠올린 서화는 웃음을 터트렸다.

"뭐야. 갑자기 왜 웃어?"

"아니. 그냥 좀 신기해서."

"뭐가,"

"이렇게 될 줄 몰랐거든."

분명 그때는 지한을 죽도록 싫어했는데, 지금은 그 남자를 죽도록 좋아할 줄 누가 알았을까.

"어? 언제 왔어요?"

유라가 누군가를 보며 알은 척을 하자 서화의 얼굴이 딱딱하게 굳었다. 코앞까지 다가온 지한이 책상을 짚으며 입꼬리를 부드럽게 말아 올렸다.

"뭘 그렇게 놀라. 내 욕이라도 한 얼굴이네?"

"어떻게 알았어요?"

유라가 선수 치며 대답하자 그의 눈썹이 위로 올라갔다. 서화는 아무 말도 하지 못했다. 그에게 저녁 늦게나 도착할 거라는 연락을 받았다. 그래서 당연히 부스 운영이 끝난 뒤에나 볼 수 있을 줄 알았더니.

"뭐 도와줄 건 없어?"

"그럴 마음이 코빼기라도 있었으면 아침 일찍 왔어야죠."

유라가 지한을 힐난하며 가방을 어깨에 걸었다.

"이제 파트 바꿀 때 돼서 곧 후배들 올 거예요. 이왕 온 거 서화나 좀 데리고 놀러 다녀요. 전 선약이 있는 바쁜 여자라."

"아. 재욱이랑 데이트?"

신나게 짐을 챙기던 유라는 멈칫하며 지한을 노려봤다. 그가 씩 웃었다.

"앙숙인 줄 알았더니 죽이 잘 맞네?"

"가끔 보면 진짜 짓궂다니까. 먼저 갑니다."

유라가 짤막한 작별 인사를 던지며 부스를 빠져나갔다. 지한과 단둘이 남게 된 서화는 주변을 의식하며 입술을 뗐다.

"바쁘다고 하지 않았어요?"

"그랬지."

"근데 왜 이렇게 일찍 왔어요?"

"왜일 거 같은데?"

그야……. 무어라 말하려던 서화는 다급히 입술을 다물었다. 어젯밤 지한과 나눈 짤막한 통화가 생각났다.

'보고 싶다. 오늘은 이상하게 더 그러네.'

"꼭 알면서 묻지."

상기된 서화의 볼을 보며 지한이 픽 웃었다. 부끄러운 마음에 서둘러 짐을 정리하는데, 책상에 올려둔 휴대폰이 지잉 울렸다. 발신자를 확인한 서화는 난감한 눈으로 지한의 눈치를 살폈다.

* * *

"언니!"

서화가 분수 앞, 학교 벤치에 앉아 누군가를 기다리던 중이었다. 저 멀리서 수연으로 추정되는 자그마한 실루엣이 달려오는 게 포착됐다.

"뛰지 마, 다쳐."

"많이 기다렸지!"

수연이 한 마리의 새처럼 서화의 품에 와락 안겨들었다. 서화는 스스럼없이 수연의 머리칼을 쓰다듬으며 물었다.

"언제 왔어?"

"실은 도착한 건 아까. 남친이랑 놀러 다니다가 이제 연락했어, 미안. 근데 언니. 이 학교에서 언니 모르는 사람 없다며?"

"누가 그래?"

"내 남친이. 언니 이름이 오서화라니까 깜짝 놀라던데?"

그제야 주뼛주뼛 서 있는 키 큰 남학생이 서화의 눈에 들어왔다. 눈이 마주치기 무섭게 남학생이 허리를 넙죽, 숙였다.

"안녕하십니까. 수연이 남자친구 윤하람이라고 합니다!"

"아……. 그래요. 반가워요."

"수연이 언니 분이 선배님일 줄은 꿈에도 몰랐습니다."

그러고 보니까 신입생이라고 했던 거 같은데. 스물이라는 나이답게 풋풋하고 청량한 분위기가 물씬 느껴졌다. 특히 웃을 때마다 반달처럼 휘어지는 선한 눈꼬리와 그 밑에 찍힌 눈물점이 매력적이었다. 그동안 학교에서 봤던 질 좋지 않은 남학생들과는 전혀 다른 부류인 듯해 내심 마음이 놓였다.

"언니, 나 여기 오다가 엄청 잘생긴 오빠 봤다?"

"잘생긴 오빠?"

"응. 키는 엄청 큰데 얼굴은 완전 작아. 모델인 줄 알았다니까? 학생처럼 보이진 않던데. 언니도 알아?"

"글쎄. 잘 모르겠는데. 근데 너……."

서화의 눈동자가 스리슬쩍 수연의 남자친구인 하람에게로 굴러갔다. 뻔히 남자친구를 앞에 두고 다른 남자를 입에 올리는 수연이 신경 쓰였다. 그 마음을 알아챈 하람이 순수한 미소를 지었다.

"괜찮습니다. 수연이는 그래도 제가 제일 잘생겼대요."

"당연하지. 난 하람이 같은 스타일이 좋아. 순진한 것처럼 생겼어도 은근 색기 있어 보이는 게 완전 매력적이지 않아?"

……뭐가 있어? 다소 날 것의 표현에 당황하기도 잠시.

"아까 그 남자도 잘생기긴 했는데…… 어?"

수연이 말을 잇지 못하며 하람의 어깨 너머로 손가락질을 했다. 누군가 세 사람이 있는 곳으로 다가오고 있었다. 수연이 못다 한 말을 이었다.

"저 사람인데."

그 한 마디에 반사적으로 서화의 시선이 돌아갔다. 남자의 정체는 잠시 차를 다른 곳에 주차하고 오겠다던 지한이었다. 말끔한 얼굴로 나타난 그가 멍한 표정의 수연을 보며 푸른 녹음처럼 싱그럽게 웃어 보였다.

"네가 그 동생이구나."

* * *

네 사람은 다른 과에서 운영하는 부스에 자리를 잡았다. 시킨 음식이 줄지어 나오자 수연이 본격적으로 지한을 향해 질문 세례를 던지기 시작했다.

"몇 살이에요?"

"서른."

"완전 어른이네?"

"그 나이면 완선해야 되는 거야?"

"당연하죠. 그 나이면 어느 정도 성숙미가 묻어 나와야지. 그럼 경제적인 건요? 돈 많아요?"

"수연아."

서화가 화들짝 놀라며 대화에 끼어들었다. 그러자 지한이 가볍게 손짓하며 그녀를 제지했다. 도리어 팔짱을 끼며 흥미로운 눈으로 수연을 관찰한다. 수연은 낯빛 하나 바꾸지 않고 말을 이었다.

"난 이왕 언니가 연애하는 거, 능력 있는 사람 만났으면 좋겠어요. 솔직히 우리 언니 예쁘잖아요. 얼굴만 예뻐? 어떤 분야에서든 탑이었어요. 얼마나 예쁘면 중학생 때부터 근처에 있는 학교 남학생들이 언니 보려고 찾아온 적도 많아요. 고백 받는 건 일상이었고."

"……수연아."

서화는 당장이라도 쥐구멍에 숨고 싶었다. 딱히 자랑으로 여길 만한 과거가 아니었다. 더군다나 지한의 앞에서라면 더더욱. 다른 남자도 아닌 서지한이었다. 이미 그의 측근들을 통해 그가 어떤 일생을 살아왔는지 알고 있지 않나. 추측하건대 그녀가 그간 받아온 껍데기 같은 고백보다 지한이 살면서 받아온 진득한 고백이 몇 배는 더 많을 것이다.

"모아둔 돈이 꽤 있으면 합격인가?"

지한이 넌지시 미끼를 던지자 수연이 눈을 빛내며 냉큼 그것을 물었다.

"얼마나요?"

"글쎄. 사치만 부리지 않는 한 죽을 때까지 쓰고도 남을 만큼?"

경계심 어려 있던 수연의 눈동자가 순식간에 허물어졌다. 그녀의 입꼬리가 빙긋 올라갔다.

"합격. 그럼 직업은 교수인 거예요?"

"보다시피?"

"근데 정식은 아니죠?"

"그래서 투잡."

"아, 본업이 따로 있어요? 수중에 돈이 넉넉한 걸 보면 취미, 뭐 그런 건가? 그럼 됐어요. 적어도 우리 언니 굶기진 않겠네."

이 정도면 완벽하다는 듯 수연의 얼굴에 허물없는 미소가 번졌다. 서화는 망연자실한 표정이었다. 스리슬쩍 지한의 팔목을 잡으며 속삭였다.

"미안해요. 난감하게 해서."

그가 괜찮다는 듯 낮게 웃으며 '재밌는데 왜.' 하고 가볍게 받아쳤다.

"근데 두 사람은 어떻게 만나게 된 거야?"

어느 정도 음식을 해치웠을 때였다. 서화는 부스에 들어온 후로 지금까지 맞잡은 손을 놓지 않은 수연과 하람을 번갈아 바라봤다. 수연은 현재 대학을 다니지 않고 있었다. 원래는 3년을 채우고 돌아와야 할 유학 생활을, 외롭다며 중간에 그만두고 예고도 없이 귀국한 바람에 내년부터 학교에 다닐 예정이었다.

"헌팅 술집."

툭, 내던져진 수연의 대답에 잠시 서화의 정신이 멍해졌다. 수연이 재차 쐐기를 박아왔다.

"헌팅 술집. 못 들어봤어? 홍대나 강남만 가도 쫙 깔렸는데."

서화의 두 눈이 사뭇스럽게 하람에게로 넘어갔다. 그도 이런 상황을 예상치 못했는지 난감한 표정을 숨기지 못했다. 여유로운 사람이라곤 수연과 지한뿐이었다.

"난 몇 번 갔는데, 하람이는 그날이 처음이었어. 거기서 날 만난 거고. 걱정하지 마. 나 만난 후로 헌팅의 '헌'은 얼씬도 안 하니까. 물론 나도 마찬가지고."

"제가 잘하겠습니다!"

혹여, 서화의 입에서 헤어지라는 소리가 나올까 하람이 우렁찬 목소리로 굳은 다짐을 외쳤다. 서화가 마지못해 입술을 움직인 찰나였다.

"서화 선배."

낯선 남자의 부름이 불쑥, 테이블 위로 끼어들었다. 수연은 슬그머니 눈동자를 굴려 서화를 바라봤다. 마치 이 남자는 누구냐는 듯한 표정이었다.

서화는 고개를 들어 남학생의 생김새를 살폈다. 볼캡을 쓰고 있어서 이목구비가 잘 보이지 않았다. 까만 머리칼과 그와 대조되는 흰 피부가 기억이 날 듯하다가도 가물가물했다.

"저 기억 안 나세요? 3월에 선배 모델로 참여했었는데."

"아…… 최정혁?"

기억났다는 듯 서화의 눈에 이채가 돌았다. 일 년에 몇 번씩 학생들을 대상으로 석고상 혹은 조각상을 만들 때가 있었다. 모델도 장시간 작업에 동참해야 하는 터라 쉽사리 참여하려는 학생이 없었다. 거의 빌다시피 도움을 청했어야 했는데, 선배가 만든 작품을 보고 싶다며 손수 서화를 찾아온 남학생이 있었다. 그게 바로 눈앞의 최정혁이었다.

"다행히 기억하시네요. 친구 보러 왔다가 아는 얼굴이 있길래 혹시나 싶어 와봤는데."

정혁이 코를 슥 만지며 미소 지었다. 진심으로 다행이다 싶은 얼굴이었다.

"저, 선배."

"응."

"혹시 저녁에 시간 괜찮으면 잠깐 볼 수 있을까요?"

서화는 반사적으로 지한을 바라봤다. 잠시 잊고 있었다. 그가 뻔히 옆을 꿰차고 있다는 걸. 다행히 매끈한 그의 얼굴 위로는 어떤 감정도 찾아볼 수 없었다. 평소와 다를 것 없는 무료하면서 나른한 미소가 감돌았다.

"그럼 저녁에 연락할게요. 저 부스 운영 때문에 그만 가 봐야 해서."

"저기, 정혁아."

붙잡을 새도 없이 정혁이 돌아섰다. 그 모습을 흥미롭게 관람하던 수연이 지한을 보며 미소 지었다.

"봤죠? 이게 우리 언니라니까요."

"수연아, 제발."

"그럼 언니, 집에서 봐."

"벌써 가려고?"

"제대로 데이트하려면 이쯤에서 빠져줘야지. 좋은 시간 보내세요."

수연이 서둘러 하람의 손을 잡고 일어났다. 순식간에 사라진 두 사람의 발자취를 바라보고 있을 때였다. 드르륵. 의자 끌리는 소리가 나며 서화의 머리 위로 큰 그림자가 졌다.

"우리도 그만 일어날까?"

* * *

　금세 밤이 찾아왔다. 소란스러웠던 캠퍼스가 쥐 죽은 듯이 조용
해졌다. 초대받은 가수들의 공연을 보기 위해 죄다 야외 체육관
으로 몰린 탓이었다. 그 덕분에 서화는 맘 편하게 지한의 손을 잡
고 돌아다닐 수 있었다.

　"아깐 미안했어요."

　"뭐가?"

　"수연이 말이에요. 걔가 원래 그런 애가 아닌데, 내 일이라고 생
각하니까 이것저것 캐물어 본 거 같아요. 기분 나빴으면 사과할
게요."

　"누구처럼 답답해 보이진 않아서 좋던데?"

　서화는 걸음을 멈추며 고개를 들었다. 지한이 바람결에 휘날리
는 서화의 머리칼을 가볍게 귀 뒤로 넘겨주며 미소 지었다.

　"할 말은 하고 사는 성격인 거 같아서."

　"그거야 맞긴 한데……."

　말끝을 흐리던 서화는 돌연 미간을 좁혔다.

　"그 답답이가 나란 거예요?"

　"글쎄."

　그가 짓궂게 웃더니, 다시금 머리칼을 정돈해주었다.

　"많이 아끼나 봐."

　"수연이요?"

　서화의 입가에 부드러운 미소가 걸렸다.

　"응. 아껴요. 사실 수연이는 내가 자기 친언니가 아니란 거 몰

라요. 근데 그걸 알았어도 잘해줬을 거예요. 누구한테나 친절하고 스스럼없는 애니까. 가끔 그런 면이 부러울 때가 있는데⋯⋯ 아, 맞다."

갑자기 번뜩 떠오른 생각에 서화는 입술을 초조하게 말아 물었다.

"수연이 남자친구한테 우리 사이, 비밀로 해달라는 걸 깜빡했어요."

"하람이라면 걱정 마."

다소 친근한 부름에 서화의 눈이 크게 뜨였다.

"아는, 사이예요?"

"응."

"어떻게요?"

"어쩌다 보니? 재욱이 취해서 데리러 갔다가 그 자리에 있더라고. 같은 동아리래."

"재욱이가 취했었어요?"

재욱은 술자리에서 취한 적이 드문 사람이었다. 곤죽이 된 영혼들을 마지막까지 귀가시켜 보내는 희생정신을 발휘하곤 했다. 지한이 그날의 기억을 떠올리며 말했다.

"앞뒤 안 가리고 고백은 했는데, 맨정신으로 버티기에는 무리였겠지."

"아, 유라 말하는 거죠?"

그런 사연이 있었구나. 그래도 두 사람의 끝이 해피엔딩이라서 다행이라고 생각할 때쯤 서화의 두 발이 멈춰 섰다.

"잠깐만 기다려요. 짐만 가지고 금방 내려올게요."

모든 짐을 실기장에 두고 온 터였다. 서화는 서둘러 건물 안으로 들어갔다. 실기장은 텅 비어 있었다. 사위가 온통 어둑하며 죽은 듯이 고요했다. 어지럽혀진 필기도구를 대충 정리한 뒤, 창틀 위에 올려둔 짐을 가방에 하나둘씩 집어넣었다. 마지막으로 활짝 열린 창문을 닫기 위해 팔을 뻗은 참이었다.

달칵. 등 뒤로 문 열리는 소리가 들리더니,

달칵. 이내 문을 잠그는 소리가 연달아 울려 퍼졌다.

"그래서 연락은 왔어?"

익숙한 음성이 귓가를 파고들자 서화의 어깨가 바짝 굳었다. 어둠 속에서도 남자의 인영만큼은 또렷하게 드러났다.

"방금 뭐라고 했어요?"

지한이 문을 등진 채 서 있었다. 그는 대답 대신 느긋한 걸음걸이로 다가오기 시작했다. 주변을 둘러싼 적막함 때문일까. 그와의 거리가 좁혀질수록 이유 모를 긴장감이 서화의 심장을 조여왔다.

"저녁에 시간 괜찮으면 보자며."

그가 팔을 뻗어 창틀 위로 손을 얹었다. 반강제적으로 그의 울타리 안에 갇히게 된 서화는 고개를 뒤로 물렸다. 그러다 문득 그가 던진 말의 요지를 파악하곤 눈을 크게 떴다.

"혹시 정혁이 말해요?"

"정혁이? 부르는 게 친근한 걸 보면 가까운 사이인가 보네."

갑자기 왜 최정혁이 용의선상에 오른 걸까. 이유를 찾던 서화는 눈을 가늘게 뜨며 물었다.

"설마…… 신경 쓰여요?"

당연히 눈곱만큼도 감흥 없어 할 줄 알았더니. 최정혁의 등장에 그의 반응이 어떠했던가. 일말의 질투도 하지 않았다. 더없이 평온했고 덧없이 여유로웠다.

"누군 고백도 받았으면서."

서화의 투정에 지한이 고개를 비스듬히 기울였다.

"그래서 쌍방과실이다?"

"누가 그렇대요? 정혁이한테는 아까 문자 보냈어요. 약속 있어서 못 만날 거 같다고. 그리고 유라가 전에 몇 번이나 다리 놓아주려고 했는데 다 싫다 했어요."

"노유라가?"

무표정하던 그의 얼굴에 미세한 짜증이 일었다. 서화는 아차, 싶어 입술을 깨물었다.

"……나, 방금 말실수 한 거죠?"

지한이 낮은 탄식을 흘렸다.

"노유라 이거 아군인 줄 알았는데, 적군이었네."

"유라는 잘못 없으니까 뭐라 하지 말아요. 그리고 교수님이 신경 쓸 줄은 몰랐어요."

"왜 또 교수님이 됐을까."

"그거야……."

서화는 말을 잇지 못했다. 지한이 갑자기 훅 다가왔기 때문이다. 그가 순식간에 서화를 안아 들어 올려 창틀에 앉혔다. 동등한 눈높이가 되자 공연장에서 터지는 폭죽의 잔향이 그의 얼굴을 선명히 비추는 것이 보였다.

"왜? 내가 못 할 짓이라도 할까 봐?"

못 할 짓. 서화는 불현듯 이 실기장에서 그와 첫 키스를 나눴다는 걸 깨달았다. 충동적인 입맞춤이었다. 그만큼 뜨거웠고 한편으론 겁이 났던. 그럼에도 이 남자의 품을 벗어나기 싫어 더욱 매달렸던.

서화는 지한의 목에 팔을 둘렀다. 마치 그날로 돌아가듯 그의 입술을 충동적으로 감쳐물었다. 짧고 얕은 키스를 선사하며 다소 뻔뻔한 얼굴로 속삭였다.

"왜요? 이런 짓 하려고요?"

서화의 입술이 얄궂게 올라갔다. 입술을 도난당한 지한의 표정이 볼 만했다. 그는 어이가 없다는 듯 실소를 터트리더니, 이맛살을 찌푸렸다.

"갈수록 저돌적으로 변하네."

"그래서 싫어요?"

서화는 가끔 이런 자신이 낯설 때가 있었다. 언제나 감정을 숨기기 급급했던 그녀가 지한에게만큼은 무장해제가 됐다. 스스럼없이 그에게 입을 맞추고, 아무도 없는 실기장에서 은밀한 교류를 나눈다는 것에 묘한 흥분감을 느끼기까지 했다.

"나도 내가 낯설어서 가끔은 두려울 때가 있어요. 그런데 또 너무 행복한 거 있죠. 조금씩 변하는 내 일상이 낯설지만 설레기도 해요. 서지한 씨는 어때요?"

늘 회색빛이었던 그녀의 일상에 다양한 색감이 입혀지기 시작했다. 그건 모두 다 지한의 덕분이었다. 그가 그녀의 인생에 등장하며 그녀의 세상도 달라지기 시작했다.

지한은 말이 없었다. 고요한 눈으로 서화를 지그시 응시했다. 어쩐지 이유 모를 쓸쓸함이 입술에 번져있는 거 같기도 했다. 그 모습에 서화는 초조함을 느끼며 조심스레 목소리를 냈다.

"혹시 이런 내가 싫어요?"

"전혀."

그가 부드럽게 웃었다.

"완벽한 이상형이지."

커다란 손이 순식간에 턱을 감싸고, 그가 입술을 부딪쳐왔다. 윗입술과 아랫입술을 느릿하지만 질척하게 빨아댄다. 거침없이 혀를 밀어 넣었을 때는 맞닿은 서화의 혀가 쾌감을 감추지 못하며 으응, 얕은 신음을 흘렸다. 고르던 호흡이 엉망진창 흐트러지고 아랫배에 찌릿한 감각이 회오리처럼 빙빙 돌았다. 지한이 잠시 입술을 떼며 서화를 바라봤다. 서화의 등 뒤로 터지는 폭죽의 잔향이 그녀의 얼굴을 붉게 물들였다.

"부탁이 있는데. 나, 이제 안 아파요."

그녀가 발칙하게 시선을 다리 밑으로 흘렸다. 무얼 원하는지 지한은 단박에 파악할 수 있었다. 금세 아랫배가 뻐근해지며 목 뒤로 열이 뻗쳤다. 서화가 애원했다.

"그러니까 안아줘요."

지한은 지체하지 않고 여자의 부푼 입술을 집어삼켰다. 그와 함께 폭죽이 광활하게 울려 퍼졌다. 하늘 곳곳에 수를 놓듯 흘러내리는 붉은 빛이 익어가는 두 사람의 마음처럼 뜨거웠다.

❋ ❋ ❋

침대가 거칠게 삐걱거렸다. 서화는 절박한 손길로 헤드 보드를 붙잡았다. 감당할 수 없는 쾌락이 발끝에서부터 치밀었다. 축축한 살 내음과 잔뜩 구겨진 시트는 그에게 엉망진창 흐트러지는 중이란 걸 대변했다.

뜨거운 쾌감이 쉬지 않고 전신 곳곳을 찔렀다. 이대로 있다간 터질 것만 같았다. 다시 헤드를 잡기 위해 팔을 뻗는데, 단단한 팔뚝이 허물어진 서화의 허리를 당겨 안았다. 그리고 빈틈없이 등 뒤로 몸을 맞붙여오며 귓불을 잘근, 씹어댔다.

"안아 달라면서 왜 자꾸 달아나."

"……잠깐, 읏."

서화는 고개를 도리질했다. 뒤에서 파고드는 그의 감각이 지나치게 선명했다. 벌써 세 번째 관계였다. 아직 식지 않은 콘돔이 쓰레기통 구석 어딘가에 처박혀 있었다. 취미가 운동이라는 남자답게 그는 쉴 틈이 없었다. 서화의 몸이 하얀 시트에 파묻힐 만큼 거칠게 짓누르기도 하고, 때로는 애가 탈만큼 느릿하지만 치밀하게 안을 헤집고 다녔다. 그러나 가장 괴로운 것은 몰아치는 쾌감이 터지려고 할 때마다 거짓말처럼 멈추는 남자의 움직임이었다.

"……안 돼."

고르지 못한 호흡 속에서 서화는 간절히 토해냈다.

"……떼지 말아요."

허리에 둘린 그의 손이 달아나려고 하자 서화가 고개를 저으며 애원했다.

"그럼?"

뭘 원하는지 뻔히 알면서 되묻는 그가 짓궂었다. 그도 그녀만큼이나 잔뜩 젖은 상태였다. 하얀 엉덩이에 맞붙은 탄탄한 허벅지가 땀에 젖어 끈적했다.

"……해줘요."

"뭘."

"진짜…….."

못됐다는 말이 턱까지 차올랐다. 그러나 그조차 뱉을 여력이 없었다. 어서 빨리 이 갈증에서 해소되고 싶었다. 차오를 듯 말 듯한 이 고통 속에서 당장 달아나고 싶었다.

"더 깊게……."

수도 없이 남자에게 빨려 부풀어 오른 아랫입술을 꾹 깨물며 속삭였다.

"더 깊이 와줘요."

"응."

그가 맥박이 뛰는 목 뒤에 입을 맞추며 예고 없이 치고 들어왔다. 감당하지 못한 몸이 속절없이 무너져 내렸다. 그럼 그가 다시금 허리를 당겨 세우며 전보다 더 끝없이 밀려왔다. 그리고 몸속 깊은 곳, 가장 곤두선 감각을 꾹, 짓누르며 쓸어 올리자 서화는 참지 못하며 신음을 흘렸다.

미칠 듯이 좋다가도 미칠 듯이 괴로운 쾌락이 전신으로 퍼져갔다. 그런데도 갈망할 수밖에 없는 이 감각이 두려웠다. 꼭 중독될 것만 같아서. 이 쾌락은 오직 이 남자만이 선사할 수 있는 것이었다. 어쩌면 첫 만남부터 예감했는지 모르겠다. 그와 이렇게 될 거라고. 이렇게 끊임없이 입을 맞추고, 몸을 섞고, 교성을 내지르며 잔뜩 흐트러질 거란 걸. 그래서 난 이 남자가 두려웠던 것이라고.

순식간에 몸이 뒤집히며 긴 손가락이 입 안으로 들어왔다. 서화는 취한 듯이 지한의 손가락을 혀로 빨고 이로 긁었다. 그 모습이 마음에 들었는지 그가 낮은 신음을 흘리며 혀를 밀어 넣었다. 입천장이 쓸려 올라가며 서로의 혀가 뒤엉켰다. 서화는 흐르는 타액을 끊임없이 받아먹으며 처절하게 매달렸다. 파도처럼 휩쓸고 가는 그를 따라 하체를 움직였다. 그러자 지한이 입술을 떼며 나붓이 웃었다.

"야해."

"……으응."

"이렇게 야하면 사람 죽는다고."

거짓말.

죽을 거 같은 건 그가 아닌 그녀였다. 전보다 더 격한 몸짓이 서화를 몰아붙이기 시작했다. 마침내 그토록 바라던 낙원이 찾아오자 몸이 무섭도록 늘어졌다. 그리고 뒤를 이어 지한이 묵직한 숨을 터트리며 서화의 몸 위로 무너졌다.

"하아……. 하아……."

한동안 가쁜 숨소리가 방 안을 맴돌았다. 파동 치는 심장이 겨우 진정될 때쯤 그의 가슴팍에 얼굴을 묻으며 속삭였다.

"……못됐어, 진짜."

한계치까지 몰아 붙여놓고 한 발 뒤로 빼는 그가 얄밉기 짝이 없었다. 세 번의 관계 모두가 그랬다. 지한이 낮게 웃으며 서화의 이마에 입 맞추었다.

"씻어야겠다."

"……먼저 씻어요."

도무지 몸에 힘이 들어가지 않았다. 그런데 지한이 움직일 기미를 보이지 않자 수상함에 시선을 든 순간이었다.

"왜 그런 얼굴로 봐요?"

"시간 아깝게."

"……앗!"

 무어라 할 새 없이 서화의 몸이 붕 떠올랐다. 그녀의 허벅지와 등허리를 감싼 지한의 손이 단단했다. 자연스레 그녀의 가슴을 감싸던 시트가 바닥으로 떨어졌다. 그에게 물고 뜯긴 붉은 흔적이 고스란히 노출되자 서화의 얼굴이 달아올랐다. 팔과 다리를 바둥거리며 놓아달라며 애원했지만, 지한은 듣는 시늉도 하지 않았다. 그대로 방문을 열고 욕실 안으로 들어갔다.

* * *

 나른해서 졸린다는 게 이런 기분일까. 결국 욕실에서 또 한 번의 관계를 치러야 했다. 팔과 다리에 힘이 들어가지 않아 미적미적 몸을 씻은 게 원인이었다. 씻겨달라고 반항하는 거냐며 지한은 서화의 손에 들린 타월을 앗아갔다. 그러고는 그녀의 굴곡진 몸을 따라 손을 움직였다. 그러다 은밀한 곳에 그의 긴 손가락이 스치자 서화는 참지 못하며 신음을 터트렸다.

 그와 함께 지한의 손에서 타월이 툭 떨어졌다. 놓쳤다기보다는 일방적으로 놓은 셈이었다. 그는 거품이 잔뜩 묻은 그녀의 몸을 부드럽게 쓰다듬더니, 몽긋이 솟아오른 가슴을 빙글빙글 어루만졌다. 그가 납작한 배를 스쳐 금세 달아오른 은밀한 곳을 지분거리자 서화는 또다시 울며 매달려야 했다.

위이이잉. 모터가 돌아가는 소리에 서화의 고개가 들렸다. 지한이 그녀의 젖은 머리를 부드럽게 말려주기 시작했다. 잔뜩 늘어진 그녀와 달리 그는 지극히도 멀쩡해 보였다.

"지치지도 않아요?"

"먼저 매달린 쪽이 누구더라."

서화는 반박하지 못했다. 먼저 안아달라며 그의 품을 파고든 건 그녀였으니까. 솔직히 말하면 좋았다. 그와 몸이 맞물리는 때마다 따라오는 쾌감이 진저리치게 좋았다. 그의 체향이 코끝을 스치는 것도, 쉴 틈 없이 입술을 맞물리는 것도. 무엇보다 땀에 젖어 자신을 나른하게 내려다보는 그의 얼굴을 보고 있으면 심장이 터질 것만 같았다.

"어?"

무언가를 본 서화의 눈이 커졌다. 책상 위, 낯설지 않은 담배 케이스가 놓여 있었다.

"이거 피워요?"

"왜? 피게?"

지한이 드라이기 코드를 뽑으며 묻자 서화는 고개를 작게 저었다.

"아뇨. 끊었어요."

그가 의아한 눈빛을 비췄다. 서화는 조금은 씁쓸한 얼굴로 진실을 고백했다.

"좋아서 핀 게 아니었거든요. 호기심에 가까웠어요. 흔히 말하면 일탈 같은 거?"

처음 담배에 손을 댄 건 은정을 통해서였다. 은정은 첫 만남부터 장초를 입에 물고 라이터를 붙이며 서화를 훑어 내렸다.

'네가 오서화? 소문처럼 깍쟁이는 아닌가 보네.'

　은정은 과에서도 알아주는 헤비스모커였다. 예술이라는 뽕에 취해 멋으로 담배를 피우는 선배들을 죄다 묵사발로 만들 만큼, 심할 때는 하루에 한 갑은 기본이었다.

'은정아. 그거 피면 기분 좋아?'
'갑자기 그게 왜 궁금하실까.'
'가끔 선배들 하는 말 들어보면 답답할 때마다 찾는 거 같아서.'
'그럼 함 펴보던가. 피워보고 쓸 만한 건지 판단해도 늦지 않지.'

　서화는 그날 충동적으로 담배를 입에 물었다. 기침이 연달아 터져 나왔다. 목이 찢어질 것처럼 아팠고 코가 매워 눈물이 찔끔 나왔다. 그런데도 이상하게 자꾸 손이 갔다. 아마도 그녀와 괴리감이 있는 물건이어서 그랬을까. 하루가 멀다 하고 주변 사람들의 기대에 부응하기 위해 쉬지 않고 달리다 보면 가끔 마음이 삐뚤어질 때가 있었다. 유치할 수 있는 발상이지만 그땐 그렇게라도 도피처가 필요했다.
"일탈이 필요 없어졌다는 건 새로운 일탈이 생겼다는 건가?"
　지한이 한 걸음 나오며 서화의 머리칼을 지분거렸다. 그 은밀한 손짓에 서화는 눈을 들어 지한을 바라봤다.
"응. 그런 거예요."

그게 바로 이 남자였다. 일탈 혹은 도피처. 그래서 한편으론 겁이 난다. 일탈이 곧 중독으로 변해버릴까 봐. 서화는 은연중에 어두운 속내를 들키기라도 할까, 서둘러 화제를 전환했다.

"일은 어때요?"

지한은 꾸준히 시간을 내며 제이클과 작업을 진행 중이었다. 개인 작업실을 마련한 뒤로는 그곳에서 밤을 지새운 적도 허다했다. 놀러 갈까 싶다가도 작품이 완성될 때까지는 고도의 정신력이 필요할 그를 위해 그만두었다. 괜히 찾아갔다가 그의 집중력을 흩트리진 않을까, 선뜻 발걸음이 떨어지지 않았다.

"얼마 전에 구상작업 끝났다고 들었던 거 같은데."

"응. 저번 주부터 작업 돌입했어."

"진짜요? 잘됐다."

서화는 기쁨을 감추지 못했다. 지한이 긴 세월 작품을 잡지 못했다는 걸 알아서인지 안도감이 밀려왔다.

"궁금해요. 서지한 씨 손에서 탄생하는 작품은 어떨지. 구상이 어떻게 돼요?"

"글쎄."

지한이 모호한 웃음을 지었다.

"지금 가장 날 자극하는 거?"

서화는 그게 뭐냐고 채근했지만, 그는 쉽사리 입을 열지 않았다. 이유 모를 미소만 지으며 서화의 머리를 쓰다듬었다.

"그럼 너는? 너도 곧 졸업전시회잖아."

"알고 있었어요? 최근에 많이 바빠 보여서 전혀 신경 못 쓸 줄 알았는데."

"나름 그 학교에서 돈 받고 일하는 입장인데, 밥값은 해야지. 뭘 만들지 고민은 해봤어?"

"그래서 말인데요."

서화의 음성이 조심스러웠다. 뭔가를 망설이는 표정에 지한의 구미가 당겼다. 여자는 생각지 못한 관점에서 그를 놀라게 할 때가 있었다. 아니나 다를까, 고사리처럼 가녀린 손이 지한의 셔츠를 움켜쥐었다. 그리고 셔츠의 첫 단추를 살며시 풀며 말했다.

"만지고 싶어요."

파급력 있는 애원과는 전혀 어울리지 않은 얼굴이었다. 열정으로 똘똘 뭉친 서화의 눈동자는 지나치게 무구했다. 지한은 새어 나가려는 웃음을 참으며 물었다.

"어디까지?"

"네?"

"어디까지 만지고 싶은데? 허용된 범위가 있을 거 아니야. 그리고 그다음은 어떻게 되는데?"

"그게 무슨……."

지한은 당황한 서화의 턱을 단숨에 위로 끌어올렸다.

"지쳤다고 하지 않았나?"

그의 시선이 서화의 등 뒤에 있는 침실로 넘어갔다. 그 의미를 알아챈 서화는 미간을 찡그리며 지한의 가슴팍을 찰싹 내리쳤다.

"일부러 그러죠."

"설마. 들린 내로 밀 했을 뿐이야."

"거짓말."

늘 느끼는 거지만 자신을 놀려먹는 데 도가 튼 남자였다. 뭐가 그리도 즐거운지 얄궂게 말려 올라간 입매에는 장난기가 가득했다.

"만지고 싶다며. 그거만 툭 내뱉는데 무슨 뜻인지 해부하려는 것도 좀 없어 보이지 않나? 그건 그거대로 매력 없을 거 같은데."

"그게 아니라······."

반박하려던 서화는 한숨을 내쉬며 생각을 정리했다. 듣고 보니 틀린 말도 아니었다. 무턱대고 만지고 싶다는 소리부터 꺼냈으니 당황할 만도. 물론 지한은 서화가 뭘 원하는지 진즉에 알아챈 얼굴이었다. 원체 눈치가 빠른 남자였다.

"예전에 그랬잖아요. 직접 만지는 것만큼 입체감을 살리는 데 좋은 게 없다고."

"그래서 내 몸을 만져야겠다?"

"그럼 다른 남자 몸을 만질까요?"

웃음기 어린 그의 눈초리가 단번에 서늘해졌다.

"왜 발상이 거기로 튀지?"

"예전부터 인체에 대한 관심이 많았어요. 강 교수님 통해서 모델을 소개받을 수 있었는데, 못하겠더라고요."

"어째서?"

"그냥······ 만들고 싶다는 마음이 안 생겨요."

그게 무슨 의미냐는 듯 지한이 팔짱을 끼며 벽에 등을 기댔다. 서화는 솔직하게 털어놓았다.

"가끔 몇몇 남학생들이 찾아와서 모델을 하고 싶다고 할 때도 의무적으로 조각을 만들었지. 좋아서, 가슴이 설레서 손을 댄 적은 없어요."

그중에는 여학생들의 환심을 산 남학생도 꽤 있었다. 그러나 서화에게는 반반한 얼굴과 다부진 몸이 장점이라는 것 외에 별다른 인상을 심어주지 못했다.

평소 좋아하던 작가, 제이클이 만든 인체 조각을 보면 가슴이 들뜰 때가 많았다. 그러나 작품을 만들기 위해 모델을 마주하기만 하면 서화의 마음이 차게 식었다.

"근데 서지한 씨는 뭔가 달라요."

한 걸음 내딛는 서화의 몸짓이 사뭇 조심스러웠다.

"이제 와 고백하는 거지만, 실기 수업할 때 심장이 터질 것만 같았어요."

그가 직접 학생들을 위해 모델로 섰던 날을 서화는 회상했다.

"앞태를 찍을 때도, 뒤태를 찍을 때도 자꾸 입에 감정이 고여서 괴로웠거든요. 사람이 이렇게……."

이렇게…….

서화는 손을 뻗어 지한의 얼굴을 만졌다. 하얀 손끝이 높이 솟은 미간을 톡, 건드리더니 코끝을 지나 매끄러운 입술을 지분거렸다. 시선을 내리깐 채 그녀를 바라보는 지한의 눈이 한층 가라앉았다. 목울대가 뜨거워지며 그의 이성이 흐려졌다. 우스웠다. 고작 이 여자의 손길 하나에 반응하는 몸과 마음이.

"아름다워요."

서화는 홀린 듯이 말했다.

"낭신의 모는 게."

진심을 고백하는 그녀야말로 눈부시게 아름다웠다.

"처음이에요. 누군가를 눈에 담고 싶은 적도, 그래서 만지고 싶은 적도.”

“…….”

“허락, 해줄 거죠?”

서화의 손이 미끄럼틀을 타듯 지한의 가슴팍에 맞닿았다. 지한
은 말이 없었다. 그는 속내를 알 수 없는 눈으로 서화를 내려다보
더니, 그녀의 손바닥에 입을 깊이 맞추었다.

“원한다면.”

“……정말요?”

화색이 돌아난 그녀의 얼굴이 꼭 천진난만한 아이와도 같았다.
지한은 생각했다. 이 여자에게 사랑스럽지 않은 구석이 있을지.
그리고 누군가가 이런 얼굴을 본다면 어떨지. 가정만으로도 기
분이 바닥을 기었다. 신경이 곤두섰다. 그도 몰랐던 소유욕이 들
끓었다.

지한은 감정에 휩쓸릴 때마다 습관적으로 냉철함을 찾았다. 돌
이켜보면 감정이 앞선 선택을 했을 때는 꼭 후회가 따라오기 마련
이었다. 그런데 왜일까. 지금 이 순간, 넘실거리는 이 욕구를 외면
하는 거야말로 아둔한 놈이나 하는 짓이라는 판단이 섰다. 지한
은 망설일 거 없이 손을 뻗었다. 서화의 얼굴을 감싸며 서로의 코
끝을 맞댄 채 나지막이 속삭였다.

“그 전에 먼저 급한 불부터 끄고.”

“응?”

서화는 허리를 감싼 지한의 손길에 눈을 끔뻑였다. 그가 엉덩이
를 받쳐 안아 올리자 서화는 숨을 크게 들이켰다.

“……아응.”

어느새 침대에 눕혀진 서화가 흠칫 놀라며 허벅지를 오므렸다. 서슴없이 팬티 속으로 침범한 그의 손이 더운 물줄기처럼 뜨겁고 습했다. 게다가 그녀의 몸에 입혀진 것은 지한의 셔츠가 전부였다. 투둑, 투둑. 기다란 손가락에 의해 풀려나가는 단추들을 보며 서화는 얼굴을 붉혔다. 조심스레 지한의 목에 매달리며 속삭였다.

"……이번엔 집요하게 굴지 말기."

그러나 애원은 곧 신음으로 뒤바뀌며 방 안을 드높게 울렸다. 짙은 열기가 순식간에 두 사람을 집어삼켰다.

* * *

서화는 늦은 오후, 미술용품이 있는 아트점을 찾았다. 전시회에 준비할 용품들을 구입하기 위해서였다.

"오늘도 작업실인 거예요?"

-중간 과정이라서 그런가. 손이 영 속도를 못 내네.

스피커 새로 흐르는 지한의 목소리에서 깊은 피로함이 느껴졌다. 그는 이른 새벽부터 작업실을 찾았다. 그런데도 지금까지 쉽게 진도를 나가지 못하는 듯했다.

"뭘 얼마나 멋진 걸 만들려고 그래요?"

서화는 최대한 밝은 목소리로 통화를 이어갔다.

"유미 언니가 그러던데. 서지한 씨는 한 번 미치면 제대로 미칠 줄 아는 사람이라고."

-걔가 하는 모든 말은 한 귀로 듣고 한 귀로 흘려.

지한의 일침에도 서화는 설렘을 숨기지 못했다. 일반적으로, 작업량이 방대할수록 작품의 완성도가 나뉘는 법이었다. 그러나 유미의 말에 따르면 지한의 경우에는 그가 얼마나 작품에 미치냐에 따라 완성도가 정해진다고 들었다. 그것만으로 그가 실력이 출중한 사람이란 걸 알 수 있었다. 얼마나 멋진 작품으로 사람들을 감탄하게 할지, 상상만으로 가슴이 벅찼다.

─오후에 시간 돼?

"왜요?"

─같이 밥 먹게. 제이클도 널 보고 싶어 하고.

"⋯⋯제이클 씨가요?"

─상당히 설레하는 목소리네.

"당연하죠. 몇 년째 팬인데."

─그래. 팬만 하자. 그리고 전할 말이 있어.

"무슨 말이요?"

─오면 말해줄게.

"알겠어요. 도착하면 연락⋯⋯."

별안간 서화가 미간을 좁혔다. 유리창으로 둘러싸인 아트점 입구 너머로 익숙한 검은 세단이 보였다. 뒷좌석 문이 열리며 누군가 아트점 안으로 걸어 들어왔다.

설마, 아니겠지. 서화는 묵직한 구둣발 소리를 들으며 고개를 저었다. 그러나 부정할 새도 없이 시선 밑으로 앞코가 매끄러운 블랙 로퍼가 포착됐다. 설상가상으로 코끝에 스치는 바다향이 낯설지 않았다. 고개를 들기 무섭게 상대와 눈이 마주쳤다. 서화는 서둘러 끊긴 말을 이어갔다.

"미안한데, 조금 있다가 다시 연락할게요."

뚝. 통화를 끊자 서화의 옆에 선 남자가 흥미로운 얼굴로 그녀를 내려다봤다.

"못 볼 거라도 본 얼굴이네."

"여긴 어떻게……."

눈앞의 남자는 다름 아닌 차성준이었다. 설마, 날 뒤쫓아 온 건가. 여기까지 오는 동안 그의 기척을 전혀 느끼지 못했다. 소리 없이 스며든 어둠처럼 머리 위를 드리운 그의 그림자가 커다랗고 웅장했다.

"혹시 나 미행했어요?"

상견례 자리가 파투 난 후로 성준을 보지 못했다. 연락 한 통 없던 남자였기에 깔끔히 물러선 줄로 알았다. 그런데 그와는 전혀 접점이 없는 아트점에 모습을 드러내자 한 가지 추측밖에 서지 않았다.

"묻잖아요. 나 미행한 거냐고."

"서운하네요. 오랜만에 보는 거 같은데."

"차성준 씨."

"오서화 양은 하루하루가 즐거운 얼굴이네."

"……뭐라고요?"

질문과는 전혀 상반된 대답에 서화는 실소했다. 그리고 깨달았다. 답도 없는 상대한테 관심을 주는 거야말로 미련한 짓이라고.

"어디가 그렇게 좋습니까?"

차갑게 그를 지나친 순간이었다.

"서지한."

생각지 못한 이름에 서화의 발이 붙잡혔다.

또각또각. 구둣발 소리가 그녀의 등 뒤를 울리며 또다시 커다란 그림자가 눈앞을 막아섰다. 성준은 팔짱을 끼며 용품이 진열된 책장에 몸을 비스듬히 기대었다.

"이쯤 되면 궁금도 해. 걔의 어떤 면이 사람을 홀리게 만드는지."

"……당신."

서화의 입술이 파르르, 떨렸다. 분명 알고 있다는 눈빛이었다. 지한과 그녀의 관계를. 확인 사살을 당하자 가슴 속에 화가 치밀었다. 결국 그가 자신의 뒤를 미행했다는 소리밖에 되지 않았다.

"차성준 씨하고는 전혀 상관없는 일이에요."

"서지한이 말 안 하던가? 나랑 어떤 관계인지."

지한의 가정사를 알게 된 건 불과 얼마 전이었다. 서화는 우연히 그의 방을 정리하다가 협탁에 놓인 사진을 발견했다. 지한과 많이 닮은 여자가 앳된 얼굴로 웃고 있었다. 누가 봐도 지한을 낳아주신 분이란 걸 알 수 있었다. 그녀의 소식을 묻자 지한에게서 뜻밖의 대답이 돌아왔다.

'젊어서부터 몸이 약하셨어.'

지한은 덤덤히 어머니의 이야기를 들려주었다. 어째서 그가 '차지한'이 아닌 '서지한'으로 살아갈 수밖에 없는지.

"하긴 성조차 다른 놈이 내 동생이 될 순 없지."

성준의 시선이 삐딱하게 기울어졌다.

"어쩌면 오서화 씨가 가장 바라는 걸지도 모르겠네."

"그게 무슨 말이에요?"

서화가 인상을 쓰며 묻자 성준이 절제된 몸짓으로 그녀에게 한 걸음 다가왔다. 서화는 반사적으로 물러서며 경계 태세를 갖췄다. 팽팽한 긴장감이 맞서는 가운데, 불행 중 다행히도 성준은 더 다가오지 않았다. 그는 흐트러진 넥타이를 정돈하며 태연한 투로 말했다.

"기회가 되면 또 보도록 하죠."

"또 보다뇨? 우리 이미 끝난 사이인 걸로 아는데요."

"전에도 말했지만, 우리가 뭘 시작이라도 했었나."

그가 차갑게 말을 자르며 미소 지었다.

"앞서가지 말죠. 그런 식으로 선 그을 때마다 내가 꼭 짐승이 된 것만 같은 기분이거든."

당장이라도 눈앞의 여자를 잡아먹을 것처럼.

"그리고 오해 말아요. 인근에 들렀다가 아는 얼굴이 있길래 혹시나 해서 와본 겁니다."

서화는 전혀 믿지 못한다는 얼굴이었다.

"미안하지만 우리가 부딪치는 일은 앞으로도 쭉 없을 거예요."

"그 말, 부디 틀리질 않길 바라죠."

담백한 인사를 끝으로 성준이 그녀에게서 멀어져갔다. 그의 뒤 태를 멀거니 바라보던 서화는 저도 모르게 어깨에 손을 얹었다. 기분 나쁜 서늘함이 살갗을 스쳤다.

"⋯⋯뭔데."

단지 기분 탓이라고 생각을 떨쳐 봐도, 이유 모를 불길함은 뱀처럼 등줄기를 타고 내렸다.

* * *

 아트점에서 빠져나온 성준은 곧바로 대기 중이던 검은 세단에 몸을 실었다. 조수석에 등을 기댄 그가 넥타이를 신경질적으로 비틀었다. 생각보다 오서화는 잘 지내고 있었다. 항상 메말랐던 얼굴에서 우울함은 찾아볼 수 없었다. 말간 눈동자에 떠오른 미소가 햇살처럼 눈이 부셨다. 그렇게 만든 장본인이 꼭 서지한 같아 그는 속이 뒤틀렸다.

 매번 이런 식이었다. 관심 있는 물건과 대상이 생길 때마다 그들은 언제나 그가 아닌 서지한을 눈에 담았다. 잘 알고 있다. 어차피 그의 인생에 지한의 존재는 손톱만큼의 영향력도 끼칠 수 없다는 걸. 그런데도 왜 더러운 기분을 떨쳐낼 수가 없는지.

"이사님."

 골이 울리는 무거운 침묵 속에 룸미러 사이로 권 실장의 시선이 닿았다. 성준은 관자놀이를 꾹 짓누르며 대답했다.

"말해요."

"방금 오 총장에게서 연락 한 통이 왔습니다."

"무슨 용건으로."

"그날 체면도 없이 결례를 범한 거 같다면서 조만간 댁으로 인사드리러 오겠답니다."

 얕은 실소가 성준의 입술에 번졌다.

"그날 선을 넘긴 했죠."

 성준은 어느새 아트점을 빠져나와 길가를 걸어가는 서화를 응시했다. 꼭 도망이라도 치는 것처럼 달음박질을 치는 뒤태가 초조해 보였다.

 이럴 거면 확 안아버릴 걸 그랬나. 울며불며 싫다고 해도 여자를 짓밟고 그의 품에 가두는 게 현명한 선택이었을지도 모른다는 생각이 들었다. 맘만 먹으면 얼마든지 그렇게 할 수 있었다. 그건 성준에게 숨을 쉬는 것만큼 아주 쉬운 일이었다. 그런데도 여자에게 손을 대지 않은 건 그날을 고대하고 있어서였다. 그녀가 두 발로 손수 그를 찾아올 그 순간을.

 저 여자는 알고 있을까. 구원이라고 도망쳤던 오제원의 품이 사실은 썩어빠진 동아줄보다 못하다는 걸. 그 남자는 어딘가 반쯤 미친 사람처럼 굴었다. 지나친 증오는 독이 된다는 걸 알면서도 전혀 개의치 않는 얼굴이었다. 성준은 며칠 전 만나 서화에 대한 집착을 쏟아내던 오제원을 떠올렸다.

 '할 수만 있다면 내 손으로 유태하의 숨통을 끊고 싶었습니다.'

 오제원에게 유태하는, 증오대상이라기보다 몇 십 년간 품고 살아온 원망을 해소하기 위한 도구에 가까웠다.

 '그리고 그 애비도 함께 죽여 버리고 싶었죠.'

 그를 이렇게 만든 사람은 전적으로 유태하의 친부였다. 오 총장의 진부이기노 했다.

 '돌이켜보면 애비라는 말도 참 아까운 인간이었습니다. 사업을

위해 제 어머니를 택한 건 순전히 그 남자의 의지였으면서, 늘 첫
사랑을 그리워하더군요.'

그 '첫사랑'이 유태하의 친모란 걸 성준은 본능적으로 알아챘다.

'어머니가 분을 못 이겨 그 여자를 입에 올리기라도 하면 손이
올라왔습니다.'

오제원은 그날의 비극을 덤덤히 전해왔다.

'그다음에는 목을 졸랐고, 또 그다음에는 어머니의 배를 걷어찼
습니다. 시도 때도 없이 폭행을 가했죠.'

폭행과 폭언이 끊이지 않던 일상이었다.

'꼴에 사람 행색은 하고 싶었는지 밖에선 그렇게 신사일 수가
없더군요. 그러던 어느 날 무릎을 꿇고 비는 게 아니겠습니까.'

감정 없던 오제원의 눈에 살기가 번뜩였다.

'사랑하는 여자한테 가야겠다고. 그 여자는 자신을 사람답게
살게 해준다고.'

참으로 우습지 않을 수 없었다. 사람이라면 절대 해선 안 될 짓

을 친부가 하고 있다는 것에 오제원은 연달아 실소를 터트렸다.

'그 여자는 어머니와 나의 존재를 전혀 모르는 눈치였습니다. 그러니 우리에게 죽은 듯이 살라는 거였죠. 묵묵히 맞기만 하던 어머니가 그날 처음으로 그 인간에게 달려들었습니다. 그랬더니 그 남자가 어떻게 한 줄 압니까? 그날도 어머니를 미친 듯이 쥐어 팼습니다. 그 여자에게 입이라도 뻥긋하면 죽여 버릴 거라면서 칼까지 손에 쥐더군요.'

눈살을 찌푸리게 하는 가정환경을 고백하는 오제원의 음성은 태연해서 더 폭풍처럼 느껴졌다. 언덕에 고요히 몰아치는 폭풍처럼.
이미 모든 지분을 남편에게 넘긴 오제원과 친모는 버림받다시피 집에서 내쫓아졌고, 그들은 길바닥 인생을 면치 못했다. 제원에게 유태하는 복수하기도 전에 죽어버린 친부를 대신할 목표물이었을 것이다.

'그래서 오서화를 어떻게 하고 싶은 겁니까?'

그러나 성준에게 제원의 과거사는 중요치 않았다. 그가 손에 쥐고 있는 서화에게만 온 신경이 몰려 있었다.

'뼛속까지 이용할 겁니다.'

제원은 한 치의 흐트러짐 없는 얼굴로 대답했다.

'그 인간이 우리에게 그랬던 것처럼, 그 아이는 내 인생에 아주 좋은 먹잇감이 되어줄 겁니다. 이건 차 이사님도 절대 건드릴 수 없는 부분입니다. 그 아이는 내 딸이고 내 자식이니까요.'

"어떻게 하실 생각입니까?"

차가 어느덧 오르막길에 접어들었다. 권 실장이 또 한 번 룸미러로 시선을 보내오자 생각에 잠겨 있던 성준이 눈을 들었다.

"서지한 출국 날짜가 언제라고 했지?"

"앞으로 2주 뒤입니다."

"오 총장이 찾아온다는 날은?"

"그것도 2주 뒤입니다."

약속이라도 한 듯 맞물리는 날짜에 성준의 표정이 한결 편안해졌다.

* * *

"방금 뭐라고 했어요?"

지한의 작업실에 서화가 놀러 온 지 10분도 되지 않아서였다. 차가 식기도 전에 듣게 된 청천벽력 같은 소식에 서화는 멍하니 눈을 감았다 떴다.

"어딜…… 간다고요?"

"다음 주에 유럽으로 출국한다고."

"그런 말 한 적 전혀 없었잖아요."

"하려고 했는데, 생각보다 일정이 앞당겨졌어. 제이클도 스케줄이 있어서 전시회 전에 잠시 나갔다 와야 하고. 겸사겸사 함께 출국하기로 했어."

"아예…… 한국을 떠나는 거예요?"

그게 아니라면 전혀 상관없었다. 작업 때문에 외국을 나가는 경우는 아티스트에게 허다했다. 그 이유라면 얼마든지 그를 흔쾌히 보내줄 수 있었다.

"아직 결정된 건 아무것도 없어."

지한의 모호한 대답에 찻잔을 그러쥔 서화의 손이 미세하게 떨렸다. 부정하지 않는 그가 이 순간만큼은 원망스러웠다.

"왜 가야 하는 건데요? 꼭 가야만 하는 거예요?"

얼마나 바보 같은 질문을 하고 있는지 알면서도 서화는 널뛰는 감정을 붙잡지 못했다. 그의 미래를 위해서라면 마땅히 응원해줘야 하는 게 현명한 선택이었다. 단지 아직 마음의 준비가 되지 않았다. 그가 제 곁을 떠난다니. 상상만으로 눈앞이 아득해졌다. 침묵이 흐르는 가운데, 나직한 고백이 서화의 귓가를 울렸다.

"가서 용서를 빌 사람이 있어."

지한이 덤덤한 표정으로 서화를 바라봤다. 아무에게도 말할 수 없었던 이야기를 그는 솔직히 털어놓기 시작했다.

"몇 년 전에 아주 잘못된 선택을 한 적이 있어. 그 선택으로 죄 없는 친구가 세상을 떠나게 됐고."

서화의 눈동자가 딱딱하게 얼어붙었다. 그녀는 불안한 눈으로 지한의 왼쪽 어깨를 응시했다.

"그럼 그 어깨에 난 상처도……."

"맞아. 그날 생긴 상처야."

선선한 그의 대답에 또 한 번 서화의 마음이 무너져 내렸다.

"그 이후로 한동안 작품에 손을 대지 못했어. 사실 지금도 그래. 손을 대다가도 가슴이 묵직해지고 가끔 숨이 가빠와."

"그럼 최근 들어서 작품에 손을 대지 못한 이유가……."

진도를 잘 나가지 못했던 진짜 연유가…….

"왜 그동안 아무 말 안 했어요?"

그런 줄도 모르고 그가 설레는 마음으로 작업 중이라고만 생각했다. 갑자기 자책감이 몰려왔다. 그는 항상 세심한 눈길로 자신의 상처를 살펴줬는데, 정작 그녀는 그에게 아무것도 해주지 못했다. 매번 받기만 하는 게 일상이었다.

"그런 표정 짓지 마. 이건 내 개인적인 문제야."

지한이 단호히 선을 그으며 찻잔을 꽉 그러쥔 서화의 손을 붙잡았다. 서화가 울컥한 얼굴로 말했다.

"그게 어떻게 개인적인 문제예요. 가슴이 묵직하다면서요. 숨도 잘 못 쉬겠다면서요. 그럼 몇 날 며칠을 뜬 눈으로 지냈을 텐데."

서화는 그 고통에 대해 뼈저리게 알고 있었다. 시간이 지나도 해결되지 않는 감정의 늪에서 허우적거리는 게 얼마나 무섭고 괴로운지. 그게 사람을 어디까지 미치게 만들며 깊은 나락으로 떨어트리는지.

"그게…… 그게 어떻게 아무렇지도 않은 거예요. 그건 누가 봐도 아픈 건데."

빨갛게 물든 서화의 눈동자를 보며 지한이 고개를 저었다. 그는 부드럽지만, 단호하게 상황을 바로 잡았다.

"시간이 필요했어. 마음을 다잡을 시간이. 그때가 지금인 거 같아서, 놓치면 후회할 거 같아서 다녀오려고 해."

지한에게 불면증과 공황장애는 습관과도 같았다. 마크를 잃은 후 얻게 된 증상이었다. 다행히 공황장애는 장시간의 치료로 한국에 들어오기 전 완치가 됐으나 불면증은 쉽게 사라지질 않았다. 작품에 다시 손을 대기 시작하면서 그 증상이 극심해졌다. 그래서 더 늦어지기 전에, 제대로 된 작품을 만들기 위해 그는 서화에게 솔직하게 털어놓기로 했다.

"걱정하지 마. 길게 머물진 않을 거야. 유미랑 계약한 작업도 마무리해야 하고. 곧 너희 졸업전시회도 봐줘야 하고."

지한이 맞잡은 손에 힘을 주며 미소 지었다.

"우리 사이, 달라지는 거 아무것도 없어. 넌 평소처럼 네 작품에 집중하면 돼."

평소처럼. 그 상태를 유지하는 게 왜 이 순간만큼은 죽도록 힘겹게 느껴지는지 모르겠다.

"나, 잠깐 화장실 좀 다녀올게요."

드르륵. 서화는 의자를 밀고 일어나며 곧장 화장실로 향했다. 벽면에 부착된 거울을 보고서야 알아차렸다. 눈물이 쉬지 않고 흐르고 있었다는 걸.

"……바보, 멍청이."

어린애처럼 굴지 말자면서 또 욕심만 앞세우고 말았다. 그가 어떤 마음으로 다시 작품 잡았는지 알게 되자 자신이 못 견디게 미워졌다. 서화는 감정을 다잡기 위해 노력했다. 최대한 어른스럽게. 이성적으로 상황을 바라보자면서 마음을 진정시킨 뒤, 다시 지한이 있을 작업실로 향했다.

"갑자기 생각을 바꾼 이유가 뭐야?"

공방 문을 열기 직전이었다. 열린 문틈 새로 제이클과 지한이 함께 있는 모습이 보였다.

"얼마 전까지 마크 이야기는 듣기도 싫어했으면서."

지한은 순순히 제이클의 궁금증을 해결해주었다. 그의 대답이 벽을 타고 들려왔다.

"네가 준 편지를 읽었어."

"마크 어머님이 주신 거?"

서화는 문득 지한의 방에서 몇 번 본 적 있던 노란 봉투를 떠올렸다.

"그게 열쇠 역할을 한 건가? 진심은 통하게 돼 있다, 뭐 그런 거?"

"그냥."

싱거운 대답과 함께 지한의 얼굴에 쓸쓸함이 번져갔다.

"좋은 사람이 되고 싶달까."

"좋은 사람? 누굴 위해?"

지한은 고민하는 기색 없이 두 글자를 읊조렸다.

"서화."

문고리를 잡고 있던 서화의 손이 스르르, 허공으로 밀려났다. 뒤이어 따스한 음성이 그녀의 마음을 울렸다.

"그 아이한테 조금이라도 떳떳한 사람이 되고 싶어."

서화는 숨을 죽였다. 자칫 침음이 터져나갈 것만 같았다.

"두 사람 사이에 무슨 일 있었어?"

제이클이 심각한 표정으로 묻자 지한은 고개를 저었다.

"생각해보면 마크를 떠나보낸 후로 늘 제자리였어. 덤덤해진 줄 알았는데 회피하기에만 급급했지. 그걸 서화 때문에 알게 됐어. 그 애한테만큼은 이 거지 같은 민낯을 보여주고 싶지 않았거든."

이제야 알 거 같았다. 그가 왜 그렇게 마음을 열지 못했는지. 멋 대로 사람 마음에 불을 질러 놓고, 사랑이 깊어질 때면 약속이라 도 한 것처럼 닿을 수 없는 먼 곳으로 달아났는지.

"더는 그러고 싶지 않아."

다짐을 내뱉은 지한의 얼굴이 견고했다.

"그 아이에 대한 감정이 깊어질수록. 사랑하고 싶어질수록 솔 직해지고 싶어."

그러기 위해서 그는 과거의 늪에서 벗어나야만 했다. 해결되지 못한 감정을 어떻게든 갈무리 지어야 했다.

서화는 차마 문고리를 돌리지 못했다. 지한을 붙잡을 수 없었 다. 그가 좀 더 넓은 세상으로 날아갈 수 있도록. 그가 스스로 만 든 새장에서 떠날 수 있도록 간절히 바라는 게 그녀가 할 수 있 는 최선의 몫이었다.

* * *

지한이 유럽으로 출국하기 일주일 전이었다. 서화는 지한이 손 수 차려준 음식을 깔끔히 비우고 설거지 중인 그의 등을 보며 말 했다.

불씨　149

"우리 여행가요."

지한이 손에 묻은 물기를 털며 고개를 돌렸다.

"어디 가고 싶은데?"

"바다요. 바다 보고 싶어요."

"그래, 유럽 다녀오면 바로 가자."

"그때 말고 오늘 당장 가요."

그의 눈초리가 가늘어졌다. 급작스러운 전개에 수상함을 느꼈는지 지한은 싱크대에 등을 기댄 채 서화를 집요히 바라봤다. 서화는 솔직하게 털어놓았다.

"실은 어제 강릉에 있는 펜션 하나, 예약했어요."

"뭐?"

"공모전에서 탄 상금으로 예약한 거니까 비용은 신경 쓰지 마요. 나도 그 정도 능력은 돼요."

생각해보면 데이트 비용은 언제나 지한의 몫이었다.

"혹시 시간 내기 어려워요? 어제 슬쩍 물어봤을 때는 오늘이랑 내일, 스케줄 없다고 했던 거 같은데."

어제도 지한을 만나 데이트를 했다. 장시간 외국으로 나가 있는 게 마음이 쓰였는지 그는 바빠도 매일 같이 시간을 내 서화의 집 앞까지 찾아왔다.

"아니, 시간은 많아. 어쩌면 주말까지 널널할지도."

"정말요?"

서화의 얼굴에 화색이 돌았다.

"근데 말이야. 왜 갈수록 치밀해지는 거 같지?"

지한이 식탁을 짚은 채 상체를 숙여오자 자연스레 서화의 고개가 뒤로 물러났다.

"치밀이라뇨?"

"어제 너무 자연스럽게 물어보길래 깜빡 속았어. 애초에 이런 의도가 숨겨진 거였으면 입도 못 떼게 했을 텐데."

역시나 그는 서화가 펜션을 예약한 게 못마땅한 눈치였다.

"말했잖아요. 그 정도 능력은 된다고. 그리고 며칠만이라도 좋으니까."

서화의 입가에 둥근 웃음꽃이 피어났다.

"아무 생각 안 하고 사랑만 하고 싶어요."

낯간지러운 말을 당당히 내뱉은 사람치고 그녀의 양 볼은 금세 달아올랐다. 그래서 지한은 웃어버렸다. 그녀가 어떤 마음으로 이 같은 서프라이즈를 준비했는지 알 거 같아서. 서화는 서둘러 지한의 손을 잡고 부엌을 빠져나갔다.

"오후 다섯 시가 되면 동해에 석양이 예쁘게 진대요. 그러니까 빨리 준비해요."

* * *

즉흥적인 여행인데도 강릉의 날씨는 완벽했다. 그의 차를 타고 도로 위를 질주할 때마다 열린 창틈 새로 시원한 바람이 스며들었다. 그토록 바라던 바다에 도착하자 서화는 지한의 손을 잡고 모래사장을 서닐었나.

"좋다."

파도치는 바다를 가만히 보고 있으면 저절로 감탄이 흘러나왔다. 너울거리는 물결 위로 내려앉은 햇살이 금색 비단처럼 아름다웠다.

"이럴 거면 카메라를 가져올 걸 그랬네."

지한이 바다를 보며 말하자 서화가 고개를 끄덕였다.

"그러게요. 이렇게 바다가 예쁜 줄 알았으면 챙겨오는 건데. 아쉬운 대로 휴대폰으로 찍으면 어때요?"

"바다 말고 너."

서화가 걸음을 멈추며 뒤를 돌아봤다. 지한이 옅게 웃으며 덧붙였다.

"바다 말고 널 찍고 싶어."

서화의 표정이 멍해졌다. 어떤 반응을 보여야 할지 난감했다. 목석처럼 서 있는 그녀의 모양새가 마음에 들었는지 지한이 몇 발짝 물러섰다. 그는 주머니에서 휴대폰을 꺼내 카메라를 작동시켰다.

"거기 잠깐 서봐."

"설마 찍게요?"

"지금 그 표정 좋다. 놀려먹기 딱 좋은 얼굴이야."

"뭐, 라고요?"

"방금 그것도 좋았어. 익살맞은 게 오서화랑 잘 어울려."

"말이면 다 되는 줄 알지."

서화가 눈을 흘기며 휴대폰 렌즈를 노려봤다. 그러다 불쑥 든 생각에 발밑을 내려다봤다. 바닷물이 운동화 앞창을 적실 것처럼 밀려왔다. 서화는 손을 뻗어 바닷물을 한 움큼 담았다. 묵묵히 그녀의 행동을 감상하던 지한의 얼굴이 딱딱하게 굳기 시작했다.

"하지 마."

"여기까지 왔는데 그냥 가는 건 아쉽잖아요."

"아니. 우린 이거 말고도 할 게 많아. 넘친다고."

뒷걸음치는 지한을 서화는 슬금슬금 따라가더니, 그대로 달려들었다. 그녀의 손에서 흩뿌려진 바닷물은 정확히 그의 셔츠에 명중했다. 그것도 크고 단단한 가슴팍 정중앙에.

지한이 동작을 멈추며 서화를 응시했다. 속내를 알 수 없는 그의 시선이 고요했다. 두려움을 느낄 새도 없이 그가 서화의 코앞까지 다가왔다. 긴 두 팔이 서화의 허리와 허벅지 뒤를 파고들었다.

"악!"

순식간에 몸이 허공으로 떠올랐다. 서화는 소리를 지르며 본능적으로 지한의 목에 팔을 둘렀다. 그는 파도가 치는 바다를 향해 성큼성큼 긴 다리를 뻗기 시작했다.

"안 돼요!"

바닷물이 가까워질수록 서화는 고개를 격하게 저었다. 지한의 입가에 악마 같은 미소가 피어올랐다.

"젖을 거면 흠뻑 젖어야지. 누구 말처럼 아쉽지 않으려면."

"잠깐만요. 잠깐만!"

소리를 내질러도 소용없었다. 그의 신발과 바짓단이 금세 바닷물에 풍덩 젖어 들었다.

진짜 미쳤나 봐. 서화는 경악하며 진저리쳤다. 그 순간 파도가 범람하듯이 차오르며 지한의 허리를 찰싹 때리고 지나갔다. 그 반동으로 튀어 오른 바닷물이 서화의 얼굴을 흠뻑 적셨다. 꼼짝없이 앞머리가 젖어 들었다. 울상 진 그녀를 보며 지한이 만족스럽다는 듯 미소 지었다.

"우리 둘 다 엉망이네."

"……못 살아, 진짜."

그 후로도 파도가 몇 번 더 밀려왔다. 지한은 서화를 그네처럼 흔들어댔다. 서화는 고개를 거세게 저으며 지한의 목에 얼굴을 묻었다. 그러나 그의 목울대에 닿은 그녀의 입술만큼은 미소를 감추지 못했다.

두 사람은 물에 젖은 생쥐 꼴이 되고 나서야 숙소로 향했다. 옷을 갈아입은 뒤에는 근처 식당에서 허기진 배를 채우고 다시 숙소로 돌아왔다. 그리고 침대에 나란히 앉아 석양이 지는 동해 바다를 감상했다.

"진짜 예쁘다. 그쵸?"

서화가 지한의 어깨에 고개를 기대며 말했다. 밤늦게까지 숙소를 알아본 보람이 있었다.

"이제 뭐 할까요?"

주말까지 쉴 수 있다는 그의 스케줄에 맞춰 1박 2일로 예약한 펜션을 2박 3일로 늘렸다. 근처에 볼거리가 있나 휴대폰을 매만지려던 순간이었다.

"어디 가요?"

지한이 소리 없이 몸을 일으키며 벽 한 면을 가득 채운 통유리 앞으로 다가갔다. 그리고 바다를 등지고서 서화를 마주했다.

"……뭐 하려고요?"

의문을 갖기 무섭게 지한이 입고 있는 셔츠 단추를 하나둘씩 풀기 시작했다. 서화의 표정이 눈에 띄게 굳어졌다. 마침내 하얀 셔츠가 그의 몸에서 추락하자 탄탄한 상체가 드러났다.

"그려보고 싶다며."

그가 덤덤한 목소리로 말했다.

"아니, 만져보고 싶다고 했나."

서화는 아무 말도 하지 못했다. 그의 어깨를 타고 밀려오는 석양 빛이 눈이 부실만큼 뜨거웠다.

* * *

하얀 스케치북 위. 연필을 잡은 서화의 손길이 어느 때보다 신중했다. 그녀는 입술을 말아 물며 앞을 바라봤다. 지한이 통유리를 등지고 서 그녀를 올곧이 응시하고 있었다. 어떻게 저렇게 태연할 수 있는 거지. 그를 그리고 싶다고 제안한 건 그녀였지만, 이렇게 마음의 준비도 없이 맞이하겠다는 소리는 절대 아니었다. 지한은 다분히 태연한 투로 서화를 설득했다.

'가방에 도구 다 있잖아.'

'……그걸 어떻게.'

'꺼내 봐.'

서화는 습관처럼 하얀 스케치북과 연필을 가지고 다녔다. 틈날 때마다 사물을 관찰하고 그려내기를 반복했다. 그런 피나는 노력이 있었기에 그녀가 남들보다 뛰어난 집중력과 관찰력을 가질 수 있던 것이었다. 서화는 지한의 손에서 그동안 그린 그림이 사각사각 넘어갈 때마다 긴장을 늦출 수 없었다. 그 증상이 극에 다다른 건 그가 한 그림을 보며 손길을 멈췄을 때였다.

'널 낳아주신 분인 거지?'

서화는 본능적으로 소리쳤다.

'보지 말아요!'

하얀 도화지 속에는 한 여자가 등을 보인 채 침대에 앉아 있는 모습이 담겨 있었다. 가는 목선과 앙상한 손목. 다소 굽이진 어깨. 목 뒤로 아무렇게나 삐져나온 잔머리. 지한에게는 낯설지 않은 그림이었다. 예전에도 이 같은 데생을 서화의 스케치북에서 몇 번 본 적이 있었다.

'부끄러워?'

그의 물음에 서화의 얼굴이 붉게 달아올랐다. 그림 속의 여자는 김윤서였다. 서화는 그녀를 떠나보낸 뒤로 갑자기 몰려오는 우울함에 잠식당한 적이 빈번했다. 그때마다 어김없이 그녀를 스케치북에 그리고 캔버스에 그렸다. 얇은 선으로 시작한 그림은 언제나 날카로운 선으로 끝이 나곤 했다. 그 이유가 무엇인지 지한은 단번에 파악했다.

'미워하고 증오하는 감정을 이곳에 분출했다고 부끄러워할 필

156

요 없어.'

'…….'

'이것도 너의 일부야. 말했잖아. 모든 거에 완벽해질 필요 없다
고. 종로에서 뺨 맞고 사랑으로 품어주는 건 보살이나 하는 짓이
지. 우리 같은 사람들한테 안 어울려.'

지한이 저벅저벅 다가오며 서화의 손에 무언가를 쥐여 줬다. 새
스케치북과 새 연필이었다. 그가 서화의 머리를 다정히 쓰다듬
었다.

'대신 이제부터 네가 뭘 그리고 싶은지 찾아보는 거야. 적어도 여
기에만큼은 좋아하는 것만 그리는 걸로.'

서화는 그가 선물한 하얀 스케치북을 내려다봤다. 아직 단 한
개의 선도 그어지지 않은 상태였다.

쿵쿵쿵. 심장이 빠른 속도로 뛰며 주체 못할 설렘이 차올랐다.
처음 있는 일이었다. 무언가를 그리는 것에 이토록 떨려 한 적은.

서화는 연필을 고쳐 잡으며 시선을 뻗었다. 지한이 여전히 곧은
자세로 그녀를 주시하고 있었다. 그 모습을 천천히 훑어 내리며
손을 움직였다. 사각. 첫 페이지에 첫선이 그어진 순간, 서화는 간
절히 바랐다. 이 도화지의 첫 장을 당신이 열어준 것처럼, 마지막
페이지노 당신이 닫아줬으면 좋겠다고. 내 인생의 첫 페이지에도,
마지막 페이지에도 당신의 이름으로 가득 채워졌으면 좋겠다고.

                              * * *

"다 그렸으면 줘봐."

지한을 그리는 것은 어렵지 않았다. 잘 그리고 싶은 욕심만 부리지 않았다면 더 빨리 끝낼 수도 있었다.

"싫어요."

서화의 단호한 거부에 그의 눈초리가 가늘어졌다.

"모델 비용도 안 받고 일했는데, 까다롭게 굴지."

"다음에. 다음에 좀 더 다듬으면 그때 보여줄게요. 그전에 남은 거부터 해치우고요."

그게 뭐냐는 듯 지한이 눈썹을 들어 올렸다. 서화는 눈이 부신 석양을 조명 삼아 지한의 등 뒤로 다가갔다. 그리고 그의 각진 어깨를 느릿하게 쓸어내렸다. 언제 그랬냐는 듯 지한의 얼굴에서 표정이 사라졌다. 서화가 나직이 속삭였다.

"어딜 만지든 절대 터치하지 않기."

그의 눈썹이 미약하게 찌푸려졌다. 서화는 아랑곳하지 않고 지한을 돌아서게 만들었다.

"잠깐만 이렇게 서 있어요."

몇 발짝 물러서서 잔 근육이 도드라진 그의 등허리를 감상했다. 그는 평소 모든 운동을 가리지 않고 즐겨 하는 편이었다. 대학생 때는 취미로 농구를 즐겨 했다는데, 그때의 방대한 운동량의 결과가 몸 곳곳에 고스란히 남아 있었다.

서화는 넓은 등짝에 손을 올렸다. 살갗에 스며드는 그의 온기가 태양처럼 뜨거웠다. 언뜻 그의 심장 소리가 들리는 거 같기도 했다. 그는 지금 어떤 표정을 짓고 있을까. 덤덤한 척해도 매끈한 피부 결을 만지는 서화의 손끝이 얕게 떨렸다. 심장이 미친 듯이 쿵쾅거렸다. 모델로 선 그를 만진다는 건 가슴 벅찬 일이자 감당하기 힘든 시련이었다.

"만지는 건지, 고문을 하는 건지."

나직한 한숨 소리에 서화의 시선이 들렸다. 지한이 못마땅한 눈으로 그녀를 내려다봤다.

"만진다는 게 고작 그 정도였어?"

노골적인 그의 말투가 짓궂었다. 입꼬리에 걸린 미소는 장난기가 다분했다. 그게 서화의 오기를 불러일으켰다. 그녀는 진전 없던 손을 다시금 움직였다. 부드러운 깃털처럼 지한의 몸을 섬세하게 점령해나갔다.

사람 몸이 이렇게 단단할 수도 있구나. 그의 골격과 근육, 그리고 피부의 느낌까지 전부 다 기억하겠다며 정신없이 남자의 몸을 만지던 때였다. 아래로 향하던 서화의 손에 지한의 손이 크게 감기었다.

"거긴 좀 위험한데."

그의 호흡이 전과 달리 흐트러져 있었다. 그제야 서화는 제 손이 그의 바지춤으로 스며들기 직전이란 걸 알아챘다.

"아……."

"아?"

그가 아둔한 서화의 반응을 그대로 따라 하며 픽, 웃었다.

"반응이 굉장히 이질적이네. 전혀 모른다는 사람처럼."

지한은 몸을 돌려 서화를 마주 보았다. 동시에 그녀의 나머지한 손도 휘감았다.

"너의 이런 무구함을 볼 때마다 내가 어떤 기분인 줄 알아?"

그가 고개를 숙이며 눈을 맞춰왔다. 살갗을 관통할 것처럼 위협적인 시선이었다.

"가끔은 괘씸해서 울리고 싶어져."

"……."

"내 밑에서 할딱이게 만들고 싶어진다고."

정제되지 않은 그의 욕망이 고스란히 드러났다.

"그래서 가끔 난 네가 두려워."

통제의 범주를 벗어난 욕구는 좋을 게 없었다. 언제든 그를 엉망진창으로 만들 수 있는 위험한 감각이었다. 그녀를 보고 있으면 인내심이 고갈될 때가 빈번했다. 그녀를 안고 싶다는 충동에 매일같이 휘둘렸고, 종국에는 집어삼켜졌다.

"그게 어때서요."

침묵 끝에 흘러나온 서화의 음성이 덤덤했다.

"서지한 씨가 그랬잖아요. 완벽해질 필요 없다고. 나도 그래요. 우리 완벽해지지 말아요. 누구한테 더 잘 보이기 위해서 나를 숨기고 감추지 말아요."

과거의 그녀였다면 절대 상상도 못 했을 생각이었다. 언제나 완벽함을 추구하기 바빴던 삶. 자그마한 흠집조차 용납할 수 없던 그녀가 이제는 그 공식을 깨트리고 싶어 했다.

"참지 마요. 이제 더는 그러고 싶지 않아. 그래서 이기적인 사람이 돼야 한다면."

"……."

"기꺼이 그럴래요."

서화는 뒤꿈치를 들어 지한의 목에 팔을 둘렀다. 균열이 일기 시작한 남자의 얼굴을 빤히 응시하며 고백했다.

"좋아해요, 아주 많이."

침묵이 흐르더니, 지한의 입술에서 바람 빠지는 웃음소리가 흘러나왔다. 그는 촉촉이 젖은 앞머리를 쓸어 올리며 한숨을 뱉었다.

"안 되겠다."

"뭐가요?"

"더는 못 해 먹겠어, 네 모델."

지한이 단숨에 그녀를 안아 들어 올렸다. 그대로 침대에 눕히자 금세 그녀의 호흡이 가빠졌다. 은근한 기대감으로 부풀어 오른 말간 눈동자를 보며 지한은 서화의 몸 위로 올라탔다. 그는 그녀의 티셔츠 안으로 서슴없이 손을 집어넣으며 오르내리는 봉긋한 가슴을 한 움큼 움켜쥐었다. 과감한 손짓에 서화의 호흡이 잔뜩 흐트러졌다. 평소보다 더 거칠고 짓궂은 그의 손길이 나쁘지 않았다.

서화는 참지 못하고, 제 입술을 지분거리는 지한의 손가락을 살며시 깨물었다. 마치 그녀가 키스할 때처럼 기다란 손가락을 빨기 시작하자 지한의 목울대가 크게 오르내렸다. 흐릿한 미소가 그의 입가에 한숨처럼 부서졌다.

"이럼 진짜 울리고 싶어지는데."

* * *

태양이 사라지고 어둠이 찾아온 바다에는 보름달이 둥글게 떠

올랐다. 서화는 목이 쉬도록 신음을 흘리며 그 광경을 감상해야
했다.

"으응……!"

그녀의 눈꼬리에 맺힌 눈물이 후드득 떨어졌다. 뿌옇게 보이던
달이 선명한 윤곽을 드러냈다. 그러나 지한이 뒤에서 그녀의 허리
를 휘감으며 거칠게 파고들자 금세 눈물이 차오르며 달의 형태가
다시 잘게 이지러졌다.

"나, 이제 그만……."

몇 번이나 몰아친 감각이 또다시 폭풍처럼 휘몰아치자 서화가
고개를 저었다. 그러나 지한은 그럴수록 그녀를 끈질기게 몰아붙
였다. 유리창에 달라붙은 그녀의 작은 손에 그의 손을 겹치며 물
고 늘어지기를 반복했다. 하얀 허벅지를 위로 들어 올리자 서화
가 입술을 앙다물며 신음을 흘렸다. 상상 못 할 포만감이 끝없이
밀려들어 왔다.

벌써 몇 번째였다. 그의 품에서 할딱거리고 무너지기를 반복하
는 게. 울리고 싶다는 말이 진심인 듯 지한은 쉬지 않고 서화를
안고 또 안았다.

"나 봐."

유리창에 달라붙은 서화의 몸이 돌려세워졌다. 지한과 눈이 마
주치기 무섭게 또 한 번 신음이 터져 나왔다. 양쪽 허벅지가 활
짝 들리며 그의 허리에 감기었다. 살을 관통할 것 같은 쾌감이 파
고들자 서화는 반사적으로 지한의 어깨를 깨물었다. 그 통증마저
그에겐 쾌락으로 다가왔다.

지한은 서슴없이 고개를 숙여 서화의 입술을 훔쳤다. 더욱 힘껏

여자를 당겨 안으며 쾌락의 늪으로 달려들었다. 맞물린 입술 새로 서화의 교성이 끊임없이 터져 나왔다. 그것을 지한은 물처럼 마시며 절정에서 떨어지는 그녀를 다시 강하게 쳐올렸다.

끝을 모르고 깊어지는 밤. 거듭되는 쾌감 속에 서화는 간절히 바랐다. 차라리 이렇게 그와 한 몸이 되어 부서져 버렸으면 좋겠다고.

* * *

지독한 관계가 끝난 후, 서화는 기절하듯이 지한의 품에 안겨 눈을 붙였다. 밀려오는 파도 소리에 눈을 뜨자 아직 깨어나지 않은 그의 얼굴이 보였다. 그녀를 몰아붙였던 남자라기엔 감긴 눈꺼풀은 어린아이처럼 온순했다. 서화는 몸을 일으켜 지한의 얼굴을 맘껏 감상했다. 그리고 상처 박힌 그의 어깨에 살며시 입 맞추며 속삭였다.

"잘 다녀와요."

* * *

예정대로 지한이 새벽 비행기로 떠났다. 그가 없는 학교에 홀로 들어선 서화는 생각보다 큰 허전함에 걷고 멈추기를 반복했다. 게 나가 기분 탓일까. 설을 때마다 이름 모를 학생들이 자신을 보며 수군거리는 듯한 착각이 일었다. 최대한 의식하지 않으며 강의동으로 들어가는데, 갑자기 문이 벌컥, 열리며 유라가 등장했다. 그녀는 서화를 발견하자 심각한 얼굴로 말했다.

"야, 오써. 큰일 났어."

"무슨 일인데 그래?"

"너……."

유라는 쉽사리 말을 잇지 못했다. 서화의 신경이 곤두섰다. 천천히 말해보라며 그녀를 채근하자 유라는 마지못해 털어놓았다.

"너 겸임이랑 사귀어?"

순식간에 서화의 얼굴에서 표정이 사라졌다. 이 캠퍼스에서 지한과 교제 중이란 걸 아는 사람은 은정이 전부였다.

"어떤 미친 새끼가 너랑 겸임 사진 싹 다 뿌렸어."

뭘, 뿌려? 사고가 멈추며 몸도 얼어붙었다. 뒤통수를 거세게 두들겨 얻어맞은 기분이었다.

"서화 왔어?"

"서화야."

뒤따라 은정과 가은이 강의실에서 빠져나왔다. 이게 어떻게 된 일이냐며 은정을 바라보자 그녀는 한숨을 깊게 내쉬었다.

"학교 커뮤니티에 오서화의 실체라면서 게시물이 하나 올라왔어. 익명 게시판인 거 보면 악의적인 거 같은데, 찍힌 사진만 수십 장이야."

서화는 그제야 보이지 않던 환경을 눈에 담았다. 복도에 서 있는 학생들의 손에는 휴대폰이 들려 있었다. 그들은 휴대폰과 서화를 번갈아 훔쳐보기 바빴다. 저 안에 지한과 함께한 모든 추억이 담겨 있다는 사실에 서화는 속이 울렁거리기 시작했다.

"그 게시물 어디 있어?"

떨리는 목소리로 묻자 은정이 다시금 한숨을 내뱉었다.

"이미 학교 측에서 지웠어. 근데 캡처본이 퍼질 대로 퍼진 뒤라……."

수습하기 불가능하단 소리였다. 서화는 잘게 떨리는 손끝을 움켜쥐며 억울하다는 듯이 따졌다.

"내 실체가 뭔데?"

"……서화야."

"내 실체가 뭐 어떻길래……."

적어도 사는 동안 누군가에게 피해를 준 적은 없었다. 도움을 주면 줬지, 미움을 살만한 행동을 한 적은 결코 없었다.

"이건 또 어떤 미친 자식이야."

"왜? 또 뭔데?"

유라가 흥분한 얼굴로 휴대폰을 내밀었다. 이번에도 원흉은 익명 게시판이었다. 누군가 허접한 필력으로 서화를 험담하는 내용이 담겨 있었다.

[둘이 엠티 때부터 그렇고 그런 사이였다니까 ㅋㅋㅋ 아닌 척 굴면서 둘이 은밀히 신호 보내는데ㅋ 그래놓고 교수란 사람이 여학생들이랑 시시덕거리면서 술이나 먹고 있고 …….]

서화의 이성은 거기까지였다. 돌아서는 그녀를 보며 유라와 가은이 다급히 소리쳤다.

"서화야, 어디가."

"오서화!"

폭풍

MT에서 알게 된 강재섭의 무리를 찾는 건 그리 어려운 일이 아니었다. 학생들이 흡연 장소로 즐겨 찾는 강의동 건물 뒤편에 들어서자 녀석을 손쉽게 포착할 수 있었다.

"그 겸임 새끼, 얼굴값 믿고 나댈 때부터 알아봤다니까."

강재섭은 뭐가 그렇게 즐거운지 담배를 꼬나물며 킥킥 웃음을 터트리기에 바빴다.

"인간적으로 나이 서른이나 처먹었으면 양심이란 게 있지. 건드려도 꼭 학교에서 제일 예쁜 걸 건드리냐."

녀석의 회포에 여기저기서 왁자지껄한 조소가 터져 나왔다. 그 것에 만족감을 느꼈는지 강재섭은 볼이 움푹 패일 만큼 담배를 빨아들이며 혀로 입술을 축였다.

"잤겠지?"

"아, 저 새끼 저거 또 시작이네."

"둘이 강의실에서 키스하는 사진까지 올라온 마당에 안 자고 배길 수가 있어? 밀회를 나눈 꼴이 딱 봐도 백퍼 잤어. 아, 시발. 어떤 맛일까. 오서화 그게 생긴 건 도도해도 그런 애들이 또 침대에서는 허리를 잘 놀리……."

신나게 나불거리던 강재섭의 입에서 담배가 툭, 떨어졌다.

"오, 오서화."

서화는 불씨 붙은 꽁초를 짓밟으며 강재섭을 고요히 응시했다.

"너니?"

"뭐?"

"네가 사진 뿌리고 다녔다고."

"하."

강재섭이 실소를 터트리며 인상을 확 찌푸렸다.

"이게 또 생사람 잡네. 야, 내가 그랬다는 증거 있어? 저번 엠티에서도 겸임이랑 합세해서 엄한 사람 반병신 만들더니. 너 이러는 거 다른 애들은 아냐? 아, 이젠 알겠구나. 그 고고한 민낯이 다 까발려진 바람에."

녀석이 후후, 웃어대자 역한 담배 향이 코끝을 찔렀다.

"내놔."

서화는 손을 내밀며 차갑게 말했다.

"휴대폰 내놓으라고."

그녀가 서슴없이 강재섭의 손에 들린 휴대폰을 앗아갔다. 비밀
번호가 해제된 액정에는 지한과 찍힌 사진이 연달아 담겨 있었
다. 그와 함께 손을 잡고 캠퍼스를 누비던 모습, 실기장에서 은밀
히 입을 맞추던 모습, 그가 사는 집에 들어가는 서화의 뒷모습까
지. 사진이 한 장 한 장 동공에 박혀올 때마다 서화의 심장이 바
닥으로 추락했다.

"원본 어디 있어."

녀석의 휴대폰에 있는 건 캡처본이 전부였다.

"이게 진짜, 미쳤나."

강재섭이 가래침을 탁, 뱉으며 서화를 벽으로 몰아붙였다. 분위
기가 심각해지자 주변 동기들이 강재섭을 뜯어말렸다. 그러나 녀
석은 듣는 시늉은커녕 비릿하게 웃으며 얼굴을 들이밀었다.

"야, 이왕 이렇게 된 거 한 번 물어보자."

"……."

"그 늙은 겸임 새끼랑도 잤는데, 나라고 못 대 줄 것도 없을 거
아니야. 혹시 알아? 침대 위에선 그 새끼보다 내가 더 죽여줄지."

"야, 강재섭. 그만해. 너 미쳤냐?"

"이 새끼 또 선 넘는다."

"아, 놔봐. 솔직히 오서화 콧대 존나게 높다는 생각 한 번쯤은 다
했잖아. 근데 얌전한 고양이가 부뚜막에 먼저 올라간다더니, 딱
그 꼴이 되셨네. 그래서 더 꼴리긴 해. 막 미치겠어. 그러니까 대답
좀 해봐. 이 중에 네 스타일 하나 정도는 있을 거 아냐."

"……좋을 거야."

"뭐?"

침묵하던 서화가 나지막이 중얼거렸다.

"성희롱으로 고소당하기 싫으면 입 닥치는 게 좋을 거라고."

강재섭의 얼굴이 잠시 벙쪘다. 서화는 녹음 중인 휴대폰을 꺼내 저장 버튼을 눌렀다. 그 광경을 멍하니 지켜보던 강재섭이 눈을 크게 뜨며 팔을 높이 쳐들었다.

"이 미친년을 진짜!"

두꺼운 손바닥이 서화의 뺨을 내려치기 직전이었다. 퍽! 둔탁한 소음과 함께 강재섭의 몸뚱이가 옆으로 고꾸라졌다. 억, 토막 난 호흡이 녀석의 입에서 연달아 터져 나왔다. 갈비뼈가 아작난 거 같은 강렬한 통증이 전신으로 쫙 퍼져나갔다.

"이 새끼가 미쳤나."

녀석을 냅다 발로 까버린 장본인은 유라였다. 그녀는 씩씩거리며 강재섭을 매섭게 내려다봤다.

"감히 어디다 손을 올려!"

"서화야, 괜찮아?"

"어디 다친 곳은?"

뒤를 이어 가은과 은정이 달려와 서화의 상태를 살폈다.

"야, 강재섭인가 강재수인가. 생긴 것도 더럽게 생긴 게 하는 짓까지 똥통이네?"

유라가 강재섭의 등을 무릎으로 찍으며 추궁했다.

"설마 너냐? 네가 익명 게시판에 말 같지도 않은 게시물 올린 범인이냐고."

"아, 시발 나 아니라고!"

"아, 시발? 이게 주둥이 달렸다고 막 나불거리네? 반대쪽도 한 번 걷어차 줘? 그러고 보니까 너 체교과지? 야, 서재욱 어디 있어. 이 새끼 당장 불러서. 아니지, 야 이은정. 내 가방에서 커터 칼 좀 꺼내 봐."

강재섭의 얼굴이 희게 질려갔다. 녀석은 입술을 덜덜 떨며 유라를 바라봤다. 가방을 분주히 뒤지던 그녀의 손에서 색깔별로 수집된 커터칼 케이스가 딸려 나왔다. 유라가 그중 빨간색을 집어 강재섭에게 다가서자 은정이 그녀를 제지했다.

"진정해."

"지금 진정하게 생겼어? 저딴 쓰레기 같은 놈 때문에 죄 없는 오써가 피해 보게 생겼는데."

은정은 고꾸라져 있는 강재섭을 향해 차분한 투로 되물었다.

"너, 진짜 아니야?"

녀석이 뭍에 나온 물고기처럼 팔딱거리며 소리쳤다.

"나, 아니야. 나, 진짜 아니라고!"

"그럼 이건?"

은정이 휴대폰을 내밀었다. 녀석이 쓴 것으로 추정되는 게시물이 담겨 있었다. 강재섭은 마른침을 꿀꺽 삼켰다. 은정이 회심의 미소를 지었다.

"이건 너 맞다는 거네."

"맞아?"

유라가 분노하며 드르륵, 커터칼을 밀어 올렸다. 날카로운 칼날이 빛을 머금으며 반짝이자 강재섭이 겁에 질린 얼굴로 진실을 털어놓기 시작했다.

"여, 열 받아서 그랬어! 엠티에서 쪽 준 게 하도 열 받아서 그랬다고! 그리고 겸임 그 새끼 사는 집을 내가 어떻게 알아! 스토커도 아니고! 아무리 여자에 미쳐도 그딴 짓은 안 한다고! 못 믿겠으면 아, 알리. 그 알리바이 뒤져보면 될 거 아니야!"

이렇게까지 부정하는 걸 보면 녀석이 아닌 듯도 싶었다. 그럼 누가 범인이란 건데? 모두가 혼란스러워하는 사이, 서화의 휴대폰이 울렸다. 발신자를 확인한 서화의 얼굴이 딱딱하게 굳었다.

* * *

드넓은 총장실에 잔잔한 클래식이 울려 퍼졌다. 경각된 공기와는 전혀 어울리지 않은 아름다운 선율이었다. 서화는 총장실 가운데에 서서 의자에 등을 기대고 앉아 있는 제원을 바라봤다. 그는 캐모마일이 우려진 찻잔을 들어 차를 한 모금 마셨다. 그리고 산뜻한 향과는 거리가 먼 차가운 목소리로 말했다.

"내가 분명 경고했던 거 같은데."

"……."

"이 캠퍼스 안에서만큼은 조용히 지내라고."

움켜쥔 서화의 손에 힘이 들어갔다. 제원이 찻잔을 내려놓으며 고요한 눈으로 서화를 응시했다. 평소보다 더한 냉기가 그에게서 묻어나왔다. 그 모습에 불길한 직감이 들었다. 그리고 그 직감은.

"조금 전 재단으로부터 연락을 받았다."

"……."

"곧 총장 해임 안으로 총회가 열릴 거다."

절대 빗나가는 법이 없었다.

"아버지."

서화는 성급히 목소리를 냈다. 억울했다. 그간 제원이 이 학교에 얼마나 갖은 노력과 정성을 쏟아부었는지 누구보다 잘 알고 있었다.

"그래, 네 입장에선 충분히 억울할 테지. 고작 제 자식이 누군가와 교제를 했다는 것만으로 이 자리에서 내려와야 한다는 게 이해하기 어려울 테야. 하지만 서화야."

"……."

"이 자리가 바로 그런 곳이다."

"……."

"사람들은 말이다. 자기 자신한테는 한없이 관대하면서 무언가를 책임지고 높은 위치에 있는 대상일수록 흠집 없는 인간이 되길 바란단다. 행동, 언행, 어투 사소한 것 하나하나까지 깨끗하고 고결하길 원하지."

"……."

"가끔 이런 삶이 갑갑할 때도 있었다. 하지만 뭔가를 선택했을 때 득과 실이 따라오는 게 인생이기에 난 이런 삶도 마땅히 받아들였다. 근데."

"……."

"이번 일만큼은 실망이구나."

서화의 심장이 쿵, 내려앉았다. 네가 전부 망친 꼴이 됐다는 시선에 숨이 턱 막혔다. 저 말을 듣지 않기 위해 매일같이 노력했던 나날들이 주마등처럼 스쳐 지나갔다.

"말하려고 했어요."

서화는 고개를 저으며 항변했다.

"조금 더 상황이 나아지면 그때 솔직하게 고백하려고 했어요."

"그게 언제였던 거니."

"……."

"난 분명 네게 몇 번이나 기회를 줬던 거 같은데. 얼마나 내가 더 참고 인내해줘야……. 아니다. 너도 속이 말이 아닐 텐데."

제원은 관자놀이를 짚으며 다리를 꼬았다.

"이미 학부모들 사이에서는 우리 이야기가 오르내리는 중이야. 그래도 나름 교수들에게 신경을 썼다고 생각했는데, 내 행동거지 중 거슬리는 게 있었는지 네가 내 양딸이란 걸 누가 윗선에게 고스란히 전한 모양이다."

"……."

"재단 측에서도 학교 이미지를 생각하면 하루빨리 내가 이 자리에서 내려오는 게 옳다는 판단이 섰겠지."

"제가 수습하겠습니다."

제원은 찻잔을 내려놓으며 서화를 고요히 응시했다. 그녀의 두 눈이 어느 때보다 견고했다.

"제가 어떻게든 수습할게요."

"네가 뭘 어떻게 할 수 있다는 거지?"

서화는 아직 졸업도 하지 못한 대학생이었다. 그녀에게 힘이 있을 리 만무했다. 복잡한 표정으로 분주히 머리를 굴리는 서화를 보며 제원은 무심히 말했다.

"오늘 저녁에 이사장님을 만나 뵙기로 했다."

서화의 시선이 번뜩 들렸다. 그것만은 절대 아니길 바란다는 그녀의 간절함을 제원은 무참히 짓밟았다.

"수습할 마음이 있으면 동참해."

* * *

차성준에게 초대받은 그날처럼 오늘도 비가 내렸다. 예보에 없던 폭우였다. 거친 빗줄기를 뚫고 중후한 저택에 도착하자 기다렸다는 듯 커다란 대문이 열렸다. 무슨 일인지 차준택 회장과 조미진 여사는 보이지 않았다. 그때 2층에서 계단을 밟는 발소리가 들렸다. 가장 먼저 인기척을 느낀 제원은 허리를 깊이 숙였다.

"염려 끼쳐서 죄송합니다, 차 이사님."

서화는 숨을 들이켰다. 제원이 누군가에게 고개를 조아리고 허리를 굽히는 걸 본 적이 있었던가.

"면목이 없단 걸 알면서도 차마 누추한 발걸음을 돌릴 수 없었습니다."

성준은 감흥 없는 얼굴로 두 사람을 내려다봤다.

"식사는 하셨습니까?"

그가 2층 난간에 허리를 기대며 물었다.

"괜찮습니다."

"그럼 길게 시간 끌지 않겠습니다. 본론만 말하죠."

그의 시선이 딱딱하게 굳어 있는 서화에게로 옮겨갔다.

"오 총장님은 돌아가시고 오서화 양만 남도록 해요."

그제야 서화의 시선이 성준을 담아냈다. 그는 이제 팔짱을 끼며 여유롭게 그녀를 감상 중이었다. 제원은 순순히 물러서며 다시 한 번 성준을 향해 고개를 숙였다. 그리고 돌아서기 직전, 서화만 들릴 수 있게끔 나직이 속삭였다.

"책임질 수 있겠니?"

서화는 대답하는 대신 성준을 빤히 직시했다. 제원이 저택을 빠져나가며 무거운 공기가 두 사람 사이를 맴돌았다. 먼저 운을 뗀 건 성준이었다.

"다시 보는 일, 없을 거라고 못 박았던 거 같은데."

"……"

"보기 싫은 얼굴을 보러 직접 찾아온 소감이 어떤지 새삼 궁금해지네."

나긋한 음성이지만 짙은 비소가 담겨 있었다. 서화는 주눅 들지 않으며 올곧이 성준을 응시했다.

"그럼 나도 단도직입적으로 말할게요."

"……"

"아버지는 아무 죄 없어요. 책임이 있다면 전적으로 나한테 있지, 아버지한테까지 피해 가는 일 없으면 좋겠다는 말이에요."

"뭔가 착각하는 거 같은데."

성준이 엄지 뼈로 눈썹을 느리게 문지르며 실소를 터트렸다.

"지금 그쪽 처지가 명령하는 쪽에 가깝다고 생각하나?"

"……이건 명령이 아니라 부탁이에요."

서화의 음성이 간절했다. 성준은 한동안 말없이 그녀를 내려다보더니, 걸음을 돌렸다. 설마, 이대로 끝인 건가. 막막함에 가로막혀 있는 사이, 그가 고개를 틀며 말했다.

"협상이 가능한 사안인지 판단하고 싶으면 올라와요."

* * *

　성준의 방은 그가 풍기는 분위기와 많이 닮아 있었다. 검정과 회색으로 도배된 벽지가 그의 시린 눈빛을 떠올리게끔 했다.

"원하는 조건이 뭐예요?"

　서화는 지체하지 않고 본론으로 들어갔다. 성준은 의자 팔걸이에 팔꿈치를 기대며 고개를 비스듬히 기울였다.

"가능한 협상일지 판단하는 건 오서화 씨가 아니라 재단 측입니다."

"말했잖아요. 아버지는 아무 책임 없다고."

"그건 전적으로 오서화 씨 의견이지. 이미 사건은 터졌고, 학교 이미지는 손쓸 수 없이 추락했는데."

　하루 종일 학교가 시끄러웠다. 한영 대학교는 수도권에서도 최상위권에 포함된 학교였다. 거기서 오는 명성을 갖기 위해 해마다 많은 지원서가 접수됐다.

"한 번 꺾인 이미지를 회복하려면 어떤 게 요구되는 줄 압니까?"

"……."

"한영 대학교란 메리트를 만들기 위해 투자했던 돈과 노력, 그리고 장대한 시간. 그 몇 배, 아니 그 수십 배가 요구됩니다. 그러니 불만이 제기될 시 합당한 방식으로 처리하는 게 재단의 역할이죠. 근데 내가 왜."

성준은 잠시 호흡을 멈추며 서화를 뚫어지게 직시했다.

"그 모든 걸 감수하면서까지 오서화 씨 말을 들어야 하는 거지?"

서화는 입술을 꽉 깨물었다. 매번 이런 식이었다. 이 남자는 항상 미끼를 던져놓고 그것이 없는 것처럼 판을 뒤집을 때가 빈번했다.

"전적으로 책임이 있는 건 불법 촬영을 한 사람이 아닌가요? 재단의 본 역할은 그 사람부터 찾아내는 게 먼저잖아요. 엄연히 피해자는 나랑 서 교수님이라고요."

서화가 직접적으로 성준의 앞에서 지한을 언급한 건 이번이 처음이었다. 그게 썩 달갑지 않았는지 성준의 얼굴에서 표정이 사라졌다.

"그러고 보니 서지한과 연락이 닿지 않던데."

지한은 아직 비행기 안이었다. 이른 아침 비행기로 떠났으니, 한국 시각으로 오늘 저녁 늦게나 로마에 도착할 예정이었다. 연락이 닿을 수 없는 게 당연했다. 그래서 서화는 더 간절했다. 그가 알기 전에 어떻게든 이 비극을 제 힘으로 수습하고 싶었다.

"물론 뭐가 됐든 상관없는 일입니다. 어차피 곧 해임될 테니까."

"해임, 이라뇨?"

서화는 믿을 수 없다는 듯 눈꺼풀을 끔뻑였다. 꾹 참던 분노가 순식간에 갈비뼈를 타고 혀끝까지 침범했다.

"이 사안이 지금 해임될 사안이라는 거예요?"

"아니."

단호한 부정이 서화를 가로막았다.

"사람 죽인 새끼를 거둬들이는 법은 강호에서도, 그 어느 곳에
서도 존재하지 않습니다."

"사람…….."

서화는 멍하니 성준의 말을 곱씹다가 돌연 고개를 저으며 반
박했다.

"아니에요, 그런 거."

"아니라고? 그걸 어떻게 확신하지?"

성준의 눈썹이 미약하게 찌푸려졌다.

"서지한이 아니라고 했으니까? 오서화 씨한테는 그 녀석 말이
곧 법인가 보지?"

"당신, 그 사람 형이잖아. 어떻게 그런 말을 함부로…….."

"형?"

기가 찬다는 듯 성준이 실소를 흘렸다. 그는 차게 식은 얼굴로
씹어뱉었다.

"그 자식이 내 동생이면 지금보다 더 파렴치한 새끼가 되는 꼴
인데."

그는 예고 없이 상체를 들이밀며 서화의 턱 끝에 닿은 그녀의 머
리칼을 지분거렸다.

"뻔히 내가 만나는 여자란 걸 알면서도 수작질을 걸었으니."

"…….."

"입조심 하는 게 좋을 겁니다. 그 녀석의 형량을 늘리고 싶은
게 아니라면."

"내가, 내가 뭘 어떻게 하길 원해요?"

서화는 간신히 입술을 달싹였다. 발버둥 칠수록 올무처럼 옥죄

여오는 남자인 걸 알면서도 물러설 수 없었다. 지금쯤 용서를 빌 상대에게 가고 있을 지한의 마음이 상상되자 가슴 한켠이 아려 왔다. 힘겹게 세상에 나아가려는 그의 첫걸음을 이대로 망치게 둘 수 없었다.

"내가 뭘 원할 거 같습니까?"

성준의 시선이 느릿하게 서화의 머리부터 발끝까지를 훑어 내렸다. 그 의미를 알아챈 서화의 몸이 차게 굳었다. 그가 바라는 것은 단 하나였다.

"……미쳤어."

서화는 반사적으로 성준에게서 물러났다.

"어떻게…… 어떻게. 날 사랑하지도 않으면서. 그 이야기는 이미 다 끝났잖아요."

성준은 어떤 반응도 보이지 않았다. 걸려오는 통화에 휴대폰을 집어 들고 방을 나갔다. 홀로 남은 서화는 한동안 충격에서 헤어나오지 못했다. 숨을 쉬고 들이켤 때마다 불길한 직감이 가시처럼 폐부를 찔러왔다. 뭔가가 이상했다. 지한이 떠날 날만을 기다린 것처럼 수습할 새도 없이 터진 사건이 마치 껴 맞춰진 퍼즐을 보는 듯했다.

설마……. 누가 손을 쓴 걸까? 그게 만약 차성준이라면 그땐 어떻게 해야 하는 거지.

터질 것 같은 머리를 굴리며 방 안을 서성거리는데, 문득 서화의 시선이 서재로 넘어갔다. 정학히는 서재 반대편 벽에 세워진 흰 조각상이었다. 어쩐지 낯설지 않은 형태였다. 서화의 두 발이 홀린 듯이 움직였다. 조각상의 윤곽이 드러나자 서화의 동공이 크게 팽창했다.

"……말도 안 돼, 이게 왜."

눈앞의 작품은 서화가 공모전에서 제출한 제품 중 하나였다. '갈구'라고 적힌 작품명은 누가 봐도 그녀의 손길이 닿은 글씨체였다. 이걸 왜 차성준이……. 오래전부터 보관하고 있다는 걸 증명하듯 작품을 둘러싼 견고하고 단단한 유리 케이스에는 세월의 흔적이 묻어났다. 익명의 누군가가 기부의 용도로 큰돈을 주고 작품을 매입했다는 것만 전해 들었다. 그런데 그게 성준일 줄은…….

쾅! 갑작스러운 천둥소리에 서화의 등허리가 뻣뻣하게 굳었다. 서둘러 이곳을 빠져나가려는데, 돌연 두 다리가 우뚝 멈춰 섰다. 검은 실루엣이 서재 끄트머리에 서 있었다.

쾅! 또다시 천둥소리가 서재를 크게 울리며 번개가 번쩍였다. 그때마다 남자의 실루엣이 선명해졌다가 다시 어둠에 잠기기를 반복했다. 그리고 걷잡을 수 없이 서로의 거리가 좁혀졌다.

벽에 등이 닿으며 길이 가로막혔다. 속절없이 시선이 들어 올려졌다. 어느새 코앞까지 다가온 성준이 손을 뻗어 서화의 턱을 붙잡아 올렸다.

"누가 그래."

"……."

"널 사랑하지 않는다고."

다시 쿵, 천둥소리가 고막을 꿰뚫듯이 파고들었다. 성준의 얼굴 위로 번쩍이는 빛이 내려앉았다. 그러자 그의 숨겨둔 갈망과 욕망이 고스란히 드러났다. 서화는 고개를 저었다. 숨이 막혔다. 성준은 손쉽게 서화의 양쪽 손목을 제압했다. 그는 핀을 박은 나비처

180

럼 벽으로 몰아세운 여자의 입술을 지그시 내려다봤다.

"단 한 번도 진심이 아니었던 적 없어."

"……."

"널 눈에 담은 것도, 손을 뻗은 것도 처음부터 그 녀석이 아니라 내가 먼저였어."

서화의 머릿속으로 한 장면이 빠르게 스쳐 갔다.

'내가 오서화 씨한테 관심이 있다면 어떻게 되는 겁니까?'

설마 그게 진심일 줄은…….

"……나요."

서화는 손목에 힘을 주며 발버둥 쳤다.

"이거 놔! 놓으라고요!"

거세게 몸부림쳤으나 헛수고였다. 남자는 눈 하나 깜빡이지 않으며 서화의 다리 밑으로 단단한 허벅지를 들이밀었다. 그리고 여유롭게 바지 주머니에서 만년필 하나를 꺼내었다.

"이게 뭘 거 같아?"

서화는 위태롭게 만년필을 바라봤다. 뚜껑 밑에 빨간빛이 맴돌았다. 성준의 기다란 손가락이 만년필을 쓸어 올리자 외국인으로 추정되는 낯선 남성의 음성이 흘러나왔다. 남자는 몇 번이나 고성을 내질렀다. 끝내 흐느끼며 울부짖자 서화의 입이 허망하게 벌어졌다. 남자의 마지막 힌 마디가 뇌리에 깊숙이 박혔다.

Save my son.

내 아들을 살려내…….

성준이 덧붙였다.
"서지한이 죽인 피해자 부모의 녹음."
"……."
"이래도 그 녀석을 믿을 건가? 녀석을 잘 아는 기업에서 그러더군. 마크가 죽을 수밖에 없던 결정적인 역할을 한 건 서지한이라고. 이것 말고도 증거는 넘쳐나. 아무리 막으려고 발버둥 쳐도 소용없을 거야."
서화의 얼굴이 절망으로 일그러졌다.
"……당신, 이러려고. 이러려고 처음부터 작정하고 날……."
"말했잖아. 서지한이랑 엮여서 좋을 게 없을 거라고."
성준의 입가에 나른한 미소가 번졌다. 서화는 새장에 갇힌 새처럼 남자를 무력하게 바라보았다. 성준이 꽉 쥔 손을 놓아주자 서화의 작은 몸이 스르르 바닥으로 내려앉았다. 갈 길을 잃은 처량한 눈동자가 성준은 꽤 마음에 들었다. 그는 얼어붙은 여자의 하얀 볼을 쓰다듬며 속삭였다.
"그 녀석이 쓸데없이 선만 넘지 않았으면 이런 선택 따윈 하지 않았을 거야."

* * *

서화는 도망치듯이 커다란 저택을 빠져나왔다. 쏟아지는 비를 피할 생각도 없이 택시를 타고 어디론가 향했다.

쏴아아아아. 택시가 목적지에 도착하자 빗줄기가 더욱 굵어졌다. 서화는 또다시 흠뻑 젖은 상태로 무거운 눈꺼풀을 들어 올렸다. 그리 높지 않은 원목 소재의 대문을 보자 애석하게도 마음이 녹아내렸다.

지한의 집이었다. 그는 자신이 집을 비운 동안 심심해질 때마다 찾아오라며 집 열쇠를 선뜻 건네주었다. 추적추적. 무거운 발걸음으로 그의 집에 들어서자 익숙한 그의 향기가 코끝을 두드렸다. 눈물이 왈칵 터져 나왔다. 서화는 젖은 몸을 닦을 기력도 없이 지한의 침실에 얼굴을 파묻었다.

"……나, 이제 어떡해야 해요."

이렇게까지 상황이 최악으로 치달을 순 없었다. 제원의 총장 해임 안과 지한의 교수 자리 박탈. 물론 지한은 그런 사안을 두고도 눈 하나 깜빡이지 않을 남자였다. 문제는 차성준이 가지고 있는 카드였다. 그는 언제든지 지한을 낭떠러지로 몰아세우고도 남을 남자였다. 그리고 손닿을 수 없는 곳으로 추락시키겠지. 혹여 지한의 개인사가 돌이킬 수 없을 만큼 부풀려져 세상에 알려진다면 그는 다시 예술을 할 수 없을지도 모른다. 다시 붓을 잡을 수도, 조각을 만들 수 없을지도 모른다. 억울한 누명에 덧씌워져 그의 작품도 손가락질을 당할 게 뻔했다.

그것만큼은 내버려 둘 수 없었다. 그가 어떻게 다시 작품에 손을 대기 시작했는데. 서화는 도움 될 만한 자료가 있을까, 지한의 침실 서랍을 뒤시기 시삭했다. 그러다 분늑 협탁에 놓인 노란 봉투를 발견했다.

이건……. 제 기억이 확실하다면 분명 마크의 어머니가 지한에게 보낸 편지였다. 몇 번이나 편지를 들춰봤는지 봉투의 끄트머리가 다른 곳보다 너덜너덜했다. 편지지에 접힌 주름을 하나씩 펴며 첫 글자를 읽은 순간이었다. 서화의 눈에 금세 뿌연 눈물이 차올랐다.

* * *

레오나르도다빈치 국제공항에 새벽 향기가 선선한 바람을 타고 밀려들어 왔다.

[AM 12 : 46]

늦은 시간이니만큼 공항은 텅 비어 있었다. 단 한 사람. 짧은 숏 커트의 중년 여성이 양손을 꽉 그러모은 채 초조한 눈으로 입국장을 바라봤다. 마침내 문이 열리며 두 남자가 나타났다. 키가 큰 동양인을 발견한 여자의 눈에 눈물이 그득 차올랐다.

"……지한."

작은 부름이었으나 지한은 용케 마크의 어머니, 켈리네를 찾아냈다. 두 사람은 한동안 멀찍이 서서 서로를 바라봤다. 말로 형용할 수 없는 감정과 간극이 그들 사이로 끊임없이 교차했다. 먼저 웃음을 보인 건 지한이었다. 그는 마크에게 그녀를 처음 소개받은 날처럼 나긋한 미소를 선보였다.

"오랜만이에요, 아주머니."

"흑……."

켈리네는 차오르는 감정을 참지 못하며 지한에게 달려갔다. 그리고는 마치 이제는 이 세상에서 볼 수 없는 아들, 마크의 품에 안기듯이 지한을 꽉 끌어안았다. 그를 보면 가장 먼저 하고 싶었던 말을 쉴 새 없이 쏟아냈다.

"미안하구나. 미안해. 정말 미안해."

* * *

서화는 몇 번이나 편지 내용을 곱씹었다. 감정의 폭이 걷잡을 수 없이 널을 뛰었다.

[To. 지한]

안녕, 지한.

우리, 3년만인가?

마크가 떠난 후로 일 년 같던 하루가 어느새 3년을 채웠다는 게 믿기지 않아. 사실 난 아직도 마크가 스스로 죽음을 택했다는 게 믿기지 않아.

마크는 어렸을 때부터 참 웃음이 많은 아이였어. 바깥일로 내가 집을 자주 비워도 서운해 하는 기색 한 번 비치지 않았다. 생각해 보면 그 모습이 정말로 진짜 마크의 모습이었을까, 싶어.

그렇게라도 괜찮다는 걸 보여주고 싶었던 건 아닐까. 그래서 매번 위태로운 나와 남편의 관계가 갈라지지 않길 바라는 마음은 아니었을까.

그 생각만 하면 지금도 가슴이 미어져. 그깟 돈이 뭐라고, 그 아이의 아픔과 외로움을 제대로 들여다 봐주지 않았는지.

지한, 이제 난 잘 안단다. 마크의 죽음은 전적으로 그 아이의 선택이었다는 걸.

제이클이 그러더구나. 만약 마크가 비상식적인 길을 택해서라도 성공했다면 그때는 정말 행복했을 거 같냐고. 난 그날 마크가 회사 측에서 제안 받았다는 재료를 공수 받는 영상을 보게 됐어.

정말 끔찍했지. 산 코끼리를 총으로 쏘는 것도 모자라 숨이 끊기지 않은 생명을. 살겠다고 발버둥 치는 그 어린 코끼리의 얼굴을 전기톱으로 절단해 상아를 빼내는데, 인간이라면 도무지 할 수 없는 행위였어.

이 모든 걸 알면서도 회사와 계약을 진행하려던 마크를 생각하면 지금도 숨이 막혀. 애가 그렇게까지 사회로부터 인정받으려 했던 발악이 결국 내 탓인 거 같아서. 내가 마크에게 관심을 주지 않아서, 아이의 모든 삶을 불운하게 만든 원흉이 나인 거 같아서 두려웠어. 그래서 마지막까지 마크를 설득한 너에게 차마 못 할 짓을 했어.

너는 나보다 더 지옥 같은 하루하루를 살아갔을 텐데.

마크를 살리기 위해 도로에 뛰어들고, 그 좋아하는 미술을 다 그만두고 폐인처럼 하루하루를 살아가고, 매일 밤 술에 취해 마크의 이름을 부르다 잠든다는 너의 소식에도 널 원망했어. 그렇게라도 누군가를 미워하지 않으면 살 수가 없었어. 세상 사람들이 내가 아닌 널 향해 손가락질한다는 사실에 내심 안도했어. 참 나약하고 어리석었지.

지한. 이제 와 용서를 빈다는 게 무슨 의미가 있겠냐만, 이 비겁한 아줌마에게 한 번만 기회를 줄 수 있니. 지금도 죄책감에 살아가고 있을 너에게, 너의 잘못이 아니라고 단 한 번만 말할 기회를 줄 수 있겠니.

서화의 입술이 부들부들 떨렸다. 그동안 지한이 얼마나 지옥 같은 삶을 살아왔는지 절실히 알게 되는 순간이었다. 문득 그가 한국을 떠나기 전에 했던 말이 떠올랐다.

'그 아이에 대한 감정이 깊어질수록. 사랑하고 싶어질수록 솔직해지고 싶은 욕심이 생겨.'

눈을 감고 간절히 생각했다. 이 순간, 당신을 위해 나는 어떤 선택을 해야만 할까. 답을 찾지 못한 서화는 끝내 무너져 내렸다.

그 남자의 추억과 꿈

3년 만에 켈리네를 만난 소감을 한마디로 말하자면, 완벽한 해방감이었다. 그녀는 쉬지 않고 미안하다는 말을 입에 올렸다. 묵묵히 듣고만 있던 지한은 조용히 켈리네의 손을 잡으며 말했다. 날이 밝는 대로 마크가 잠든 곳에 함께 가자고. 거짓말처럼 그녀의 입이 다물렸고 대신 눈에서 눈물이 쉬지 않고 흘러내렸다.

"……정말 날 용서할 수 있겠니?"

그녀는 과거에 지한의 작업실 앞에서 1인 시위를 한 적이 있었다. 그날의 잘못된 선택이 여전히 마음의 짐으로 남아 있는 듯했다. 하지만 지한의 생각은 달랐다. 한때 삶이 그에게 지옥이었던 것처럼 켈리네도 마찬가지였다. 지한에게 용서를 구하기 위해 일 년 같은 하루를 버텨왔다. 그녀가 삶을 포기하지 않았다는 것만 으로 지한은 감사했다.

"켈리네는 내가 미워요?"

"아니."

켈리네가 울먹이며 고개를 저었다. 지한이 엷게 웃었다.

"저도요."

"……마크가, 마크가 널 보면 많이 좋아할 거야. 그 애도 나만큼 널 그리워했을 테니까."

날이 밝자 마크가 잠든 추모 공원을 찾았다. 지한은 평소 그가 좋아하던 음료수와 꽃을 비석 앞에 놓아주었다. 그러자 바람 한 점 불지 않던 비석 위로 부드러운 서풍이 실려 왔다. 그게 꼭 마크 의 안부 인사 같아서 지한은 그만 웃어버렸다. 그리고 한참을 말 없이 마크의 곁을 지켰다. 나른한 오후 햇살이 아늑하고 따스했 다. 그 평온함 속에 지한은 약속 하나를 걸었다.

"네가 그렇게 바라던 여자 친구가 생겼어."

마크는 항상 지한에게 좋은 인연이 생기길 바라던 친구였다. 틈 만 나면 소개팅을 주선했는데, 그럴 때마다 본체만체하자 씩씩거 리던 얼굴이 어제 일처럼 아른거렸다.

"기회가 되면 그 애랑 같이 올게."

다시 보자는 인사를 끝으로 지한은 돌아섰다. 언제든지 나시 찾 아올 것처럼 가벼운 발걸음이었다.

켈리네가 손수 차린 밥을 먹고 작업실에 도착했을 때는 어느덧

해가 저물어가고 있었다. 3년 넘게 방치한 작업실은 근근이 들린 제이클 덕분인지 생각만큼 최악은 아니었다. 지한은 책상에 쌓인 소포를 대충 정리한 후, 담배를 꺼내 입에 물었다. 그리고 줄곧 꺼 두었던 휴대폰의 전원 버튼을 눌렀는데.

"뭐야."

지한의 눈이 돌연 가느스름해졌다. 쌓여 있는 수많은 메시지와 부재중 통화가 신경을 긁었다.

[이거 보면 당장 연락해. - 상원이 형.]

상원을 비롯해 학교 측에서 온 연락이 수십 통이었다. 단 하나. 서화의 흔적은 어디에도 없었다. 불길함에 그녀에게 곧바로 통화를 걸었으나 휴대폰이 꺼져 있다는 수신음만 연결될 뿐이었다. 지한은 하는 수없이 상원에게 연락을 취했다.

ㅡ야 이 자식아. 지금 전화를 받으면 어떡해!

연락이 닿기 무섭게 그는 호통을 내질렀다. 지한은 당장 떠오르는 이름을 입에 올렸다.

"서화는?"

ㅡ나도 몰라. 일 터지자마자 총장한테 불려갔는데, 그 후로 연락이 안 돼. 학교에 나오지도 않고. 이거 감금 비슷한 거 당하는 거 아니냐? 너도 알잖아. 서화 총장 딸인 거. 연락 안 해봤어? 그래도 네 전화는 받을 거 아니야.

"이쪽도 불통이야."

ㅡ뭐? 하. 그럴 만도 하지. 어떤 개자식이 학교 커뮤니티에…….

상원이 전하는 이야기를 지한은 묵묵히 청취했다. 이야기가 끝이 났을 때 지한은 잠시 연락할 곳이 생겼다며 빠르게 통화를 끊었다. 긴 손가락이 스크롤을 슥, 내리며 차성준이라고 저장된 연락처를 눌렀다. 그리 길지 않은 신호 끝에 낮은 음성이 귓가를 울렸다. 동시에 지한의 얼굴이 싸늘하게 식어갔다.

"나야."

* * *

　학교를 떠들썩하게 한 사건이 터진 지 일주일이 흐른 뒤였다. 모습을 보이지 않던 서화가 다시 캠퍼스에 등장했다. 자연스레 학생들의 이목이 쏠리며 그날보다 더한 수군거림이 귓가를 두드렸다. 그녀가 낯선 외제차를 타고 온 것도 한몫했다. 운전석에서 내린 남자가 서화를 에스코트하자 수많은 눈동자가 분주히 굴러갔다.

"누구야?"

"그때 사진에 찍힌 교수랑 사귀는 거 아니었어?"

"헤어졌나 보네. 딱 봐도 다른 놈이잖아."

"그 사진 뜬 지 얼마나 됐다고? 그렇게 안 보이더니. 이래서 사람은 겉모습만 보고 판단하면 안 된다니까."

"원래 예쁜 것들이 얼굴값 한다잖아."

　서화는 차오르는 한숨을 집어삼켰다. 반면 다수의 관심을 받는 것 치고 성준은 지나치게 태연했다.

"꼭 이런 짓까지 해야 해요?"

　아침부터 집 앞에 차를 대기시키더니, 손수 캠퍼스까지 바래다

주는 그의 의도는 뻔했다.

"이렇게까지 안 하면 쓸데없는 소문이 꼬이기 마련이니까."

차체에 몸을 비스듬히 기대선 성준이 바람결에 흐트러진 서화의 머리칼을 만지며 작게 웃었다.

"방지 차원이라고 해두죠."

지한을 두고 하는 말이 분명했다. 서화는 애써 그의 손을 떨치며 돌아섰다. 성준이 한마디를 던진 것도 그때였다.

"끝나는 시간에 맞춰 오도록 하죠."

서화는 걸음을 멈추며 뒤를 돌아봤다.

"차성준 씨."

남자는 끈질겼다. 욕망을 감추기는커녕 숨통을 옥죄이다시피 서화의 모든 동선을 주시하며 감시했다.

"그럼 수고해요."

성준을 태운 차가 점이 되어 사라지자 서화는 갑갑한 가슴을 어루만졌다. 한 걸음, 한 걸음 디딜 때마다 숨이 막혀왔다. 머리부터 발끝까지 훑는 학생들의 시선이 꼭 우리에 갇힌 짐승을 감상하는 눈을 보는 듯했다. 간신히 강의실에 도착했을 때도 찾아온 건 평화가 아니라 정적이었다. 신나게 수다를 떨던 학생들은 서화의 등장에 약속이라도 한 것처럼 입을 다물었다.

누구는 그녀를 매섭게 노려보기도 했고, 누구는 안타깝다는 눈으로 바라보기도 했다. 그러나 대부분 그녀의 등장을 달가워하지 않았다. 알 만했다. 동기와 후배들은 지한을 좋아했다. 그런 남자의 커리어에 흠집을 낸 장본인을 고운 시선으로 바라볼 리 없었다.

"야, 오써!"

뒷좌석에 앉아 있던 유라가 의자를 밀치며 달려왔다.

"대체 무슨 일이야. 연락도 안 되고."

"미안해, 걱정 많이 했지."

"겸임이랑은 어떻게 된 거야? 잘 해결 본 거야?"

"……왜?"

"왜라니? 오늘 겸임 온 거 몰랐어?"

서화의 얼굴이 희게 질렸다. 분명 그가 돌아오기까지 최소 2주는 소요될 거라고 했다.

똑똑. 앞문을 두드리는 노크 소리에 학생들이 분주히 자리로 돌아갔다. 강 교수가 모습을 보이며 익숙한 실루엣이 따라 들어왔다.

"다들 앉지?"

강 교수의 눈짓에 유라가 서화를 이끌고 자리로 향했다. 앉고 나서야 커다란 스크린을 등지고 서 있는 지한이 보였다. 그는 생각보다 평온해 보였다. 학교에서 그가 어떤 식으로 입에 오르내렸는지 알고도 남았을 텐데, 흐트러진 기색을 찾을 수 없었다.

"졸업전시회의 장소가 정해졌다."

강 교수가 수업의 시작을 알렸다. 서화는 수업이 끝날 때까지 시선을 들지 못했다.

＊ ＊ ＊

무슨 정신으로 강의를 들었는지 모르겠다. 불행 중 다행은 강 교

수의 태도였다. 그는 자신과 지한과의 관계를 모를 리 없을 텐데
도 평소와 다를 거 없이 수업을 진행했다. 그건 지한도 마찬가지
였다. 학생들이 구상해둔 스케치를 세심한 눈길로 살피며 강 교
수의 옆을 보좌했다. 그래서였다.

[잠깐 얼굴 좀 봐.]

수업이 끝나자마자 도착한 그의 연락을 미처 피하지 못한 것은.
두 사람은 캠퍼스 외곽에 있는 카페에서 한동안 서로를 바라봤
다. 정확히는 지한이 일방적으로 서화를 직시했다. 서화는 줄곧
바닥에 시선을 고정했다.
"잘 지냈어요?"
흘러나간 서화의 음성이 차분했다. 밤새도록 연습한 결과물이
었다. 그를 다시 보게 된다면 어떤 얼굴로 마주할지, 어떤 표정으
로 준비한 말을 꺼낼지 연습하고 또 연습했다. 지옥 같은 밤이 아
닐 수 없었다.
"그건 내가 물어야 하는 거 아닌가?"
차가운 목소리에 고개가 들렸다. 지한이 테이블에 놓인 서화의
휴대폰을 보며 말했다.
"수십 통은 넘게 연락한 거 같은데."
서화의 입이 굳게 다물렸다. 그에게 연락이 올 거라는 걸 알았지
만 받을 수 없었다. 타인의 손에 휴대폰이 넘어간 탓이었다. 바로
제원이었다. 그는 차성준의 입김으로 총장 해임 안이 가결되자 그
날 밤 서화를 서재에 불러냈다.

'내 선에서 너와 서 교수 관계는 이미 정리됐다는 쪽으로 마무리했다. 그리고 당분간 네 휴대폰은 내가 갖고 있으마.'

'……휴대폰, 을요?'

'네가 날 또 실망시키지 않을 거란 보장이 없잖니.'

제원은 막무가내였다. 기어코 서화에게서 자유를 빼앗아갔다.

'다시 학교에 나가게 되면 차 이사 측에서 보낸 사람이 대동할 거다. 다 널 위해서 하는 일이니 서운해 하지 말렴.'

허탈했다. 제원의 총장 자리를 지켜내기 위해 자신이 무슨 선택을 했는데. 정작 돌아오는 건 싸늘한 의구심이었다. 그러나 서화는 뭐가 됐든 신경 쓰지 않았다. 아버지의 냉랭한 시선도, 차성준의 집착도 이것만 지킬 수 있다면 모두 감내할 수 있었다.

"무사히 돌아와서 다행이에요."

서화는 한참만에야 준비한 말을 흘려보냈다.

"그동안 많이 바빴어요. 알잖아요. 곧 졸업전시회인 거. 아마 지금보다 더 바빠질 거 같아요. 그래서 말인데."

서화는 천천히 눈을 들어 지한을 바라봤다.

"아직 그 말 유효하죠?"

지한은 아무 말이 없었다. 무표정한 얼굴로 서화를 응시할 뿐이었다.

"그때 서지한 씨가 그랬죠."

서화는 울컥거리는 목울대를 꾹 붙잡으며 한 자, 한 자 힘겹게 토해냈다.

"서지한 씨가 질리면 가차 없이 버리라고."

그의 고백은 뜨겁지도, 휘황찬란하지도 않았다.

'근데 난 이상하게 자신이 없어.'

'널 보는 이 감정이 식을 거라는 판단이 잘 서지 않아. 그러니까 내가 질리면.'

'그땐 네가 가차 없이 날 버려.'

누군가를 좋아하는 것마저 죄스럽다는 듯 서글픈 고백이었다. 한편으론 그래서 더 좋았다. 아무리 억누르고, 짓눌러도 막을 수 없는 그 마음의 주인이 그녀 같아서. 그 순간만큼은 그에게 특별한 여자가 된 거 같아 서화는 틈만 나면 그날의 기억을 되새기곤 했다.

"우리, 여기까지 해요."

그런데 가장 애틋했던 추억이, 이별을 알리는 수단이 될 줄 누가 알았을까. 서화는 살갗에 손톱이 패일 만큼 주먹을 꽉 그러쥐었다.

"처음엔 분명 뜨거웠는데, 하루하루가 지날수록 마음이 식어 가요."

"……."

"은정이가 그랬어요. 감정이란 건 단 5초만으로 불타오를 수도 꺼질 수도 있는 거라고."

그러니 당신을 향한 이 마음도 식지 않으란 법이 없지 않겠냐고. 마지막 거짓말을 내뱉어야 하는데 차마 입이 움직이지 않았다. 그를 향한 감정은 여전히 뜨거웠고, 생경했다. 절대 꺼지지 않을 불씨였다.

"그게 전부야?"

지한이 팔짱을 낀 채 되물었다.

"네가 진짜 하고 싶은 말이 그거뿐이냐고 묻는 거야."

그와 이별하는 순간을 상상한 적이 있었다. 그가 어떤 표정으로 그녀를 바라볼지. 그리고 어떤 말로 그녀를 뒤흔들지. 하지만 그게 얼마나 오만한 생각이었는지 서화는 뼈저리게 깨달았다. 지한에겐 단 한 줌의 미련도 찾아볼 수 없었다. 그에게선 슬픔도, 괴로움도 묻어나오지 않았다. 서로를 처음 만난 그날처럼, 무료함만이 그의 얼굴을 채웠다. 그 사실이 서화의 가슴을 아프게 할퀴었다.

"그래, 그럼."

그는 미련 없이 자리에서 일어났다. 그대로 서화를 스쳐 지나갔다. 그러니까.

……이별이었다.

* * *

"엄마, 언니 집에 있어?"

수연이 쿵쿵거리며 집 안으로 들어왔다. 혜진은 부엌에서 일을 보나 날고 헐레벌떡 뛰어나왔다.

"왜? 무슨 일이야?"

"진짜 내 손에 잡히기만 해봐!"

수연은 머리끝까지 치미는 화를 억누르지 못하며 2층으로 향했다. 그 모습에 놀란 혜진이 그 뒤를 황급히 따라갔다.

벌컥. 수연은 노크도 없이 서화의 방문을 열며 소리쳤다.

"언니! 왜 나한테 말 안 했어?"

"다짜고짜 그게 무슨 말이야."

책상에 앉아 있던 서화가 등을 돌려 수연을 바라봤다. 수연의 가슴이 거세게 들썩거렸다.

"학교에서 그 남자랑 사귀는 거 싹 다 터졌다며. 어떤 미친 자식이 사진 찍어서 죄다 뿌렸다며. 하람이가 말 안 해줬으면 난 몰랐을 거 아니야. 왜 여태 말 안 했어?"

"그래서 헤어졌어."

"……뭐?"

"이미 다 끝났어."

분노에 차 있던 수연의 얼굴이 불에 녹은 쇠처럼 허물어졌다. 그녀는 멍한 얼굴로 손을 뻗었다.

"언니……. 울어?"

서화의 눈 밑으로 눈물 한 방울이 또르르, 흘러내렸다.

"진짜로…….."

"……."

"진짜로 헤어져 버렸어."

"……."

"진짜 끝나버렸어."

"……."

"……어떡하지?"

"언니."

"수연아, 나 이제 어떡해?"

뒤늦게 이별의 무게가 파도처럼 밀려왔다. 서화는 말을 처음 배운 아기처럼 같은 말을 반복했다. 끝이란 사실을 되새김질할 때마다 차갑게 돌아서는 지한의 모습이 반복적으로 떠올랐다. 이별을 고한 건 그녀인데, 그 순간에 고여 있는 것도 그녀였다.

"왜 헤어졌는데. 응? 붙잡으면 되잖아. 설마 그 남자가 헤어지재?"

수연이 눈물을 닦아주며 묻자 서화는 멍하니 고개를 저었다.

"내가. 내가 헤어지자고 했어."

"그럼 붙잡으면 되잖아. 그럼 되잖아."

서화는 말을 잇지 못했다. 어린아이처럼 펑펑 목놓아 울기 시작했다. 결국 수연도 울음을 터트리며 서화를 꽉 끌어안았다. 단 한 사람. 문턱을 넘어서지 못하던 혜진이 허망한 얼굴로 두 딸을 바라봤다.

* * *

"당신 짓이에요?"

제원이 귀가하며 서재에 들어선 순간이었다. 그를 뒤따라온 혜진이 매섭게 따져 물었다.

"서화 저렇게 된 거 당신 짓이냐고요."

"피곤해. 나중에 이야기해."

"당신 정말 미쳤어요?"

제원이 걸음을 멈추며 뒤를 돌아봤다. 아내의 얼굴이 평소답지 않게 울긋불긋했다.

"다 서화를 위한 일이야."

"그게 어떻게 서화를 위한 일이에요! 다 당신 욕심 때문이지. 대체 애한테 무슨 짓을 한 거예요? 부탁했잖아요. 더는 애 망치지 말라고, 애 좀 제발 내버려 두라고. 그렇게 사정사정을 했는데, 어떻게 당신이란 사람은……."

"그럼 이제 와 모든 걸 말할까?"

"……뭐라고요?"

"곧 차 이사가 본사로 돌아갈 거야. 빠른 시일 내에 이 결혼이 마무리되면 재단 이사장 자리는 내 몫이 될 테고."

"……결혼이라뇨? 그 남자랑 서화, 이미 정리한 거 아니었어요?"

"당신은 애 엄마라는 사람이 애가 어떤 놈을 만나고 다니는지 관심도 없어?"

혜진의 얼굴이 하얗게 질려갔다. 서화와 지한이 연인관계라는 걸 그녀는 제원에게 언급한 적이 없었다.

"설마, 그걸 다 알면서 헤어지게 만든 거예요?"

"그럼. 그런 같잖은 놈이 서화한테 어울린다고 생각하나?"

제원의 얼굴에선 일말의 죄책감도 찾아볼 수 없었다. 한때 복수에 미쳐 눈이 돌아버린 그를 혜진은 안쓰럽게 여겼다. 친아버지에게 버림받은 뒤, 뼈 빠지게 가난한 삶 속에서 지금까지 이를 악물며 살아온 남자. 그래서 서화를 품었다. 아이를 갖지 못해 핍박하는 시어머니의 손가락질보다 시간이 흐를수록 무섭게 증폭되는 남편의 증오를 멈추고 싶었다.

서화가 집에 온 지 1년이 흐른 후였다. 기적처럼 혜진의 배 속에 아이가 찾아왔다. 지금의 수연이었다. 그러나 혜진의 눈은 언제나 서화를 뒤좇았다. 때가 되면 아이를 보육원으로 보내려 했지만, 아이는 어느새 그녀에게 특별해져 있었다. 항상 혜진의 뒤를 졸졸 쫓아다니면서도 눈길을 주면 금세 달아나 가구 뒤에 몸을 숨겼다. 혹 그녀를 귀찮게 한 건 아닐까, 그래서 버려지면 어떡하나, 은연중에 나오는 방어기제였다.

안쓰럽지만 한없이 사랑스러운 아이. 비록 제 배 아파 낳지는 않았어도 서화는 그녀의 딸이었다. 가슴으로 낳은 하나뿐인 딸이었다. 그런 아이를 제원이 또다시 건드리자 혜진은 차오르는 분노를 차마 삼키지 못했다.

"……이래서야 당신 아버지와 다를 게 뭐예요?"

"뭐?"

"당신이 그토록 원망하는 아버님과 다를 게 있다고 생각해요?"

"그 입."

한순간에 제원의 낯빛이 싸늘해졌다.

"조심하는 게 좋을 거야."

"아뇨. 난 말해야겠어요. 서화를 이용해서 재단 이사장이 된다고 과연 행복할 거 같아요? 결국 당신 아버지랑 똑같은 인간이 되는 거예요. 이제야 좋아하는 게 뭔지 알기 시작한 아이예요. 지금 당신은, 그 아이한테 가장 중요한 걸 강제로 빼앗은 셈이라고요. 이게…… 이게 학대랑 뭐가 달라요."

제원의 인상이 더욱 험악하게 굳어갔다. 혜진은 물러서지 않았다. 보란 듯이 제원의 상처를 건드렸다.

"잘 생각해봐요. 뭐가 정말 당신을 위한 선택인지."

혜진은 날카로운 일침을 던지며 서재를 빠져나갔다. 제원은 한동안 움직이지 못하더니, 한숨을 길게 내쉬었다. 하필 이 순간 유태하의 얼굴이 아른거리는 이유는 무엇인지.

'그래서 원하는 게 뭡니까?'

유태하가 생을 마감하기 몇 년 전이었다. 제원은 그를 만나 친부의 실체를 낱낱이 전달했다. 그러나 돌아온 반응은 무엇이었나.

'당신을 버린 남자가 원망스러운 겁니까? 아님 그 남자의 더러운 씨로 태어난 내가 거슬리는 겁니까?'

'난 그저 유태하 씨가 좀 더 현명한 선택을 하길 바랄 뿐입니다.'

'내가 보기에 당신에게는 아직도 아버지에 대한 미련이 남은 거같은데요.'

끔찍한 소리였다. 인간 같지도 않은 그 남자한테 애정을 갈구하다니.

'장담하는데, 당신 아버지는 앞으로 아주 잘 먹고 잘살 겁니다. 그러니까 당신 인생 살아요. 불필요한 원망으로 그 좋은 청춘 버리지 말고.'

모든 걸 손에 쥔 유태하의 충고는 위선 그 이상, 그 이하도 아니

었다. 고작 여자 한 명을 놓지 못해 죽음을 택한 놈이었다. 돌이켜
보면 그때 그놈의 충고는 제 죽음을 암시하는 경고였을지도 모른
다는 생각이 들었다. 제원의 입가에 비릿한 조소가 스쳤다.

"우습지."

* * *

똑똑똑. 간결한 노크 소리에 서류를 보던 성준의 시선이 들렸다.

"들어와요."

문이 열리며 권 실장이 나타났다.

"무슨 일이지?"

"손님이 와 계십니다."

성준은 손목시계를 확인했다. 어느덧 시침이 밤 열 시를 향해갔
다. 성준은 오늘따라 통 집중하지 못했다. 서화를 집에 데려다준
후부터 시작된 증상이었다.

여자는 오후가 되자 전혀 다른 사람이 되어 있었다. 온종일 멍
한 얼굴로 식사를 함께하더니, 그의 차에 올라탄 뒤에도 창밖만
바라봤다. 눈길 한 번을 주지 않았다. 그게 거슬려 이달 내로 결
혼을 추진할 거라는 말을 충동적으로 내뱉자, 여자는 화를 내는
대신 다 죽어버린 불씨처럼 말했다.

'맘대로 해요. 이차피 다 차싱준 씨 뜻내로 할 서잖아요.'

서지한과 헤어진 게 그렇게 슬플 일인가. 권 실장의 입을 통해

두 사람이 헤어졌다는 걸 알게 됐다. 그런데 왜 후련하기보다는 기분이 엿 같은지.

"오랜만이야."

생각에 잠겨 있던 성준의 시야에 익숙한 얼굴이 채워졌다. 그의 기분을 더럽게 만든 장본인, 지한이었다.

"권 실장."

"예, 이사님."

"언제부터 외부인 출입을 허가시켰지?"

권 실장을 향한 일침인 듯해도 성준의 시선은 지한에게 꽂혀 있었다.

"권 실장님은 아무 잘못 없어."

권 실장을 대신해 지한이 입을 열었다.

"몇 번이나 충실히 내 앞을 막아섰으니까. 내가 강호의 둘째 아들인 걸 세상 사람들한테 알려도 되냐는 말에 하는 수 없이 비켜준 거뿐이야."

"권 실장은 이만 나가봐요."

성준의 명령에 권 실장이 허리를 숙이며 집무실을 빠져나갔다. 비로소 둘만 남게 되자 성준은 넥타이를 느슨히 잡아당기며 입술을 비틀었다.

"다시는 볼 일 없을 것처럼 굴더니. 왜? 강호라는 타이틀에 뒤늦은 미련이라도 생겼나 보지?"

"서화한테 무슨 짓 했어?"

지한은 지체하지 않고 본론으로 들어갔다. 다른 때라면 태클을 걸어오는 성준의 언사를 하나하나 짓밟아줬을 터였다. 그러나 서화가 얽힌 이상 그의 인내심은 그리 길지 않았다.

"전혀 모르는 일처럼 굴더니."

귀국하기 직전, 성준과 짧은 통화가 오갔다. 그는 서화가 겪고 있는 비극에 대해 전혀 알지 못한다는 태도로 지한의 분노를 짓눌렀다.

'그런 짓에 투자할 만큼 네 눈에는 내가 한가로운 놈으로 보이나 보지?'

지한은 막연히 예감했다. 언젠간 차성준이 그의 인생에 시련 하나쯤은 던질 거라고. 적어도 지한의 눈에 성준은 제 감정에 솔직하지 못한 인간이었다. 결핍 따윈 없다는 듯 완벽한 일 처리로 사람들의 눈을 가리고, 자신의 눈까지 가리는 인생이 때로는 안쓰러운 적도 있었다.

사랑 없이는 살아갈 수 없다는 누군가의 말처럼 준택과 미진이 최소한의 온기만 줬더라면 지금과 같은 차성준은 만들어지지 않았을 것이다. 그런 의미로 그에게 지한은 충분히 눈엣가시일 만했다. 갑자기 나타나 준택의 사랑을 독차지한 남동생은 불청객 그 이상 그 이하도 아니었다. 그래서 그가 던질 시련 하나 정도쯤은 모른 척 받아줄 생각이었다. 다만 그게 서화에 대한 거라면 말이 달라졌다.

"권 실장까시 내통하면서 ⊐ 애들 미행할 성노년 낳이 급했나 봐."

이별을 통보하던 서화의 모습이 떠올랐다. 그녀는 상처를 주는 처지면서 울 거 같은 얼굴을 하고 있었다. 그 모습이 진한 향기처럼 물들어 지한의 머릿속을 떠나질 않았다.

"네가 이 바닥에 발을 붙이기 전부터 시작된 거래였어. 끼어든 건 내가 아니라 너야."

성준의 차가운 일갈에 지한은 순순히 고개를 끄덕였다.

"그래, 그렇다면 그런 건데."

"……"

"그 애 감정까지 물건 취급하는 건 수준이 너무 떨어지잖아."

지한의 낯빛이 한순간에 싸늘해졌다.

"왜? 내가 살인자라고 협박이라도 했어? 이미 내 뒤까지 다 캐낸 마당에 그 애를 벽으로 몰아세울 방법은 그거 하나뿐이었을 텐데."

"……"

"그럼 불어."

지한의 담백한 지시에 정적이 찾아왔다.

"차성준이라면 거짓도 진실이 되게끔 철저히 준비했을 텐데, 이대로 묻히기엔 아깝잖아. 하나도 빠짐없이 터트려. 그렇게 되면."

"……"

"그 앤 다시 나한테 오겠지."

어떤 수를 쓰든 통하지 않을 거란 일종의 경고였다. 지한은 옷매무새를 정돈하며 자리에서 일어났다. 유유히 떠나가는 뒤태를 응시하던 성준이 불쑥 입을 열었다.

"그때 내가 한 말 기억하려나."

"……"

"오서화. 네가 감당할 수 있는 여자 같냐고."

지한은 걸음을 멈추며 고개를 틀었다. 성준이 나지막이 내뱉었다.

"그 여자 친모가 19년 전에 죽은 김윤서라는 여배우라고 하더군."

그 사실은 이미 서화에게 전해들은 바였다. 영양가 없는 이야기라며 다시 걸음을 떼는데.

"그럼 그 애 친부인 유태하가 누군지는 알려나? 굳이 따지면 친부도 아니지. 엄연한 친부는 죽지 않고 살아 있으니까."

성준의 입가에 진한 미소가 피어올랐다. 여유로움은 어디 가고 차갑게 식은 서지한의 얼굴이 볼 만했다. 성준의 몸짓이 한결 여유로워졌다.

"친부는 오서화가 19년 전 김윤서와 함께 설원 위에서 생을 마감한 줄 알아."

어째서? 지한의 눈에 번진 의문이 곧 확신으로 뒤바뀌었다. 중간에 누가 손을 쓴 것이다.

"궁금하지 않아? 그게 누굴지. 안타깝게도 오서화는 이미 오 총장의 품이 구원인 줄 아는 거 같던데."

지한은 직감적으로 알아챘다. 서화의 입양이 계획적으로 이루어졌다는 것을. 오 총장은 서화를 19년 동안 보필해준 양아버지였다. 서화는 틈만 나면 말했다. 자신을 품어준 양부모님과 함께할 수 있어서 행복하다고. 다시는 오지 않을 기적이라며 미소 짓던 그녀의 얼굴이 어제 본 것처럼 선명했다.

"만약 이 모든 걸 오서화가 알게 되면 어떨까? 그리고 이 사실이 매스컴에 알려지면 그 여자의 삶은 어떻게 변할까?"

그리 묻는 성준의 입가에서 더는 웃음기를 찾아볼 수 없었다.

"누구처럼 무너지려나."

친모의 죽음이 준택과 연관돼 있다는 걸 알게 됐을 때 서지한은 어떤 반응을 보였던가. 준택을 존경하던 마음이 쓰레기보다 못한 존재가 되어 시시때때로 그를 망가트렸다. 그 절망을 서화가 겪게 될 수 있다는 가정이 지한의 머릿속을 스쳐 간 순간이었다.

"구원일지 썩은 동아줄이 될지는 네 선택에 달렸어."

성준은 서랍에서 봉투를 하나 꺼내 지한의 발밑에 툭 내던졌다. 유럽으로 향하는 티켓이었다.

"조용히 떠나."

성준의 얼굴에 짙은 그림자가 드리웠다.

"너만 없어지면 모든 게 평화로워져."

* * *

졸업전시회가 한 달 앞으로 다가왔다. 조소과 학생들은 여느 날과 다름없이 실기장에서 하루의 반나절을 보내는 중이었다. 작품을 구상하던 유라가 찌뿌둥한 몸을 기지개 켰다. 그러다 구석에서 작품을 다듬고 있는 서화를 발견하곤 한숨을 푹 내쉬었다.

"요즘 통 말이 없어졌지?"

"원래 없잖아."

"그렇긴 한데, 겸임이랑은 아예 끝난 건가?"

"궁금하면 직접 물어보든가."

은정은 심드렁한 반응을 보이며 서화의 등을 향해 물었다.

"야, 오써. 겸임이랑은 아예 좆 났어?"

"이은정. 미쳤어?"

유라는 경악하며 은정의 등짝을 내리쳤다. 다른 학생들이 없어서 망정이었지, 하마터면 또다시 서화가 구경거리로 몰릴 수도 있는 아찔한 상황이었다.

"하도 답답해서 그런다, 왜."

은정의 목소리에 희미한 짜증이 묻어났다. 그 마음을 알 만도 해 유라는 입을 다물었다.

하루가 멀다 하고 서화의 이름이 학교를 떠들썩하게 했다. 죄다 그녀를 깎아내리는 이야기뿐이었다. 그런데도 서화는 흐트러지는 모습을 보이지 않았다. 겉으론 더할 나위 없이 완벽했다. 전시회에 내놓을 작품도 순조롭게 진행해갔다. 다만 그녀의 얼굴에서 감정은 찾아볼 수 없었다. 삶의 나침반을 잃어버린 사람처럼 보이지 않는 공허함이 서화의 주변을 둘러싸고 있었다.

"근데 그거 진짜야?"

유라가 서화의 눈치를 살피며 소곤거렸다.

"겸임. 우리 전시회 끝나면 그만둔다는 거."

강 교수가 명예퇴직하면 지한도 함께 떠날 예정이었으나 그 시기가 좀 더 앞당겨졌다. 더불어 제이클을 비롯한 그의 전시회가 코앞으로 다가와 있었다.

"오써는 안 가려나! 유미 언니가 티켓도 네 장이나 줬는데."

유라는 부러 큰 목소리로 말했다. 분명 들리고도 남았을 텐데, 서화는 작업에만 몰두했다. 그 모습을 갑갑하게 지켜보던 은정이 얼마 전 듣게 된 소식을 냉큼 흘려보냈다.

"그날이 마지막일 거야. 겸임 보는 건."

"그게 무슨 말이야? 겸임 어디가?"

"곧 외국으로 뜬다더라."

거짓말처럼 서화의 손길이 멈추었다.

* * *

"어려운 선택이었을 텐데, 선뜻 연락해주셔서 정말 감사합니다."

30대 중반으로 보이는 여자가 지한을 보며 정중히 고개 숙였다. 지한은 가벼운 미소로 인사를 대신했다.

"그리고 이건 제 명함이에요. 혹시나 서지한 씨한테 피해 가는 일이 생긴다면 회사의 모든 사활을 걸고 이 사안을 책임지겠습니다."

지한은 여자가 내민 직사각형의 명함을 순순히 받아들였다. '윤해원'이라고 정갈하게 적힌 글자가 여자의 반듯한 인상과 닮아 있었다.

"그럼 이만 가보겠습니다."

"수고 많으셨어요."

지한이 손수 문을 열며 여자를 배웅했다. 여자가 떠나자 노을 진 여름날의 풍경이 뒤늦게 보였다. 지한은 현관문에 기대 말없이 석양을 감상했다. 그때 주머니에서 긴 진동이 울려 퍼졌다. 발신자는 상원이었다. 전화를 받기 무섭게 매서운 욕설이 날아들었다.

─야이 새끼야, 너 진짜 돌았어?

지한은 잠시 귀에서 스피커를 떼어내며 허탈한 미소를 지었다.

"나 뭐, 잘못했어? 이 집 들어올 때 어머니한테 입금은 제대로 한 거 같은데."

─지금 속 편하게 말장난이나 할 때야? 너 오늘 누구 만났어. 방금 유미가 말한 게 다 사실이야?

"그새 또 가서 다 부셨나 보네."

─윤 기자인가 뭔가 하는 여자 만났냐고 묻잖아. 당장 그 스케줄 취소해. 그 사건이 만약 사실이면 죽을 때까지 입 닫고 살아야 할 판국에 뭘 해? 인생 좀 내고 싶어서 작정한 새끼도 아니고.

지난주였다. 지한은 전시회에 선보일 작품을 보여주기 위해 작업실로 유미를 불렀다. 그리고 그녀에게 한 가지 부탁을 했다.

'⋯⋯나한테 뭘 하라고?'

그녀는 경악하다 못해 지한의 등을 거세게 내리치기까지 했다. 그러나 지한이 과거에 있었던 일들을 사실대로 고백하자 그때부터 대성통곡을 하기 시작했다. 친구랍시고 네 아픔을 알아채지 못해 미안하다며 지한의 품에 안겨 밤새 눈물 콧물을 짜냈다. 덕분에 그날 입은 셔츠는 그대로 쓰레기통에 처박혀야 했다.

지한은 문득 붉은 하늘을 바라봤다. 석양을 눈에 담을 때면 자연스레 한 여자가 떠올랐다. 아마도 죽기 전까지 지워지지 않겠지.

"쫑 내는 거 아니고."

지한은 아직 끝나지 않은 통화를 이어가며 말했다.

"내가 살려고 하는 짓이야."

그 간절함이 통한 걸까. 거짓말처럼 낮은 담장 너머로 가녀린 뒤태가 나타났다.

* * *

머리가 어떻게 된 게 아니면 이곳을 찾아와선 안 되는 거였다.

서화는 졸업전시회에 내놓을 작품을 마무리 지은 후 버스에 올라탔다. 정신을 차렸을 때는 익숙한 담장이 그녀의 시야를 가득 채우고 있었다. 그저 잠깐, 아주 잠깐. 지한의 얼굴을 보고 싶었다. 헤어진 후로 학교에서조차 그의 모습을 보기 힘들어졌다. 우연히 마주쳐도 그는 서화를 무심히 스쳐 간 적이 많았다. 수업을 들을 때도, 눈길 한 번 주지 않았다.

서화는 억울해하지 않았다. 이 모든 건 그녀의 선택이었다. 생각해보면 지한은 제게 과분한 사람이었다. 그에 비해 자신은 그에게 한없이 부족한 여자였다. 그를 만나 비로소 나약함과 맞설 수 있었고, 그 덕분에 더 넓은 시야로 세상을 바라볼 수 있었다. 그는 그녀에게 축복이었고, 기적이었다. 새벽마다 그의 온기가 그리워지면 수십 번 다짐해야 했다. 미련한 욕심 때문에 그의 앞길을 막진 말자고. 그랬는데…….

"여기서 뭐 해."

대문이 열리며 커다란 그림자가 드리웠다. 서화는 몸을 굳히며 숨을 죽였다.

"여기까지 와서 그냥 가려고?"

지한이 미소를 머금은 채 서화를 내려다봤다.

"들어와."

서화는 두 귀를 의심했다. 지한은 그새 대문을 넘어서고 있었다.

"용건 있어서 온 거 아니야?"

좀처럼 움직이지 못하는 그녀를 보며 지한이 턱짓으로 집을 가리켰다. 서화는 활짝 열린 대문을 바라봤다. 이 문만 넘어서면 그를 제대로 마주할 수 있다. 더없이 행복한 조건인데, 서화는 웃지 못했다. 지한을 보면 숨 쉴 수 있을 줄 알았던 마음은, 간사하게도 지나친 그의 태연함에 상실감을 맛봐야 했다.

* * *

지한이 떠난다는 은정의 귀띔은 사실이었다. 하얀 천이 가구 곳곳에 뒤덮여 있었다. 벽면에는 상자가 가득 쌓여 있었는데, 본격적으로 떠날 채비를 하는 듯싶었다. 불과 한 달 전이었다. 이 집에서 그와 사랑을 나눴던 게.

"마셔."

부엌에서 차를 준비해온 지한이 찻잔을 들이밀었다. 서화는 뽀얀 김이 모락모락 피어오르는 내용물을 조용히 내려다봤다.

"무슨 일이야?"

그가 맞은편 소파에 등을 기대며 물었다. 서화는 에코백에서 뭔가를 꺼내왔다.

"이거 돌려주려고요."

그녀가 내민 것은 그의 집 열쇠였다. 그가 유럽으로 떠나기 직전,

그녀에게 선물로 준 것이었다.

"어쩌지? 이제 필요 없어졌는데."

서화는 시선을 들어 지한을 마주 봤다.

"……떠나는 거예요?"

"응."

깔끔한 수긍이었다. 서화는 티 나지 않게 안쪽 입술을 깨물었다. 눈을 마주치는 것조차 버거운 자신과 달리 그는 여유로웠고, 또 무정했다.

"다신 안 오는 거겠죠?"

그럼에도 서화는 마지막 희망을 놓치지 않고 물었다.

"아마도."

그러나 되돌아온 대답은 담백하다 못해 매정했다.

"시간 있으면 놀러와."

지한이 티켓 한 장을 내밀었다. 얼마 후에 있을 제이클과 그의 전시회 티켓이었다. 그가 부드럽게 웃으며 덧붙였다.

"제이클 작품 좋아했잖아."

서화는 빠르게 눈을 감았다 떴다. 우습게도 눈시울이 뜨거워졌다. 함께한 추억을 까마득하게 잊은 사람처럼 굴던 그가 좋아했던 무언가를 기억해주자 얼었던 마음이 속절없이 녹아내렸다. 숱하게 되새겼던 다짐이 툭 꺾이려고 했다.

서화는 서둘러 몸을 일으켰다. 지한이 건넨 티켓을 외면하며 등을 돌렸다. 현관문을 열자 그림처럼 붉게 물든 노을이 그녀를 맞이했다. 서화는 그 광경을 무력하게 지켜봐야 했다. 그와 마지막으로 본 풍경마저도 미치도록 아름다웠다. 죽을 때까지 이 순간을 잊을 수 없을 것만 같아 서화는 그만 눈을 감아버렸다.

* * *

예정대로 전시회가 열리는 날이 다가왔다. 함께 가자는 유라의 제안을 거절하고 서화는 홀로 갤러리 관을 찾았다. 그녀의 손에는 보란 듯이 티켓 한 장이 존재했다. 유라에게서 전달받은 것이었다. 그녀는 혹시나 마음이 바뀌면 언제든 연락하라며 티켓을 손에 꼭 쥐여 주었다.

서화는 모자를 깊숙이 눌러썼다. 하루가 멀다 하고 차성준 측에서 보낸 사람이 그녀의 뒤를 따라다녔다. 지한과 헤어진 뒤로는 보이지 않게 됐지만, 혹시 모를 변수에 대비해야 했다. 곧 그 남자와 결혼을 하게 된다. 거의 강제적으로 이루어진 절차였다. 마음을 다잡고 계단을 밟았다. 제이클의 유명세 때문인지 갤러리 관을 잇는 계단에서부터 많은 사람이 복작거렸다.

"그거 들었어? 이번에 제이클이랑 합동으로 작업했다는 작가 말이야."

등 뒤에서 은밀한 속삭임이 들려왔다. 30대 초반으로 보이는 여자 두 명이 입구에서 나눠준 팸플릿을 보며 속닥거렸다.

"누구? 이 작가?"

단발머리의 여자가 팸플릿을 가리키며 물었다.

"응. 그때 우리 유럽 가서 뵀던 직품 기억나? 미켈란젤로를 잇는 신예 작가라면서 유럽 전체를 떠들썩하게 만든 베일에 싸인 작가 있잖아."

"당연히 기억나지. 근데 이 업계 떠난 거 아니었어? 그 후로 나온 작품이 하나도 없잖아. 심지어 잠적했다는 소문도 돌던데."

"나도 그런 줄로만 알았는데 아는 선배가 이 갤러리 관에서 일하거든. 비공개로 등록된 작가가 그 작가란 소리가 있어."

"이거 특종감 아니야?"

"쉿. 제니스 갤러리 관이 어디 소속인지 그새 잊었어? 무려 송화라고. 대기업 상대로 고소당하기 싫으면 그냥 모른 체해."

보아하니 두 사람은 문화예술 쪽 기자인 듯싶었다. 서화는 손에 들린 팸플릿을 바라봤다. 맨 마지막 장. 제이클의 작품 다음으로 한 작가의 작품이 소개돼 있었다.

[작품명 : 비상]

그대의 첫걸음이 비록 절망에서의 시작일지라도.

서화는 불현듯 기시감을 느꼈다. 어쩐지 팸플릿에 적힌 문구가 낯설지 않았다. 건물 안으로 들어서자 가장 먼저 제이클의 작품을 만날 수 있었다. 둥글게 모인 사람들은 그가 만든 작품에 감탄하며 한동안 말을 잇지 못했다. 반면 서화는 그토록 좋아하던 제이클의 작품을 앞두고 통 집중하지 못했다. 길을 잃은 아이처럼 전시회에 걸린 작품들을 무의미하게 스쳐 갈 뿐이었다.

왜. 어째서. 없는 거지.

무슨 일인지 지한의 작품이 보이지 않았다. 이곳을 방문한 목적은 오직 그거 하나뿐이었다. 지한은 제이클의 작품을 좋아하지 않냐며 전시회에 초대했지만, 서화는 그의 작품만을 손꼽아 기다

216

렸다. 이 정도는 욕심내도 되지 않을까. 지한의 손에서 탄생한 작품만큼은 직접 눈에 담고 싶었다.

"마지막으로 저희 제니스가 섭외하는 데에 오래도록 공들인 작가님의 작품을 소개해드리겠습니다."

방황하던 서화의 걸음이 홀 중앙자리에 우두커니 멈춰 섰다. 익숙한 음성이 귓가를 울렸다. 자연스레 고개가 돌아갔다. 깔끔한 블랙 슈트 차림의 유미가 하얀 천에 휩싸인 커다란 석고상을 등지고서 서 있었다. 그녀는 수많은 관람객 중에서 단번에 서화를 찾아냈다. 눈이 마주치기 무섭게 그녀의 입가에 은은한 미소가 감겼다.

"작품을 보여드리기 전에 작가님을 대신해서 한 말씀을 전해드리겠습니다."

유미는 팔을 뻗어 천의 끄트머리를 움켜쥐었다.

"작품의 제목은 비상. 작가님이 가장 사랑하는 추억이자 곧 작가님의 꿈이기도 한 작품입니다."

유미가 팔에 힘을 주자 하얀 천이 스르르, 물결처럼 쓸려나갔다. 석고상이 비로소 세상 밖으로 드러나자 사람들은 하나같이 숨을 죽였다.

한 소녀의 모습이었다. 마치 하늘을 날기 위해 발돋움 짓을 하듯 소녀의 등 뒤에는 커다란 날개가 달려 있었다. 작품이 주는 웅장함에 사람들은 삽시간에 압도되었다. 깃털 하나하나 살아 숨 쉬듯 심세함이 돋보였고, 생동감이 넘쳐났다. 그가 얼마나 지극정성으로 작품을 다듬고 깎아냈는지. 또 얼마나 작품을 만들며 행복해했는지 사람들은 알 수 있었다.

서화는 입을 틀어막았다. 자칫하다간 흐느낌이 새어나갈 것만 같았다. 그러나 막을 새도 없이 시야가 뿌예지며 뜨거운 눈물이 쉴 새 없이 하얀 볼을 타고 흘러내렸다. 그가 가장 사랑한 추억. 그의 꿈. 날개를 활짝 펼치고서 하늘을 보며 미소 짓는 소녀의 얼굴은 서화, 바로 그녀 자신이었다.

비상

전시회가 성공리에 끝난 뒤였다. 서화는 외톨이처럼 홀로 남아 지한의 작품을 우두커니 감상했다.

"서화 씨, 와줬구나."

말간 굽 소리와 함께 누군가 서화를 돌려세웠다. 유미였다. 서화는 멍한 눈으로 유미를 보며 물었다.

"······이뒸이요?"

굳이 언급하지 않아도 그 대상이 지한이란 걸 알 수 있었다. 유미가 씁쓸히 웃으며 대답했다.

"몰랐나 봐요. 지한이 어제 새벽 비행기로 떠났는데."

서화의 시선이 다시금 유미의 등 너머에 있는 작품으로 향했다.

[그대의 첫걸음이 비록 절망에서의 시작일지라도.]

그가 남긴 마지막 메시지는 오직 한 여자만을 위한 것이었다.

"고마워요. 지한이가 다시 작품에 손댈 수 있게 해줘서."

유미의 말에 서화는 고개를 저었다. 이 순간이 죽도록 절망스러웠다. 결국 그에게 아무것도 주지 못했다. 그에게만큼은 솔직해도 된다는 약속조차 지키지 못했다.

실은 그를 미워했다. 이별을 단 한 번도 부정하지 않으며, 제 곁을 미련 없이 떠나는 그가 한편으론 원망스러웠다. 그동안 우리가 만든 추억은 아무것도 아닌 게 되냐며 소리치고 싶던 적도 있었다. 그런데 전부 착각이었다. 그는 단 한 순간도 그녀를 잊은 적이 없었다. 사랑하지 않은 적이 없었다.

"서화 씨도 알겠지만, 작품 하나 완성하는 게 쉬운 일은 아니잖아요. 근데 내 눈에 지한이, 이 작품 만들 때만큼은 굉장히 행복해 보였어요."

유미는 같은 말을 반복했다. 덕분에 그가 행복할 수 있었다고. 그게 꼭 전하지 못한 그의 마지막 진심 같아서 서화는 아무 말도 할 수 없었다. 작업실에 도착했을 때는 꾹 참은 눈물이 우수수 떨어졌다. 서화는 무너지듯 차가운 바닥에 주저앉으며 어린아이처럼 목놓아 울어댔다.

"……거짓말이었어요."

실은 다 거짓말이었다고 몇 번이나 토해내려 했지만, 전할 수 없는 진심이었다. 이럴 거면 솔직하게 다 말할걸. 그의 미래가 어떻게 되든 앞뒤 생각 말고 매달릴걸. 떠나지 말라고. 당신을 좋아하지 않는 법 따위 나는 알지 못한다고.

옷이 흠뻑 젖을 만큼 눈물에 허덕이던 서화는 천천히 고개를 들었다. 아무도 없는 실기장은 어둠 속에 잠겨 고요했다. 그녀의 눈앞에는 졸업전시회에 내놓을 작품이 놓여 있었다. 작품을 향해 사람들은 이번에도 오서화라며 극찬을 내던졌다. 그녀를 시샘하면서도 그녀가 가진 재능을 부정하지는 못했다.

서화는 망치를 들었다. 달빛에 물든 하얀 조각상을 향해 한발 한발 내디뎠다. 그리고 팔을 높이 들어 올리며 그대로 망치를 휘둘렀다. 쨍그랑. 날카로운 파편 음과 함께 조각 일부분이 바닥으로 나뒹굴었다. 서화는 전보다 더 세게 망치를 휘둘렀다. 이제 작품은 손쓸 수 없을 정도로 엉망진창이 되었다. 바닥 곳곳에 굴러다니는 파편은 그녀의 부서진 마음과도 같았다.

"……어차피 다 껍데기인걸."

진심을 다해 만든 작품이 아니었다. 껍데기 그 이상, 그 이하도 아닌, 허물만 그럴싸한 작품이었다. 서화가 만들고 싶은 피사체는, 조각은, 영혼은 이 세상에 단 하나밖에 없었다. 막연한 예감이 들었다. 이제 다시는 작품을 만들 수 없을지도 모르겠다고.

서화는 눈을 감았다. 닫힌 눈꺼풀 사이로 미처 흐르지 못한 눈물이 달빛에 의해 반짝이며 바닥으로 툭 떨어졌다. 그와 함께 그녀의 마음속에 일렁이던 불씨도 숨을 죽였다.

* * *

　-진짜 이래도 되는 거야?

　근심 어린 음색이 스피커를 타고 흘렀다. 지한은 객실 한 면을 차지한 통유리 너머의 서울 야경을 내려다보며 통화를 이어갔다.

　"아직 정리할 게 남았어. 그때까지만 모른 척해."

　-난 모르겠다. 왠지 못 할 짓 하는 거 같아. 서화 씨, 얼굴이 많이 상했더라.

　지한은 아무 반응도 보이지 않았다. 습관처럼 담배를 입에 물었다가 곧 이곳이 객실이란 걸 자각하곤 얼굴을 한 손으로 쓸어내렸다.

　"또 연락할게."

　통화를 대충 마무리 지은 지한은 서둘러 다른 번호로 전화 연결을 시도했다.

　"켈리네. 나예요."

　급하게 귀국하는 바람에 제대로 된 작별 인사도 오가지 못했다. 하지만 지한이 오늘 그녀를 찾은 사유는 따로 있었다. 그 마음을 알아차렸는지 켈리네가 나긋한 음성으로 말했다.

　-그 사람이라면 염려 마. 법원에서도 인정한 이혼 사유를 까마득하게 잊고 있더라고. 그거 때문이라도 더는 설치지 못할 거야.

　"쉽지 않은 결정이었을 텐데, 도움 줘서 고마워요. 이 은혜는 만나서 꼭 갚을게요."

　-오히려 도움을 줄 수 있어서 기뻐. 행운을 빌게, 지한.

　그녀의 부드러운 작별 인사를 끝으로 통화가 끊겼다. 그제야 긴장이 풀린 지한은 침대 위로 무너지듯이 몸을 누였다.

"하······."

깊은 한숨이 그의 입술 새로 흘렀다. 피로에 지친 탄식에 가까웠다.

"이제 하나 남은 건가."

지한은 마지막으로 한 곳에 더 통화를 걸었다. 마침내 신호가 연결되며 윤 기자의 음성이 넘어왔다.

─마음의 결정을 내린 건가요?

지한은 덤덤히 대답했다.

"진행해주시죠."

* * *

"어머, 너무 잘 어울리신다."

웨딩 플래너가 감탄하며 서화가 입은 V넥 드레스를 정돈했다. 비즈와 보석이 꽃 모양을 이루며 드레스 곳곳에 수놓아져 있었다. 꼭 한 겨울에 피어난 얼음꽃 같이, 서화의 희고 말간 피부와 한 몸처럼 잘 어울렸다.

"좋으시겠어요. 예쁜 여자 친구 두셔서. 아, 곧 있으면 아내 분이 되시겠구나."

플래너의 시선 너머에는 성준이 소파에 등을 기댄 채 서화를 감상 중이었다.

"마음에 들어요?"

그의 물음에 서화는 드레스를 살피지도 않고 말했다.

"차성준 씨 눈에 괜찮으면 이걸로 할게요."

어느덧 두 사람의 결혼식은 코앞으로 다가왔다. 그에 필요한 준비는 사전에 다 끝마친 상황이었으나 결혼식에 입을 드레스를 고르는 자리에만큼은 성준이 대동했다. 두 눈으로 직접 보고 싶었다. 곧 그의 여자가 될 아름다운 사람의 모습을.

예상은 빗나가지 않았다. 그가 살아오면서 만난 여자 중 오서화는 가장 아름다웠다. 그녀가 만든 작품에 발이 붙잡힌 그날처럼 그의 시선이 서화에게서 벗어날 새가 없었다. 단 하나. 거슬리는 게 있다면 여자의 무미건조함이었다. 그 증상이 최근 들어 극심해졌다.

성준은 하루도 빠짐없이 서화의 일거수일투족을 권 실장을 통해 전달받았다. 그리고 그녀가 서지한의 전시회에 찾아갔다는 걸 알게 됐다. 아직도 녀석에 대한 미련이 한 움큼 남아 있다는 게 신경을 긁었지만, 그녀를 얻기 위해서라면 그 정도 배려는 감수하기로 했다.

"이걸로 하죠."

빠르게 식에 입을 드레스가 결정 나자 두 사람은 차를 타고 인근 레스토랑으로 향했다. 음식이 나오고 나이프와 포크를 이용해 두툼한 고기를 썰어내던 참이었다.

"언제까지 그런 태도로 임할 생각이지?"

서화가 나이프 질을 하다 말고 시선을 들었다. 텅 빈 글라스 잔에 붉은색의 와인이 샘물처럼 흘러들었다. 적정선까지 채운 성준이 서화의 앞에 잔을 내밀었다.

"이제 곧 함께 살게 될 텐데, 본인의 본분을 자각할 때도 되지 않았나.”

“그 본분이란 게 뭔데요?”

침묵 끝에 흘러나간 서화의 음성은 차가웠다.

“다 가졌잖아요.”

“……”

“전부 다 차성준 씨가 원하는 대로 이뤄줬는데, 여기서 뭘 더 바라는 거야말로 이기적이지 않겠어요?”

무료한 여자의 얼굴에 처음으로 감정 비슷한 것이 떠올랐다. 그것은 성준을 향한 거북함이었고, 짙은 원망이었다.

“당신과의 결혼 이외에 내가 승낙한 건 아무것도 없어요. 그러니까 착각하지 말아요.”

그녀는 확신하는 얼굴이었다. 절대 당신을 사랑하는 일 따위 없을 거라고. 성준은 와인을 한 모금 삼켰다. 식도를 적시는 뜨거운 감각은 깊게 가라앉은 그의 기분처럼 더러웠다.

* * *

“함께 살게 되면 작업실을 따로 마련해주죠.”

검은 세단이 자택 인근에 들어선 무렵이었다. 서화는 차 문고리를 잡아당기다 말고 고개를 돌렸다. 옆에 앉은 성준이 다리를 꼬며 차분한 투로 말했다.

“거기서는 당신이 만들고 싶은 작품을 마음껏 만들도록 해요. 지원을 아끼지 않을 생각이니까.”

“내가 말 안 했나요?”

달칵. 서화가 문을 열며 발을 내디뎠다. 그리고 돌아서서 성준을 응시했다.

"졸업하면 더는 작품을 만들지 않을 생각이에요."

그의 눈초리가 가늘어졌다. 이유를 원하는 눈빛이었다. 서화는 순순히 대답을 내놓았다.

"손댈 수가 없게 됐거든요. 이제 만들고 싶어도 만들 수가 없다는 소리예요."

탁. 서화는 차 문을 닫으며 뒤도 돌아보지 않고 오르막길을 밟았다. 그러다 남색으로 짙게 물든 밤하늘을 응시했다. 우습게도 지한의 얼굴이 습관처럼 그려졌다. 오늘 드레스를 고르며 그런 생각을 했다. 이 드레스를 그를 위해서 입었다면 어땠을까. 행복했으려나. 그는 나를 어떤 눈으로 바라봐 줬으려나. 예쁘다고 해줬을까.

부질없는 바람이란 걸 알면서도 숨 쉴 때마다 그의 잔향을 떠올리게 되는 건 어쩔 수 없었다. 그는 너무도 빠르게, 그리고 깊숙이 그녀에게 스며들었다. 그러니 받아들일 수밖에 없었다. 죽을 때까지 그를 잊지 못할 거라는 사실을.

체념에 가까운 자학을 하며 저택에 가까워진 참이었다. 서화가 걸음을 멈추며 눈을 가늘게 떴다. 한 남자가 전봇대 뒤에 숨어서 서화가 사는 저택을 응시하고 있었다.

"누구시죠?"

경계 섞인 서화의 음성에 남자가 흠칫거리며 등을 굳혔다. 남자의 고개가 천천히 돌아갔다. 눈이 마주친 순간, 서화가 놀란 얼굴로 중얼거렸다.

"그때 납골당에서 봤던……."

기억이 틀리지 않다면 납골당에서 마주친 그 남자였다. 남자가 초조한 눈으로 서화를 주시했다.

* * *

하얀 김이 모락모락 피어올랐다. 커피가 식을 때까지 남자는 고개를 들지 못했다. 꼭 죄인을 보는 듯한 태도에 서화가 먼저 운을 뗐다.

"그때 우연이 아니었던 거죠?"

분명 남자는 서화를 아는 눈치였다. 이리저리 시선을 회피하던 남자는 막다른 길에 가로막힌 사람처럼 표정을 굳혔다.

"실례지만 성함이 어떻게 되세요?"

정작 서화의 기억 속에는 남자의 얼굴이 없었다. 아무리 봐도 초면이었다. 혹시 제원과 연이 있는 사람인가. 그때 남자가 마지못해 입을 열었다.

"……최, 최익준입니다."

최익준? 전혀 익숙하지 않은 이름이었다.

"죄송한데, 아무리 봐도 기억이 잘……."

서화는 말을 잇지 못하며 시선을 내렸다. 무슨 이유인지 남자의 꽉 쥔 주먹이 피가 통하지 않을 만큼 희게 질려 있었다.

"혹시 어디 인 좋으세요?"

이마에 맺힌 남자의 식은땀을 보며 고개를 기울이자 남자가 고개를 떨구며 중얼거렸다.

"……나 따위 알 필요 없습니다."

"……네?"

"어차피 서화 양 인생에 도움도 못 줄 하찮은 인간일 뿐이에요."

겁에 질려 있던 남자가 다짜고짜 자학하자 서화는 멍하니 눈을 끔뻑였다.

"나 따위……. 나 같은 인간이 어떻게 너처럼 고운 애를……."

남자의 입술이 바들바들 떨렸다. 끝내 절망하듯 남자는 한 자, 한 자 힘겹게 토해냈다.

"이대로 가만히 두고 볼 수만은 없어서. 그래서 찾아오게 됐습니다. 솔직히 말하면 두렵습니다. 이게 옳은 선택이 아니란 걸 잘 알고 있으니까."

"그게 무슨……."

서화는 도통 갈피를 잡지 못했다. 가장 중요한 핵심이 빠진 기분이었다.

"내 아무리 양심을 팔아먹은 놈이라고 해도, 진실을 알고서도 모르는 척하기엔……."

남자는 비통한 얼굴로 서화를 마주 보았다. 동시에 주름 접힌 눈매에 서글픔, 비슷한 감정이 뿌옇게 떠올랐다.

"……윤서를 참 많이 닮았구나."

서화의 동공이 얼어붙었다. 방금 남자의 입에서. 그러니까 그 여자의 이름이……. 한동안 잊고 살던 친모, 김윤서의 얼굴이 퍼즐처럼 떠오른 순간이었다.

"미안하다."

남자의 인상이 왈칵 일그러졌다. 그것도 모자라 자리에서 일어나 무릎을 꿇는다. 불길한 직감이 서화의 가슴을 거세게 두드렸다.

"……네가 죽은 줄로만 알았다. 그래서 널 찾을 생각조차 하지 못했다."

아니야. 아닐 거야. 그럴 리 없어. 서화는 고개를 저으며 의자를 밀고 일어났다. 도망치려는 그녀를 남자가 절박하게 붙잡으며 눈물을 뚝뚝, 떨구었다.

"……미안하다. 정말 미안하다."

남자는 쉬지 않고 사죄의 말을 내뱉었다. 그리고 처절한 눈물을 흘리며 19년 동안 감춰둔 잔혹한 진실을 세상 밖으로 흘려보냈다. 그 진실의 끝에서 서화는 그만 눈을 감아버렸다.

* * *

달칵. 현관문이 열리며 가녀린 실루엣이 신발장에 스며들었다. 늦은 시간까지 잠 못 이루던 혜진은 서둘러 현관 앞으로 달려 나왔다.

"서화니?"

그녀의 예상대로 문을 열고 들어온 사람은 서화였다.

"지금까지 차 이사랑 같이 있었던 거야?"

서화와 함께 드레스를 고르러 갈 사람은 원래 성준이 아닌 혜진이었다. 그러나 제원이 개입하며 일정에 차질이 생겼다.

'차 이사가 동행할 거야. 곧 부부가 될 두 사람이야. 되도록 차 이사와 많은 시간을 보내는 게 서화에게도 도움 되겠지. 괜히 나서서 긁어 부스럼 만들지 말고 가만히 있어.'

안 그래도 혜진은 이 결혼에 대해 시름시름 앓던 중이었다. 평생 진실을 외면하며 서화를 곁에 두는 게 최선인지, 그녀는 갈림길에 서 있었다.

"다 알고 계셨어요?"

서화가 2층으로 올라서던 중이었다. 초조하게 뒤쫓던 혜진이 걸음을 멈추며 되물었다.

"방금 뭐라고 했니?"

서화의 고개가 천천히 돌아갔다. 딸아이의 얼굴이 다른 날보다 수척했다.

"언제까지 숨길 수 있을 줄 아셨어요?"

"그게 무슨……."

돌연 혜진의 안색이 창백해졌다. 불 꺼진 거실에 달빛 한 줌이 스며들며 서화의 얼굴을 비추었다. 그녀는 울고 있었다. 흐느끼는 것마저 이 집에선 맘대로 할 수 없다는 듯 숨죽이며 우는 얼굴이 처량하기 짝이 없었다.

"그래도 이 집에서 단 한 사람만은 진심일 줄 알았는데."

"……."

"진심으로 나를 보살펴줬으니까 그게 사랑일 거라고 믿어 의심치 않았는데."

혜진은 고개를 저었다. 그녀는 두려웠다. 냉혹함만이 맴돌던 결혼생활. 그녀를 유일하게 따르던 서화를 잃는 것이 세상이 그녀에

게 줄 수 있는 가장 커다란 비극이라 생각했다. 그러나 착각이었
다. 지금이 그녀에겐 지옥이었다. 절망하는 딸을 지켜보는 거야말
로 숨통을 끊어낼 듯한 고통을 동반시켰다. 서화의 입술이 부들
부들 떨리고, 그 새로 얕은 흐느낌이 새어 나왔다.

"그 바보 같은 미련함이 그 사람을 떠나게 한 거야."

"서화야, 잠깐만."

혜진이 다급히 팔을 뻗었다. 다가오는 손을 서화는 가차 없이
내쳤다. 찰싹. 정적 속에 울려 퍼진 마찰음이 날카롭다 못해 싸
늘했다.

"손대지 마요."

원망 섞인 눈이 혜진을 직시했다.

"……서화야, 나는."

"거짓을 진실인 것처럼 연기하지 말아요. 더는,"

"……."

"더는 절대 안 속아."

돌아서는 자그마한 등을 혜진은 멍하니 지켜봤다. 아무리 손을
뻗어도 닿지 않았다. 결국 그녀는 계단에 주저앉아 뜨거운 울음
을 토해냈다. 갈림길은 이미 사라진 뒤였다. 어떤 선택권도 그녀
에게 더는 주어지지 않았다.

* * *

도피하듯 방 안으로 몸을 숨긴 서화는 문을 등진 채 스르르 내
려앉았다. 멍하니 침대 너머의 창가를 바라봤다. 스며드는 달빛

이 참으로 아름다웠다. 지한에게 쉴 새 없이 안긴 많은 밤처럼.

그를 잃은 절망보다 더 큰 비극은 이 세상에 없을 줄 알았다. 그런데 세상은 또다시 그녀를 등졌고, 더 지옥 같은 상실감을 보란 듯이 내밀었다.

'윤서는 젊었을 적, 꿈 많고 웃음 많은 여자였단다.'

최승원은 김윤서를 대학교 근처에 있는 한 아르바이트 자리에서 알게 됐다고 한다. 그녀는 가난한 집안 사정 때문에 대학을 갈 수 있는 우수한 성적이었음에도 돈 버는 것을 택했다. 더불어 어여쁜 외모 덕분에 길거리 캐스팅을 당해 무명 배우 생활을 이어가는 중이었다.

비록 돈 때문에 택한 길이었지만 그녀는 희망을 잃지 않았다. 배우라는 직업을 진심으로 사랑했고, 작은 역할일지라도 그 역할에 심취하며 열정적인 연기를 펼쳐 나갔다. 하지만 세상은 호락호락하지 않았다. 그녀는 항상 최종심에서 낙방을 맛봐야 했다. 그녀에게는 꿈을 뒤받쳐줄 큰 회사도, 영화계를 휘두를 만한 권력도 없었다.

10년. 지긋지긋한 무명 생활로 열정이 말라 죽어 갈 때쯤 우연히 한 남자가 그녀의 앞에 나타났다. 서화가 아버지라고 철석같이 믿었던 유태하였다. 그는 처음부터 김윤서에게 호의적이었다고 한다. 우연히 사업 차 대학로에 들렀다가 그녀의 연기를 흥미롭게 본 게 화근이었다.

김윤서에게 유태하는 기회였다. 단 한 번만. 이 지독한 가난과

오르지도 못할 나무를 바라만 봐야 하는 목마름을 해결할 수 있다면. 그러나 처음이자 마지막 욕심은 유태하의 가슴에 불씨를 지폈고, 둘은 돌이킬 수 없는 지점에 다다랐다.

그는 그녀가 자신을 속였다는 것에 분노했다. 식지 않은 사랑 때문에 그녀의 배 속에 있는 다른 남자의 자식을 제 핏줄이라 속이면서까지 김윤서를 철저히 그의 새장에 가뒀다. 그래서였나. 그 여자의 눈이 항상 원망에 차 있었던 건.

너만 없었으면. 너만 태어나지 않았으면.

김윤서가 입에 달고 살던 말이었다. 서화를 볼 때마다 그녀는 자책감에 시달렸을 것이다. 단 한 번 가진 욕심이 모든 걸 망쳐버려서. 사랑하던 남자와의 관계도, 그토록 갈망하던 꿈도. 그 사실을 확인시키는 매개체가 그녀에겐 서화였다.

"……그까짓 사랑 따위가 뭐라고."

죽음을 택했던 여자. 그리고 그녀와 함께 죽음을 맞이한 남자. 하지만 결국 이뤄지지 못한 사랑.

우스웠다. 고작 사랑이 뭐라고. 고작 그까짓 사랑이…….

"……보고 싶어."

서화는 울먹이며 한 남자를 떠올렸다. 지한이 보고 싶었다. 그가 보고 싶어서 죽을 것만 같았다. 그들이 왜 그런 선택을 할 수밖에 없었는지 조금이라도 이해가 간다면 드디어 미쳐버린 걸까. 하지만…….

질내로.

절대로.

그 여자와 같은 삶을 살지도, 그 길을 걷지도 않을 것이다.

'오 총장은 널 딸로 생각하지 않아. 그 남자는······.'

 서화는 생각했다. 대체 이 지독한 인연은 어디서부터 비롯된 건
지. 과연 끝이 있을지. 단 하나만은 확실했다. 이곳에 그녀의 자
리는 없었다. 한 남자의 지독한 원망으로 만들어진 부속품만 있
을 뿐이었다.
 지한과의 이별 또한 제원의 계획하에 이뤄졌다는 사실에 서화
는 주먹을 움켜쥐었다. 희고 가는 손톱이 살갗을 움푹 파고들었
다. 흘러나온 선혈이 미친 듯이 타오르는 그녀의 마음처럼 바닥
을 붉게 적셨다.

* * *

 화창한 날씨 속, 검은 세단이 송화 호텔 앞에 줄지어 들어섰다.
무섭도록 상승세를 달리고 있는 강호 그룹의 장남, 차성준 이사
의 결혼식이 있는 날이었다.
 식장에는 내로라하는 재벌가의 자식과 고위급 임원이 출몰했
다. 사업 동반자로서 축하하러 온 자리였으나 그들은 은연중에
신부가 누군지 궁금해 하는 눈치였다. 강호와 연이 닿기 위해 나
섰던 기업은 무수히 많았다. 한 달에 한 번씩 성준에게 선 자리가
들어왔다. 애석하게도 그중 선택받은 자는 아무도 없었다. 만남조
차 조성하지 못했다. 그런 남자에게 여자가 생겼고, 속전속결로
식을 올린다고 하니 신부를 향한 호기심이 풍선처럼 부푸는 건
자연스러운 현상이었다.

"신부님, 입술 한 번만 체크할게요."

메이크업 아티스트가 서화에게 다가와 립 브러쉬를 내밀었다. 은은한 코럴 색감이 작은 입술에 덧입혀지자 화사함이 살아났다. 그때였다. 굳게 닫힌 신부 대기실 문이 열리며 누군가가 걸어 들어왔다. 신랑, 성준이었다.

서화는 부케를 쥐고서 소파에 다소곳이 앉아 성준을 바라봤다. 그녀는 이날만을 손꼽아 기다린 신부처럼 그에게 한 번도 보여주지 못한 미소를 옅게 머금었다. 성준은 우두커니 서서 서화의 얼굴을 감상했다. 8월. 녹음이 울창한 여름날과 잘 어울리는 싱그러운 모습이었다.

"연습하는 거예요."

서화의 입꼬리가 스르르, 내려앉았다. 미소가 감쪽같이 사라진 하얀 얼굴에는 무채색 감정만이 맴돌았다.

"뻣뻣한 얼굴로 식장에 들어서면 그거대로 또 이야기가 나올 텐데, 더는 사람들 입방아에 오르고 싶지 않아요."

여자는 평소와 다르지 않았다. 여전히 성준을 경계했고, 이 결혼에 대한 진심은 눈곱만큼도 보이지 않았다. 그런데도 성준은 불쾌함을 느끼기보다 여자의 작고 도톰한 입술에서 눈을 떼지 못했다.

"그럼 더 활짝 웃어야 하는 거 아닌가?"

그가 넓은 보폭으로 다가와 서화를 지그시 내려다봤다.

"그 정도론 이 넓은 식장에서 티도 안 날 텐데."

그의 의중을 모르겠다는 듯 서화의 크고 동그란 눈매가 가늘어졌다. 살며시 벌어진 그녀의 입술에서 립글로즈의 것인지, 이 여자의 체취인지 모를 향이 성준의 신경을 자극했다.

"다시 웃어 봐요."

그가 손을 뻗어 서화의 턱을 살며시 움켜쥐려는 순간이었다.

"내가 알아서 할게요."

서화가 고개를 틀며 그의 손을 회피했다. 성준의 손이 잠시 허공을 맴돌더니, 느긋한 속도로 멀어져갔다.

"앞으로 30분 후, 본격적인 식이 시작될 겁니다."

눈치껏 준비하라는 일침이었다. 침묵으로 대답을 일관하던 서화는 돌아서는 성준의 등을 보며 나직이 말했다.

"약속 꼭 지켜요."

그의 두 다리가 멈추었다. 그녀를 향해 돌아가는 시선이 냉랭했다. 이 결혼을 어떻게 손에 쥐게 됐는지 성준은 누구보다 잘 알고 있었다. 그게 문제였다. 이 자리에서까지 서지한의 이름이 귀에 박히는 꼴을 보고 싶진 않았다. 그런데도 서화는 꿋꿋이 말했다.

"내가 바라는 건 그거 하나뿐이에요."

그녀가 어째서 이 길을 택했는지 명확해지는 순간이었다. 고작 그 정도였다. 여자에게 이 결혼이 주는 의미 따위는.

"이사님."

때마침 성준을 부르는 목소리가 들렸다. 성준은 문을 열기 전, 한 번 더 서화의 모습을 눈에 담았다. 쉽사리 걸음을 돌리지 못하는 태도가 그답지 않았다.

달칵. 문이 닫히며 그의 실루엣이 사라지자 서화는 드레스 자락을 미세하게 움켜쥐었다. 그리고 밤새 준비한 말을 기다렸다는 듯 터트렸다.

"잠깐 저 좀 도와주실 수 있으실까요?"

* * *

─기사는 서지한 씨가 예고한 시간에 맞춰 나갈 거예요. 단독 입수인 만큼 파급력이 클 테니까 기대해도 좋아요.

스피커 새로 흐르는 윤 기자의 음성은 단조로웠다. 언뜻 포부에 꽉 찬 것 같기도 했다. 4번의 만남. 모두가 그랬다. 첫 만남부터 지한이 제기한 문제를 끝장내고 말겠다는 듯 그녀는 매번 방대한 자료와 증거를 들고 자리에 나타났다.

"마지막까지 잘 부탁드리겠습니다."

─서지한 씨도 마지막 미션, 잘 클리어하길 바랄게요. 행운을 빌죠.

통화가 끝이 나자 지한은 거울에 비친 자신의 모습을 정돈했다. 항상 모던 룩을 추구하던 그의 몸에 오늘은 특별히 짙은 남색 슈트가 감겨 있었다. 지한은 깔끔한 패턴의 타이를 정돈한 뒤, 시간을 확인했다.

[AM 11 : 30]

앞으로 30분 후, 차성준과 서화의 결혼식이 서막을 올릴 것이다. 지한이 머무는 곳에서 송화 호텔까지는 차로 고작 10분밖에 걸리지 않았다. 의도한 결과물이었다. 이 방법만이 그에게는 최선이기도 했다. 준비힌 프로젝드가 세싱에 일려시번 어떤 칼바람이 불지 알면서도, 그는 포기할 수 없었다. 네 인생을 망치고 싶냐는 상원의 성화에도. 좀 더 나은 방법이 있을 거라며 함께 찾아보자는 유미의 염려에도. 지한은 일에 속도를 붙였으면 붙였지, 머뭇거리는 기색조차 보이지 않았다. 하나에 꽂히면 미쳐도 단단히 미친다는 유미의 푸념처럼 그는 밤낮 구분 없이 증기를 모으고, 윤 기자와 수시로 연락하며 일을 마무리 지었다.

"예쁘려나."

지한은 새삼 드레스가 입혀진 서화의 모습을 떠올려봤다. 그의 입가에 얕은 미소가 번졌다.

"예쁘겠지."

말하면 뭐 하나. 당연한 걸. 지한은 협탁에 올려둔 차 키를 챙겨 들었다. 오늘로써 마지막 숙박 장소가 될 객실을 한 번 살펴본 뒤, 문을 열었다.

지이이잉. 손에 쥔 휴대폰에서 진동이 울렸다. 발신자를 확인한 지한은 통화버튼을 눌렀다.

"지금 출발해요."

─큰일 났어요.

지한이 복도를 걷다 말고 걸음을 멈췄다. 어제까지만 해도 우리 언니 절대 버리지 말라며 울먹이던 수연의 목소리가 수상했다. 초조함을 넘어서 커다란 파동이 느껴졌다. 수연이 눈물을 터트리며 고백했다.

─언니가……. 언니가 사라졌어요.

* * *

서화는 하객 화장실 칸막이에 몸을 숨긴 후 숨을 죽였다. 귀를

238

기울이자 화장실을 들락거리는 사람들의 발소리가 점차 줄어드는 게 느껴졌다. 그제야 터질 것 같던 심장이 안정적인 바운스를 되찾았다.

'지금쯤이면 눈치챘을 거야.'

신부 대기실에서 남몰래 빠져나오기까지 꽤 많은 시간이 소요됐다. 드레스 플래너부터 메이크업 담당자까지 따돌리는 건 쉬운 일이 아니었다. 지인들을 식장에 초대하지 않은 것만으로도 다행이었다. 축하 인사를 빌미로 더 많은 인원이 대기실에 들락거렸다면 빠져나올 구실조차 마련하지 못했을 것이다.

'속이 많이 안 좋아서요.'

서화는 드레스 안에 갖춰 입은 코르셋 속옷이 옥죄인다는 빌미로 플래너의 관심을 유도했다. 참기 힘들 정도냐는 물음이 돌아오자 서화는 평소 빈혈을 달고 산다고 답했다. 앉았다 일어설 때마다 현기증을 느낀다며 상황의 심각성을 부풀리는 것도 잊지 않았다.

웨딩 플래너는 난감한 눈치였다. 시간이 촉박했다. 그러나 다른 신부도 아니고 강호의 안주인이 될 귀중한 손님이었다. 이 중대한 건이 완벽하게 마무리 되냐, 마냐에 따라 그녀의 신임이 달려있었다. 결국 플래너를 비롯해 웨딩 헬퍼가 좀 더 편한 이너를 공수해오겠다며 급히 길음을 돌렸다. 함께 온 메이크업 아티스트도 덩달아 자리를 비웠다.

그때부터 서화의 심장은 미친 듯이 뛰기 시작했다. 오늘 아침 드레스를 입히던 플래너의 손길을 세심히 살피고 온 길이었다. 그 덕분인지 혼자서도 시간을 길게 끌지 않고 드레스를 허물처럼 벗을 수 있었다. 그러나 얇은 소재의 이너 원피스까지 벗기엔 시간이 부족했다. 발각될지 모른다는 촉박함이 그녀를 채찍질하듯 몰아세웠다.

서화는 식장에 오기 전 차려입은 사복이 아닌, 미리 준비한 커다란 블랙 자켓을 몸에 걸쳤다. 그리고 높은 굽에서 내려와 하얀색 플랫슈즈로 갈아 신었다. 모자까지 깊숙이 눌러쓴 그녀는 로비가 아닌 신부 대기실과 웨딩홀을 이어주는 통로로 향했다. 로비에는 보는 눈이 많았다. 어디서든 목덜미가 잡힐 수 있었다. 알고 있다. 이게 얼마나 미친 짓인지. 그만큼 파급력도 만만치 않았다. 그 사실이 서화의 가슴에 불을 질렀다.

차성준과 오제원. 그들이 모든 계획이 완벽히 뜻대로 성립됐다며 믿어 의심치 않을 때 비극을 건네주고 싶었다. 그녀를 짓누른 절망보다 몇 배, 아니 몇 십 배는 더 큰 고통 속에 허덕이길 바랐다.

"근데 신부 얼굴은 어때? 어떻게 봤다는 사람이 한 명도 없을 수 있어?"

통로를 넘어서서 웨딩홀 복도에 다다랐을 때였다. 대화를 나누고 있는 하객들이 보였다. 그 흔한 웨딩 사진마저 걸리지 않았다는 것에 사람들은 의아해하는 눈초리였다. 성준은 이 결혼이 철저한 비공개 속에 치러지기를 원했다. 그게 꼭 숨통을 조여 오는 그 남자의 집착 같아서 서화는 서둘러 걸음에 속도를 붙였다. 조금만 더 걸으면 지하 주차장과 이어진 비상계단을 맞닥뜨릴 수 있었다. 이대로 쭉 나가서 코너만 돌면.

'그럼 도망칠 수 있어. 벗어날 수 있어.'

경호원으로 추정되는 남자들의 눈을 피해 코너를 막 돈 참이었다. 서화가 돌연 걸음을 멈추며 등을 굳혔다. 그녀는 믿을 수 없다는 눈으로 뒤를 돌아봤다. 방금 분명……. 지한과 닮은 남자가 시야 끝으로 스쳐 갔다. 본능적으로 그를 찾아야겠다며 한 발짝을 떼기 무섭게 두 다리가 주춤했다.

"……여기에 있을 리 없잖아."

이미 떠난 남자였다. 그에 대한 그리움이 사무칠 때면 종종 그의 환영이 나타났다. 그러니 쓸데없는 망상에 불과하다며 서화는 다시 걸음을 재촉했다. 사람들의 말소리가 멀어지고, 텅 빈 복도를 뛰다시피 가로질렀다. 비상계단으로 이어지는 문손잡이를 움켜쥔 순간이었다.

"서화야."

익숙한 부름이 등 뒤를 울렸다. 미처 놀랄 새도 없이 누군가 성급히 다가와 서화의 팔목을 가로챘다.

"……엄마."

서화를 붙잡은 사람은 다름 아닌 혜진이었다. 순백의 드레스를 입고 있던 서화가 다른 차림새를 하고 있자 그녀의 얼굴이 황망함으로 물들었다.

"너……."

또 한 번의 절망이 서화의 가슴을 내리쳤다. 이대로 끝인 건가. 내 인생은 징말 이렇게 영영…….

"……가."

희미한 신음이 귓가를 두드렸다. 서화는 멍한 표정으로 혜진을 바라봤다. 그녀의 가슴이 불안정한 호흡으로 크게 들썩였다.

"뭐 하고 있어! 빨리 안 가고."

"……엄마."

"누가 네 엄마야."

그녀가 매섭게 말을 자르며 서화를 타박했다.

"아직도 정신을 못 차렸어? 그 거지 같은 진실을 알고도 여기에 남고 싶어? 진짜 이곳에 네 자리가 있다고 생각하니?"

서화는 아무 말도 하지 못했다. 혜진의 눈동자에는 핏발이 곤두서 있었다. 그녀는 어떻게든 울지 않기 위해 어금니를 꽉 깨물며 서화의 시선을 외면했다.

"난 너 같은 딸 둔 적 없어. 나한테 딸은 수연이 하나뿐이야."

"……."

"그러니까 빨리 가. 어서 가."

쇠약해진 혜진의 팔목이 서화의 등을 있는 힘껏 떠밀었다. 그 반동에 휩쓸릴 때마다 서화의 눈이 거세게 요동쳤다. 등에 닿은 혜진의 손이 너무도 따스했다.

"제발 가. 어서 가. 너는……."

혜진이 결국 울음을 터트리며 애원했다.

"너는 여기에 있으면 안 돼. 너는……."

"……."

"……제발, 제발. 가, 서화야. 엄마 소원이니까 제발. 너는 나처럼 살지 마. 너만은 자유롭게 살아가. 그냥 두 눈 꼭 감고 훨훨 떠나버려."

자유롭게. 그 말을 뱉는 혜진의 눈망울은 절박했다.

스물둘. 기울어져 가는 집안을 위해 강제적이다시피 택해야 했던 결혼, 온기라곤 느낄 수 없었던 고독한 시댁 생활. 외로움에 익숙해져 가던 때에, 그녀에게 나타난 서화는 기적이자 유일한 꿈이었다. 아이가 겪은 아픔은 곧 그녀의 아픔이기도 했다.

아이가 악몽에 발작을 일으킬 때면 그녀의 심장이 무너졌고, 혹여 버림받을까, 서화가 밥 한 숟갈도 눈치 보며 먹을 때면 그녀의 가슴이 미어졌다. 그랬던 아이의 입에서 그토록 바라던 부름이 흘러나오던 그 순간을 혜진은 아직도 잊지 못했다.

'……엄, 마.'

'……서화야. 너, 방금 뭐라고 했니?'

어린 서화는 용기 내 혜진의 품을 파고들었다. 그 품이 마지막 희망이라도 되듯 혜진의 옷자락을 꽉 그러쥐었다.

'서화가 잘할게요. 밥도 조금 먹고, 말도 잘 듣고, 공부도 열심히 할 테니까 엄마라고 불, 러도 돼요?'

올려다보는 아이의 눈망울이 너무도 절실해서 혜진은 차마 포기할 수 없었다. 언젠간 이런 비극이 찾아올 걸 알면서도 그녀는 기꺼이 악마에게 영혼을 내다 바쳤다. 이 아이와 평생을 함께할 수 있다면. 그 어떤 고통이든 겸허히 받아들일 테니 제발 아이를 제 곁에서 데려가지 말아 달라며 신께 빌고, 또 빌었다.

"무슨 일이십니까?"

코너 뒤쪽에 서 있던 경호원이 수상함을 느끼고 다가오기 시작했다. 혜진은 죽을힘을 다해 서화의 등을 떠밀었다. 서화의 몸이 힘없이 문밖으로 밀려났다. 혜진은 망설이지 않고 문을 굳게 닫았다. 그리고 경호원을 보며 태연히 말했다.

"별일 아니니까 돌아가요. 예식 준비로 받을 물건이 있었어요."

고개를 갸웃거리던 경호원은 이내 가볍게 묵례하며 걸음을 돌렸다. 비로소 홀로 남게 된 혜진은 몸에 힘이 풀리자 바닥에 주저앉았다. 차마 전하지 못한 진심이 뒤늦게 터져 나왔다.

"……가지 마, 서화야."

그녀의 기적이 사라졌다. 꿈도 사라졌다. 또다시 외톨이 인생이었다.

* * *

서화는 달리고 또 달렸다. 사람들의 눈을 피해 식장을 빠져나온 뒤로 앞만 보며 뜀박질을 강행했다. 건물이 빼곡히 늘어진 길거리를 지나, 큰 도로를 지나, 구름 한 점 없는 하늘이 펼쳐진 마포대교에 다다른 때였다. 꾹 참고 있던 숨이 터져 나왔다.

"하아……. 하아……."

폐가 찢어질 듯한 고통을 느끼며 무릎을 짚었다. 절로 허리가 굽혀지며 고개가 푹 떨궈졌다. 툭, 툭. 말간 액체가 턱 끝을 타고 메마른 시멘트 바닥을 적셨다. 무더운 여름, 그녀가 흘린 것은 땀이 아닌 눈물이었다. 이상하게 자꾸만 눈물이 났다. 달리는 내내 흐르는 눈물 때문에 앞이 보이지 않을 정도였다.

서화는 문득 뒤를 돌아봤다. 아지랑이가 피어오르는 도로는 뜨거웠다. 이젠 어떻게 되는 걸까. 눈물로 호소하던 혜진의 얼굴이 잊히질 않았다. 더불어 어떻게든 지키려 했던 지한의 미래가 위협당할지도 모른다는 불길함이 그녀의 발목을 붙잡았다. 하지만 서화는 돌아보지 않았다.

'네가 행복해졌으면 좋겠어.'
'그래서 때론 이기적인 사람이 돼야 한다면 그것도 나쁘지 않아.'

진심으로 위로해준 지한의 목소리를 떠올리며 똑바로 앞을 주시했다. 비록 이기적인 선택일지라도 진정 그녀가 원하는 게 무엇인지, 자신의 목소리에 귀를 기울였다. 멈췄던 발걸음이 다시 도약을 내디뎠다.

* * *

자리를 비운 혜진이 나타나자 제원은 하객들을 맞이하다 말고 못마땅한 표정을 지었다.
"어딜 다녀온 거야."
그녀는 말이 없었다. 메마른 얼굴로 허공을 응시하더니, 해탈한 투로 말했다.
"당신도 이만 포기해요."
제원의 미간에 힘이 실렸다. 이해할 수 없다는 시선에 혜진이 힘없는 미소를 지었다.

"이제 그만 이 결혼에서 미련 떼라는 소리예요."

"조용히 안 해?"

상황의 심각성을 인지한 제원이 목소리를 낮추며 눈살을 찌푸렸다.

"방금 뭐라고 하셨습니까?"

불청객의 음성이 불쑥, 끼어들었다. 성준이었다. 잠자코 상황을 지켜보던 그가 흐트러짐 없는 걸음새로 다가왔다. 제원이 빠르게 사태 파악을 하며 혜진의 앞을 막아 세웠다.

"신경 쓰지 않아도 됩니다. 제 아내가 요새 기력이 많이 허해져서……."

"서화는 오지 않을 거예요."

두 남자의 고개가 동시에 돌아갔다. 진실을 믿지 않는 네 개의 눈동자를 보며 혜진은 쐐기를 박았다.

"내가 그렇게 만들었으니까."

"지금 무슨 소릴 하는 거야."

제원이 평소답지 않게 언성을 높였다. 앞으로 10분 뒤면 식이 치러질 예정이었다. 모든 게 그의 눈앞에 놓여 있었다. 잃었던 명예와 돈, 시간까지 전부 다 되찾을 수 있는 마지막 기회였다.

"아직도 못 알아먹겠어요?"

혜진의 헛헛한 웃음에 제원은 고개를 미약하게 저었다. 헛소리하지 말라는 표정이었다. 그러나 혜진은 부정하는 남편을 똑바로 직시하며 현실을 일깨웠다.

"가라고, 당장 가라고. 소리쳤어요. 당신이 한 짓까지 전부 다 하나도 빠짐없이 서화한테 말해주고 오는 길이에요."

"큰, 큰일 났어요."

서화를 담당하던 플래너가 희게 질린 얼굴로 달려왔다. 그녀는 울먹이며 비극을 통보했다.

"신, 신부가 사라졌어요."

"이게 무슨 소리야. 신부가 사라지다니."

설상가상으로 강호의 주인, 준택까지 들이닥치며 상황은 최악으로 치달았다.

"속이 많이 안 좋다고 하셔서, 새 이너 속옷을 가지러 갔다가 돌아오니까 사라졌어요. 드레스만 바닥에 널브러져 있고. 대기실 앞에 경호원이 있던 걸 보면 웨딩홀이랑 이어진 통로를 이용한 거 같은데."

"차성준."

이 상황을 당장 설명해보라며 준택의 두 눈이 매섭게 성준을 채근했다. 성준은 최대한 침착한 얼굴로 휴대폰을 꺼내었다. 권 실장에게 연락하려는 순간, 생각지 못한 얼굴이 시야에 들어왔다.

"……서지한."

얼마 전, 한국을 떠난 지한이 보란 듯이 그들을 지켜보고 있었다. 몸에 걸친 남색 슈트가 마치 이날만을 기다린 사람처럼 매끈하고 깔끔했다.

"……지한아."

한동안 연락이 닿지 않던 아들이 나타나자 준택이 믿을 수 없다는 듯, 지한을 불렀다. 그러나 지한은 동요하는 기색 없이 무표정으로 성준을 응시했다. 그 무던한 시선이 꼭 이렇게 될 줄 알고 있었다고 말해주는 것만 같았다. 지한은 재킷 안주머니에서 휴대폰을 꺼내 어디론가 전화를 걸었다. 문득 불길한 직감을 느낀 성준은 권 실장이 아닌 서화의 번호를 눌렀다.

「 전화기가 꺼져 있어 소리샘으로 연결되오니……. 」

 몇 번을 걸어도 똑같았다. 그 사이, 지한이 걸음을 돌렸다. 귀에서 휴대폰을 떼지 않으며 입구로 향하는 그의 두 발에 점점 속도가 붙기 시작했다. 성준은 도착한 권 실장을 향해 차갑게 말했다.
"찾아요."
 항상 무감각하던 그의 얼굴에 처음으로 균열이 일어났다.
"그 여자, 당장 찾아서 내 앞에 가져다 놔."

* * *

 서화는 고개를 들어 푸른 잎사귀가 넘쳐나는 담장을 바라봤다.
"……바보같이."
 그녀가 미친 듯이 달음박질치며 도착한 곳은 지한의 집이었다. 갈 곳이 없었다. 진심으로 그녀를 사랑해준 곳은, 추억이라고 부를 만한 곳은 얼마 전까지 지한이 살아 숨 쉬던 이곳 하나뿐이었다.
 서화는 재킷 주머니에서 열쇠를 꺼냈다. 그가 필요 없다며 주고 간 열쇠를 어느 순간부터 분신처럼 달고 살았다. 대문을 열고 안으로 들어가자 뒤꿈치에서 아릿한 통증이 느껴졌다. 살갗이 붉게 달아오르다 못해 물집이 터져 있었다. 그런데도 서화는 꿋꿋이 걸음을 옮겼다. 지한이 손수 가꾸던 마당을 지나 현관문 도어락에 손을 올렸다.

[0820]

서화의 생일이기도 한 숫자는 지한의 집 비밀번호로 자리 매김한 지 오래였다. 담장이 낮아 도둑이 들 수 있으니, 수시로 번호를 바꿔줘야 한다던 그의 장난기 어린 얼굴이 새록새록 떠올랐다.

삐삐삐삐. 띠리릭. 열린 문틈 새로 어둠이 밀려 나오며 집안 풍경이 하나둘씩 눈에 들어왔다. 그 순간 서화의 표정이 아득해졌다.

"……왜."

꿈인가 싶어, 몇 번이나 눈을 감았다 떴다. 집에 있는 짐이 모두 그대로였다. 지한을 마지막으로 본 그날과 변함없는 모습으로 그녀를 맞이했다. 가구와 장신구를 하얀 눈처럼 뒤덮고 있는 천의 구김새까지 전부 다 그대로였다. ……아닐 거야. 이미 떠난 사람이잖아.

서화는 고개를 저으며 신발을 벗고 거실로 들어섰다. 쿵쿵쿵. 심장이 미친 듯이 뛰기 시작했다. 부질없는 희망이란 걸 알면서도 떨리는 손으로 침실 문손잡이를 붙잡았다.

달칵. 문이 스르르 열리자 서화의 호흡이 멎었다. 한동안 굳어 있던 그녀는 다급히 휴대폰을 꺼내었다. 바늘바늘 떨리는 손끝이 몇 번이나 홀드 버튼을 누르지 못하고 미끄러졌다. 간신히 전원 버튼을 누르자 방금 도착한 메시지가 가장 먼저 눈에 들어왔다. 그 안에 담긴 내용을 확인한 서화의 두 눈이 절망으로 얼어붙었다.

[단독 입수] 예술계, 아름다움을 포장하는 적정선은 어디까지인가?

기사를 보낸 출처는 학과 단톡방이었다. 누군가 기사가 실린 주소를 공유하자 스크롤이 쉬지 않고 올라갔다.

[야, 근데 최근에 모 유명 갤러리 관하고 협동해서 전시회 주최한 학교, 우리밖에 없지 않아?]
[헐, 맞네. 스펠링이 A랑 Y이면 빼박 우리네.]
[기사 미쳤는데? 코끼리 상아로 조각을 했다고? 이거 불법 아니야?]
[조각한 놈이 누군데? 우리 학교에 있다는 거야?]

"……안 돼."
서화는 고개를 저었다. 그새 성준이 폭탄을 투하했을까, 심장이 미친 듯이 펌프질을 했다. 파들파들 떨리는 손끝으로 기사를 클릭하려는데.

[제보자가 겸임인데?]
[겸임?? 겸임이 조각했다고??]
[아니. 겸임이 이 비리에 대한 소스를 제공했다고. 기사 쭉 읽어

250

봐. 중간에 겸임 이름 적혀 있어.]

 이게 무슨 말이야. 그 사람이 왜……. 서화는 서둘러 기사를 정
독했다. 굵직한 주제가 가장 먼저 시선을 빼앗아갔다.

 〈 문화계의 거장이라고 불리는 'Glow' 기업, 알고 보니 천사의
탈을 쓴 악마? 〉

 [아프리카의 코끼리는 상아 채취의 목적으로 사살을 당하고 있
는 처지다. 해마다 그 수가 10만 마리에 가깝다. 이대로라면 향후
5년 안에는 아프리카에서 코끼리를 볼 수 없을지도 모른다. 그런
데 이 중간 유통 과정에 친화적이고 고귀한 이미지로 이름을 알
린 'Glow' 기업이 주도자 역할을 했다면 믿겠는가?
 자연을 사랑해서 자연을 소재로 예술을 추구하겠다는 그들은
인간의 탈을 쓰고 잘도 코끼리를 사살하고 있었다. 불법이란 걸
알면서도 손에 피를 묻힌 이유는 단 하나였다. 기업에 막대한 투
자금을 제공한 이들에게 특별한 예술품을 공수하는 것.
 결국 그들은 자연을 사랑하는 게 아니라 자금을 사랑했으며, 인
간의 추악함을 사랑한 셈이다. 문제는 그 추악함이 타인의 궁핍
함까지 파고들었다는 것이다.
 기업의 이미지를 손실시킬 수 없었던 그들은 오갈 데 없고 자리
잡지 못한 신예 예술가들의 손에서 상아를 예술품으로 탄생하게
했다. 안타까운 환경을 개선해주겠다는 빌미로 그들의 간절함을
이용한 것이다. 실제로 위와 같은 사례로 피해를 입고, 소중한 동

료까지 잃게 된 '서지한' 씨는…….]

　서화는 입술을 꾹 깨물었다. 기사에 대한 정보를 제공한 사람은 정말로 지한이 맞았다. 줄지어 이어지는 문장에 그의 상처가 낱낱이 해부하듯 적나라하게 적혀 있었다.

　어째서. 왜.

　수많은 의문점이 머릿속을 떠돌아다녔다. 이제야 그토록 사랑하던 조각에 다시 손을 대기 시작한 남자였다. 지이이잉. 손안에서 울려 퍼지는 진동에 서화의 시선이 액정 위로 떨어졌다. 파도, 라고 저장된 번호가 낯설지 않았다. 꿈인가. 서화는 현실과 이상, 그 괴리감에 서서 통화를 받았다. 다소 다급한 음성이 스피커를 타고 터져 나왔다.

　―오서화, 어디야.

　서화는 두 눈을 질끈 감았다. 하루에도 수십 번씩 그리워한 목소리가 들리자 마음이 속절없이 무너져 내렸다.

　"……왜 그랬어요?"

　눈물에 젖어 축축해진 그녀의 입술이 짙은 탄식을 흘려보냈다.

　"왜…… 왜 자진해서 구렁텅이로 빠졌냐고요. 힘들게 일어섰잖아. 죽지 못해 산 사람이었잖아. 그랬으면 앞만 보고 가야지. 왜 바보같이 이런 짓을 해요."

　이해할 수 없었다. 그가 왜 이런 선택을 했는지. 자진해서 불구덩이에 덤벼든 꼴과 다를 게 없었다.

　"사람들이 이런다고 서지한 씨 진심을 알아줄 거 같아요? 또 누군가는 이 진실을 덮기 위해서 당신을 덮칠 거예요. 결국 다칠 사람은……."

－언젠가는 터질 일이었어.

지한의 목소리가 겨울 밤바다처럼 깊고 고요했다.

－내 개인적인 문제가 너한테 방해물이 되질 않았으면 했어.

"……."

－네가 온전히 아무 생각하지 않고 나한테 오길 바랐으니까.

"……다, 다 알고 있었던 거예요?"

서화는 절망하며 되물었다. 그러자 문득 그의 서글픈 웃음소리
가 귓가를 스쳤다.

－오래 기다리게 해서 미안하다.

"……흐윽."

서화는 무릎을 굽히며 눈물을 터트렸다. 그가 이런 선택을 한
이유는 딱 하나였다. 누군가 그에게 화살을 놓기 전에 그가 자신
에게 화살을 던져 소중한 것을 지키는 것.

－실컷 우는 건 좋은데, 어딘지 좀 알려주고 울자.

지한의 목소리에서 조급함이 묻어났다.

－잘할 수 있을 줄 알았는데, 이 숨바꼭질도 더는 못 해 먹겠네.
누구 말처럼 할 짓이 못돼.

"……나는, 나는."

서화는 고개를 저으며 호소했다.

"서지한 씨를 다치게 할 거예요. 내가 어떤 마음으로 거기서 도
망쳤는데. 내가 어떤 마음으로……."

그를 지키겠다는 일념 하나만으로 그 식장에 들어섰으면서 자
유로워지기 위해 모든 것을 버리고 달아났다. 그런데 결국 찾아

온 곳이 그의 집이라니.

"이기적인 거 아는데, 갈 곳이 여기밖에 없었어요. 보고 싶어서. 그래서……."

―기다려. 금방 갈게.

지한의 대답은 담백했다. 당장이라도 그녀를 찾아낼 것처럼. 한동안 눈물을 그치지 못하던 서화는 천천히 걸음을 옮겼다. 물집이 다 터진 두 발에 점점 속도가 붙었다. 어깨에 걸친 재킷이 바닥에 툭 떨어져도 개의치 않았다. 신발도 신지 않고 다급하게 집 밖을 뛰쳐나갔다. 심장이 쉬지 않고 쿵쿵 거세게 뛰었다. 왠지 모르게 멀지 않은 곳에 지한이 있을 것만 같았다. 조금만 더 버티면 그를 만날 수 있을 것만 같았다.

초록 잔디를 짓밟고 대문을 넘어선 순간이었다. 내리막길 끄트머리에 너무나도 익숙한 차량이 보였다.

"하아……. 하아……. "

서화는 턱까지 차오른 숨을 내뱉었다. 그 모습을 발견한 차량이 주행을 멈추었다. 곧이어 운전석 문이 열리며 긴 다리가 모습을 드러냈다. 말끔한 차림새의 지한이 완전한 존재로 나타나자 서화는 숨 쉬는 것 마저 잊어버린 채 그를 응시했다. 그건 지한도 마찬가지였다. 두 사람은 한동안 아무 말도 하지 않고 서로를 바라보았다. 때로는 말보다 눈빛이 더 진실한 진심을 전할 때가 있다. 그 마음을 온전히 느꼈을 무렵이었다.

지한이 양팔을 넓게 뻗었다. 서화는 홀린 듯이 발을 내디뎠다. 자잘한 돌과 이물질이 발바닥을 움푹 파고들어도 그녀는 멈추지 않으며 다리를 힘껏 교차했다. 가슴을 뜨겁게 만드는 감정에 완전히 지배당하며 그에게로 달려갔다. 그녀의 하얀 이너 원피스가 얇은 바람결에 펄럭이며 붕, 떠올랐다.

그의 얼굴이 완벽히 시야에 들어차자 서화는 울음을 터트렸다. 날다시피 그의 품으로 안겨들었다. 지한은 손쉽게, 그러나 누구보다 절박하게 서화를 끌어안았다. 맞붙은 두 개의 몸이 반동에 의해 빙글, 돌아갔다. 지한의 입가에는 웃음이, 서화의 눈에는 뿌연 액체가 폭포처럼 쏟아져 내렸다. 그 울음소리마저 듣기 좋아 지한은 서화의 뒷머리를 쓰다듬으며 한숨을 흘렸다.

"이제야 좀 살겠네."

서화는 숨을 크게 들이켰다. 그의 목소리, 그의 향기, 그의 숨결이 온전히 피부에 와닿자 커다란 안도감이 밀려오며 서러움이 복받쳐 올랐다.

"······진짜 떠나버린 줄 알았어요. 진짜······ 혼자만 남겨진 줄 알았어."

지한은 어린아이를 어르듯 서화의 야윈 등을 쓸어내렸다. 그의 커다란 손이 눈물로 범벅 된 서화의 얼굴을 부드럽게 감싸 안았다.

"내가 널 두고 어떻게 떠나."

"······."

"이렇게 바라만 봐도 죽을 거 같은데."

유미의 귀띔처럼 서화의 얼굴은 많이 상해 있었다. 안 그래도 사ㅗ마한 ㅗ녀의 얼굴은 ㅗ의 손바닥으로 다 가려질 만큼 수척했고, 그를 바라볼 때면 생기가 넘치던 커다란 눈은 눈물에 젖어 축축했다.

"······나, 멍청한 선택을 했어요."

서화는 끅끅, 거리며 지한의 목에 얼굴을 묻었다.

"서지한 씨를 위해서 헤어지자 해놓고 결국 도망쳤어요. 내가 죽을 거 같아서, 이대로 있다가는 정말로 고립될 것만 같아서······."

"잘했어."

서화의 눈물이 거짓말처럼 멈추었다.

"가끔은 이기적이어도 좋으니까 네가 원하는 걸 택했으면 했어. 또 누군가 때문에 네가 희생당하는 걸 보고 싶지 않았어."

지한은 마르지 못한 서화의 눈물을 닦아주며 부드럽게 미소 지었다.

"내가 너의 걸림돌이 되지 않아서 다행이야. 이걸로 내 소원 하나는 이룬 셈이네."

"어떻게······."

믿을 수 없다는 듯 서화의 눈꺼풀이 파르르, 떨렸다.

"어떻게 사람이 이렇게까지 바보 같을 수가 있어요."

"사랑하면 바보가 된다잖아. 유감이지만 내가 그쪽 계열인가 보지."

태평하게 받아치는 말본새가 지극히 지한다웠다. 그래서일까. 서화는 차마 전하지 못한 진심을 용기 내 흘려보냈다.

"······헤어지기 싫어요. 계속 옆에 있고 싶어. 사실 다 거짓말이었어요."

그를 떠나보낼 수밖에 없었던 그날의 절망감이 또 한 번 서화의 가슴을 묵직하게 짓밟고 지나갔다.

"서지한 씨가 질렸다는 말. 다 거짓말이었어요. 지켜주고 싶었는데, 더는 못하겠어요. 그러니까 나랑⋯⋯."

나랑. 제발 나랑.

서화는 그 어느 때보다 간절한 얼굴로 고백했다.

"나랑 평생 같이 있어 주면 안 돼요?"

"뭔가 착각하는 거 같은데."

지한은 좀 더 단단하게 서화의 허리를 당겨 안으며 고개를 기울였다.

"애초에 난 너랑 헤어진 적 없어."

"⋯⋯."

"헤어질 생각도 전혀 없었고."

"⋯⋯."

"말했잖아. 난 이 감정이 식을 거란 판단이 잘 서지 않는다고."

그러니 이 관계에 고삐를 쥔 사람은 서화라고 그의 두 눈이 명백히 말하고 있었다.

"그래서 말인데, 내가 말했던가?"

그가 서화의 볼을 살살, 쓰다듬으며 속삭였다.

"사랑한다고."

"⋯⋯아니."

서화는 괜한 욕심에 고개를 가로저었다. 그는 기꺼이 그녀의 메마른 가슴에 온기를 가득 채워주었다.

"사랑해."

그가 살며시 나가와 짧게 입 맞추었나. 비처 흐르시 못한 눈물 한 방울이 서화의 하얀 볼을 타고 흘러내렸다.

"⋯⋯응. 나도 사랑해요."

서화는 지한의 품에서 평온히 눈을 감았다. 행복했다. 죽을 만큼. 뜨거운 태양 아래. 새장에서 첫발을 내디딘 소녀의 날갯짓은 그토록 바라던 것을 이루고 나서야 비로소 도약을 멈추었다. 완벽한 비상이었다.

불씨

"아야."

미약한 신음이 서화의 입술을 타고 흘렀다. 계속되는 통증에 하얀 시트를 움켜쥐며 지한을 노려보자 그가 짓궂은 손놀림으로 그녀의 발을 치료했다.

"아프다니까요."

서화의 호소에 지한이 실소를 흘리며 악슴을 뜯어냈다.

"아플 거 모르고 뛰었나 보지?"

그의 품에 안겨있을 때만 해도 느끼지 못한 통증은 커다란 후폭

풍을 몰고 왔다. 날카로운 것에 살갗이 베였는지 서 있는 것조차
버거웠다. 결국 지한에게 업혀 집에 들어와야 했다.

"……어떻게 된 거예요?"

한동안 입을 다문 채 치료를 받던 서화가 조심스레 물었다.

"뭐가."

"분명 떠난다고 그랬잖아요."

"그랬지."

"근데 왜……."

"이 집에서 떠나 있었던 건 맞아. 한 달 가까이 호텔에서 밤을
지새웠으니까."

"호텔이요?"

"나름 은신처 역할을 톡톡히 해줬달까."

서화는 그게 무슨 소리냐며 고개를 갸웃거렸다. 지한은 상처를
치료하는 것에 집중하며 건성으로 대답했다.

"나한테도 사람을 붙였더라고."

"……차성준 씨가요?"

"몰랐어? 너한테는 진즉에 붙이고도 남을 인간인데."

그럼 그에게 헤어지자고 했을 때도…….

"권 실장이 네 주변을 서성거리는 게 눈에 띄는데, 뻔하잖아. 넌
거기에 못 이겨서 나한테 헤어지자고 했을 거고, 내가 거기서 싫
다고 하면 그쪽에서 또 더러운 수를 써서 널 협박했겠지."

서화는 허탈함을 느꼈다. 하루하루 메말라가던 자신과 달리 지
한에게서는 여유로움이 넘쳐났다.

"그럼 유럽으로 떠난다고 했던 것도……."

"시간을 벌어야 했어."

지한은 이번에도 순순히 서화의 궁금증을 해소해줬다.

"이 사건을 터트렸을 때 얼마든지 'Glow' 측에서 소송을 걸어올 수 있는 문제라 방대한 증거가 필요했어. 그러기 위해선 차성준을 눈속임할 필요가 있었고."

"그러다 차성준 씨가 해코지라도 하면 어떡해요?"

지한이 치료를 멈추며 고개를 들었다.

"그렇게 부르나 봐."

"뭘요?"

"차성준 말이야."

"그럼 뭐라고 불러요? 야, 라고 할 수도 없고."

"나쁘지 않은데."

무표정하던 그의 얼굴에 장난기 어린 미소가 번졌다. 그는 다시 치료에 몰두하기 시작했다. 그러다 발갛게 부어오른 서화의 뒤꿈치를 발견한 그가 한층 가라앉은 목소리로 물었다.

"신발장에 있는 그 신발 신고 뛴 거야?"

"……괜찮아요."

서화가 부끄러움에 발을 움츠렸다. 그러자 지한이 발목을 잡아채며 한숨을 내쉬었다.

"괜찮긴. 물집이 다 터졌는데."

그는 성심성의껏 상처를 소독했다. 마지막 물집까지 완벽히 치료한 그의 쓸쓸한 눈빛이 서화의 얼굴에 닿았다.

"가끔 난 너의 과감한 면이 좋아."

"……"

"근데 오늘은 머릿속이 하얘지더라. 신부가 사라졌다면서 누가 소리치는데, 영화에서나 볼 법한 상황이 내 눈앞에서 벌어지니까."

발목을 붙잡은 그의 손아귀에 점점 힘이 실렸다.

"혹시 네가 잘못된 선택을 하진 않을까, 그래서 영영 볼 수 없게 되면 어떡하나. 그 생각이 드는데."

지한은 손을 뻗어 딱딱하게 굳은 서화의 얼굴을 감싸 안았다.

"딱 돌겠더라."

애틋함이 묻어나는 그의 눈빛에 서화는 입술을 잘근거렸다.

"사실 나……."

"굳이 말할 필요 없어."

"……뭘, 요?"

"다 알게 됐다며. 지금 양부모님이 널 어떻게 입양하게 됐는지."

"……대체 어디까지."

서화의 입이 허망하게 벌어졌다.

"어디까지 알고 있는 거예요?"

촉이 틀리지 않다면 그는 제 과거까지 낱낱이 알고 있는 눈치였다.

"고민했어."

지한의 눈동자에 고심함이 스쳤다.

"내가 만약 너였다면 누군가를 통해 알게 된 진실을 다행으로 여길지, 불행으로 여길지. 적어도 난."

"……."

"괜찮지 않았거든."

서화는 말없이 지한의 얼굴을 응시했다. 종종 그에게서 묻어나던 뜻 모를 서글픔이 햇빛을 타고 흘러와 코끝을 시큰하게 했다.

"아직도 가끔 그런 생각을 해. 차라리 내가 아무것도 몰랐다면 지금의 아버지를 아버지로서 존경할 수 있었을까. 남들이 다 청춘이라고 부르는 20대 시절을 조금은 덜 불행하게 보냈으려나. 그래서 선뜻 입을 떼기 어려웠어."

안온한 삶을 절실히 원하던 서화였다. 불우했던 환경 속, 그녀는 죽기보다 살기를 간절히 원했고, 언제나 타인의 따스한 관심과 애정을 목말라 했다.

"무엇보다 내가 너한테 가족이란 울타리, 그 이상을 줄 수 있을지 고민이 됐어."

버릇처럼 말하던 그의 음성이 떠오른다. 자신은 절대 좋은 사람이 아니라던.

"근데 뭐 하루도 지나지 않아서 결정이 났지."

그가 씩, 웃으며 서화의 머리칼을 부스스 흩트렸다.

"내가 죽겠는데, 어쩌겠어. 일단 나부터 살고 봐야지."

"……그러다 잘못되기라도 했으면 어쩌려고 그랬어요."

서화의 탄식에 지한은 퉁명스레 대답했다.

"생각 안 해봤는데? 만일 계획에 차질이 생긴다면 납치라도 해올 생각이었으니까."

뒤늦게 지한이 입고 있는 옷이 서화의 눈에 들어왔다. 매끈하게 빠진 남색 슈트가 그의 단단한 체구와 한 몸처럼 맞물려 있었다. 누가 봐도 식장에 들어서는 차림새였다. 그러니까 그는 진심이었다. 웨딩홀에서 스쳐 가듯 본 지한의 환영은 허상이 아니었단 걸 증명했다.

"잠깐 기다려. 다리 찜질 좀 해야겠다."

"……고마워요."

돌아서는 지한의 등을 서화는 꽉 끌어안았다. 두 눈을 꾹 감으며 진심으로 안도했다.

"……나 포기 안 해줘서."

* * *

"바른대로 말 못 해?"

날카로운 호통이 드넓은 서재를 크게 울렸다. 준택은 이골이 날 거 같은 이마를 짚으며 몇 시간째 침묵을 지키는 성준을 답답한 눈으로 바라봤다.

"그래. 네가 정 입을 못 열겠다면 오 총장, 자네가 말해보게. 뭐 때문에 이런 사달이 일어났는지. 어떻게 신부가 오늘 같은 날에 사라질 수 있냔 말이야!"

고위급 임원들이 죄다 참석한 중대한 자리였다. 신부가 도망갔다는 비극이 퍼져나가자 그동안 살과 뼈를 깎아 쌓아 올린 강호의 이미지가 풍비박산될 판에 놓여 있었다.

"……면목이 없습니다."

제원은 고개를 조아리며 사죄를 표했다.

"또 그 소리야."

반복되는 사죄에 준택은 진절머리 난다는 듯 혀를 내둘렀다. 상식적으로 이해가 되지 않았다. 그의 눈에 서화는 참한 아가씨였다. 이런 말 같지도 않은 상황을 벌일 인물이라곤 전혀 상상되지 않았다.

똑똑똑. 노크 소리가 울리고 문고리가 돌아갔다. 열린 문 틈새로 미진의 얼굴이 나타났다.

"손님이 찾아왔어요."

"이 시간에 누구."

준택이 매섭게 선을 긋자 미진은 마지못해 걸음을 물렀다. 그러자 그녀의 등 뒤에 서 있던 손님의 정체가 드러났다.

"다 여기 계셨네요?"

"……지한아."

자택을 방문한 불청객은 지한이었다. 그의 등장에 바닥에 꽂힌 성준의 시선이 천천히 돌아갔다. 제원의 두 눈까지 지한에게 못 박히자 지한은 가볍게 웃었다.

"수습은 잘하셨어요?"

"수습이라니."

돌아가는 상황을 빠르게 파악한 준택의 눈초리가 날카로워졌다.

"설마 너도 이 일과 관련이 있는 게야?"

"글쎄요. 관련 있게 만든 것도, 판을 키운 것도 이쪽 같은데."

지한은 주머니에서 휴대폰을 꺼내 녹음 파일 하나를 재생했다.

[I just did what he told me to do. He was going to give me the money I needed, and I was blinded for a moment. I didn't mean to mess with Mark's name.

난 그자가 시키는 대로 했을 뿐이야. 필요한 만큼 돈을 주겠다는 데에 잠시 눈이 멀었어. 마크의 이름에 먹칠하려던 건 절대 아냐.]

"낯이 익지, 이 목소리."

스피커에서 흘러나오는 중년 남성의 목소리에 성준의 눈이 싸늘하게 식어갔다.

"이 자가 누군데 그래."

준택이 언성을 높이며 물었다. 지한은 파일을 정지시키며 덤덤한 얼굴로 고백했다.

"지금으로부터 3년 전에 제 잘못된 판단으로 사람이 한 명 죽었습니다."

"뭐?"

준택의 눈 밑이 충격으로 얼어붙었다.

"소중한 동료였어요. 이 파일에 담긴 목소리는 그 친구의 아버지 되는 사람입니다. 그리고 얼마 전, 차성준에게 거액의 돈을 받은 인물이기도 하고요."

"거래라니."

이게 당최 무슨 소리냐며 준택의 표정이 당혹감으로 물들었다. 당장 설명해보라며 성준을 채근했지만, 그는 차갑게 굳은 얼굴로 지한을 주시할 뿐이었다.

"사라진 신부 때문에 한창 머리가 아플 텐데."

"……."

"서화, 지금 제 집에 있습니다."

세 사람의 시선이 동시에 지한에게 날아들었다.

"아버지. 아니 차 회장님."

지한이 말했다.

"저 오서화 좋아합니다."

"……서지한. 너 지금 무슨 말을 하는 거야."

"몇 달 전부터 교제 중이었어요."

"성준이랑 만나는 걸 알면서도 그랬다는 거야?"

"글쎄요. 두 사람이 진중히 만난 적이 있었나. 서화는 처음부터 이 결혼을 원치 않았던 걸로 아는데. 그건 두 분이 제일 잘 알잖습니까?"

지한이 성준과 제원을 번갈아 바라봤다.

"알면서도 누구는 제 과거를 들춰내 그 아이의 입막음용으로 사용했고, 또 누구는 그 아이의 불우한 가정환경을 이용해 이 결혼을 성사시키기에 혈안이 됐고. 이 정도면 우연이 아니라 운명쯤 되려나요."

"이게, 이게 다 사실이야?"

준택의 얼굴이 노기로 발갛게 달아올랐다.

"다 사실이냐고 묻잖아!"

준택이 목에 핏대를 세우며 소리쳤다. 두 사람은 아무 말도 하지 못했다. 무거운 침묵만이 서재를 감돌았다.

"더는 그 아이한테 허튼수작 부리지 않는 게 좋을 겁니다."

도무지 수습할 수 없는 상황을 지한은 조언한 눈으로 바라봤나.

"서화, 절대 제 곁에서 돌려보내지 않을 생각입니다."

통보에 가까운 굳건한 다짐이었다. 알고 있다. 이걸 위해 무얼 포기했는지. 그러나 지한은 후회하지 않았다. 오히려 위기를 기회로 바꿀 수 있는 계기를 만들었다는 것, 서화를 다시 곁에 둘 수 있다는 것만으로 그에게는 충분한 기적이었다.

"그리고 이건 제 선에서 정리한 파일이니까 잘 살펴보세요."

지한은 자그마한 USB를 탁상에 탁, 내려놓았다. 정확히는 제원의 접힌 무릎 앞이었다.

"그래도 총장으로선 존경받을 만한 분인 줄 알았더니, 이미 더럽혀질 대로 더럽혀진 분이더군요."

USB의 안에는 상원의 도움을 받아 얻어낸, 제원에게 뒷돈을 건넨 교수와 학부모들의 명단이 차례차례 나열돼 있었다.

"참고로 수질 관리 잘하시는 게 좋을 겁니다. 언제든지 그 자리에서 끌려 나가고 싶지 않으시면."

마지막 계획까지 완벽히 끝마친 지한은 미련 없는 얼굴로 준택을 바라봤다.

"앞으로 더는 얼굴 보는 일 없을 겁니다."

지한은 가볍게 고개를 숙였다. 지금껏 자신을 키워준 준택을 향한 마지막 예의였다.

"지한아, 잠깐만."

준택은 자리에서 벌떡 일어나 지한을 불러 세웠다.

"지한아!"

간절한 부름에도 지한은 망설임 없이 서재를 떠났다. 그를 붙잡지 못한 준택의 손이 한참 동안 허공을 맴돌았다.

"오 총장은 그만 가 보게."

준택이 간신히 입을 열며 말하자 제원은 순순히 걸음을 돌렸다. 그제야 준택이 허망한 얼굴로 성준을 몰아세우기 시작했다.

"……왜 그랬어."

"……."

"왜 그런 몹쓸 짓을 저질렀냔 말이야! 다른 사람도 아니고 네 동생이다. 하나뿐인 동생한테 어떻게 그런 파렴치한 짓을……!"

"동생이었던 적 없습니다."

단호히 부정하는 성준의 음성은 차가웠다. 딱딱하게 굳은 준택의 눈을 성준은 똑바로 직시하며 나직이 말했다.

"아버지가 통보하면 뭐든지 수용하는 게 제 역할입니까?"

"차성준."

"아무리 씹어도 절대 삼켜지지 않는 게 있습니다. 어려서부터 그랬죠. 통보와 수용. 이 집에서 제가 배운 건 그 두 가지밖에 없더군요."

"……성준아."

성준을 부르는 준택의 음성이 한결 누그러졌다. 성준은 그럴수록 몸의 피가 싸늘하게 식어가는 걸 느꼈다.

"누구보다 열심히 살았습니다. 이 집의 장남이란 이유로 당신이 원하는 대로 살아드렸고, 바라는 것을 이뤄드렸죠. 근데 왜."

성준의 목울대가 얕게 울렁거렸다. 그의 머릿속으로 한 장면이 그림처럼 펼쳐졌다. 하얀 드레스를 입고 그를 보며 미소 짓던 서화의 얼굴이 도무지 잊히질 않았다. 한없이 순백해서 선뜻 손을 뻗기가 어려운 여자였다. 서화가 떠난 뒤에야 그는 제삼했다. 어째서 그녀를 함부로 할 수 없었는지.

얼마든지 원하는 대로 짓누를 수 있었음에도 그는 차마 그러지 못했다. 지금까지 그녀가 만든 작품을 버리지 못한 것도, 자꾸만 그 여자에게만 시선이 머물렀던 것도. 꼭 자신 같아서. 그 여자를 보고 있으면 자신의 어린 날이 투영되었다. 무릎을 짚은 성준의 손등에 힘이 실렸다.

"이제야 원하는 게 뭔지 알 거 같은데, 그것마저도."

늘 그랬듯 간절히 원하면 손에서 사라져버린다. 닿을 수 없는 곳으로 영영 달아나버린다. 그에게 간절함은 그런 것이었다. 바라면 바랄수록 그것들은 변함없이 그가 아닌 지한을 사랑했다.

"저는 아버지한테 뭡니까."

32년 동안 성준의 목구멍을 짓눌렀던 물음이 입 밖으로 터져 나왔다.

"짐승입니까. 도구입니까."

"차성준. 너 그게 무슨⋯⋯."

"아버지에게 아들은 서지한, 한 명뿐 아니었어요?"

"그게 무슨 돼먹지도 않은 소리야. 나는 그런 뜻으로 한 말이 절대 아니다."

부정하는 준택을 보며 성준은 실소했다.

"자신할 수 있으세요?"

"⋯⋯."

"단 한 번도 제 존재가 도구에 불과한 적 없었다고 자신할 수 있냐 말입니다."

미진의 배 속에 그가 들어서지 않았다면 두 사람이 부부로 살아갈 일은 절대 없을 터였다. 그러나 그들은 순전히 그들의 의지로 성준을 낳았다. 차라리 두 사람이 핏줄에 대한 남다른 애착이 있었다면 이 정도로 기분이 착잡하진 않을 것이다.

성준은 인정할 수밖에 없었다. 이 세상에 그가 태어난 이유는 아버지의 구속에서 달아나려 했던 미진의 욕심과 준택의 야망, 그 이상 그 이하도 아니란 걸. 알면서도 부정했던 사실이 뼛속 깊숙이 각인되자 입안에 씁쓸함이 맴돌았다.

"이럴 거면 그날 돌아오지 마셨어야죠."

"……."

"한평생 잊지 못해 그리워한 그 여자를 찾아갔으면 영영 돌아오지 말았어야지. 그랬으면……."

그랬으면 오서화는 제게 와줬으려나. 성준이 지한의 존재를 모르게 되는 것처럼 그녀 또한 서지한을 만날 일은 없었을 테니, 이런 끝은 맞이하지 않았겠지.

"이만 나가보겠습니다."

성준은 자리에서 일어나 등을 보였다. 항상 널따란 그의 어깨가 오늘따라 유독 처량하게 느껴졌다. 그래서였다. 준택이 충동적으로 입을 연 것은.

"……용서를 구하러 갔다."

아무에게도 말하지 못한 진실. 준택은 체념하듯 그날을 회상했다.

"알고 있었어. 그 여자 배에 지한이가 들어섰다는 걸. 알면서도 외면했다."

성준이 걸음을 멈추며 뒤를 돌아봤다. 준택은 허물어지듯 바닥에 무릎을 찍으며 고개를 떨궜다.

"……겁이 났다. 지금껏 쌓아온 모든 걸 잃게 될까 봐. 그래서 용서를 구하러 갔어. 널 책임질 수가 없을 거 같다고. 내겐 이미 책임질 가정이 생겨버렸다고. 그랬는데……."

지한의 친모, 은주는 준택을 탓하지도 원망하지도 않았다. 지한을 낳은 건 순전히 그녀의 의지였다며 도리어 준택을 위로했다. 그런데 뒤늦게 전하고 싶은 말이 있었을까. 떠나가던 준택을 붙잡으러 달려오던 은주는 그만 트럭과 부딪히며 두 팔의 신경을 잃게 되었다.

덧없이 흘러가는 강물처럼 언제나 자유롭던 여자였다. 준택이 그녀를 놓아준 이유도 거기에 있었다. 그녀를 품기에 그는 세상이 만들어놓은 굴레에 지나치게 익숙해진 남자였다. 세상이 주는 쾌락에 도취해 높은 곳만을 갈망했다. 그래서 그녀를 놓아주었다. 구속하고 싶지 않았다. 그가 원하는 삶에 그녀를 끼워 맞추고 싶지 않았다. 하지만 그조차 욕심이었던 걸까.

"혼자서도 잘 해낼 거라 생각했어. 언제나 그랬던 여자였으니까. 근데……."

그렇게 웃음이 많던 여자는 싸늘한 주검이 되어 돌아왔다. 뒤늦게 그 소식을 알고 찾아가자 그녀를 닮은, 그리고 그를 닮은 지한이 눈물을 뚝뚝 흘리며 엄마의 장례식을 지키고 있었다.

"차마 혼자 내버려 둘 수가 없었다. 지한이마저 외면하면 정말 몹쓸 짓을 하는 거 같았어."

사랑보다는 죄책감에 가까운 심정이었다. 그녀에게 지은 죄를 뉘우치듯, 그 괴로움에서 벗어나듯 준택은 무의식적으로 지한을 챙겼다. 혼자서 밥을 챙겨 먹고, 밤늦은 시각까지 책상 앞에서 벗어나지 못하는 큰아들, 성준이 신경 쓰이면서도 차마 다가가지 못했다. 안일했다. 넌 항상 잘해왔으니까. 넌 뭐든 잘할 아이니까. 은주를 떠나보낸 그 안일함이 또다시 이런 비극이 되어 돌아올 줄은 그는 알지 못했다.

"……미안하다."

준택이 무릎을 꿇으며 사죄했다.

"정말 미안하다."

그 대상이 사랑하던 여자인지, 지한인지, 성준인지 아무도 알 수 없었다. 가슴에 있는 응어리를 토해내듯 그는 뱉고, 또 뱉어냈다.

* * *

밤이 깊었다.

집으로 돌아온 지한은 재킷을 벗고 침실로 향했다. 발소리를 죽이며 침대에 다가서자 곤히 잠든 서화의 모습이 보였다. 그는 그 옆을 조심스레 차지하며 그녀의 머리칼을 쓸어 넘겨주었다. 그러자 서화가 몸을 웅크리며 그의 품에 안겨 온다. 작고 가녀린 체구인데도 그녀가 주는 온기는 꽤 따스했다. 그것만으로 그는 행복했다. 잠든 그녀의 얼굴을 맘 편히 볼 수 있다는 것만으로 충만한 만족감을 느꼈다.

모 아니면 도. 그녀를 지키기 위해 벌인 판을 보며 측근들은 하나같이 지한을 뜯어말렸다. 누군가는 그를 용기 있는 자로 추앙할 수 있는가 하면 누군가는 손가락질할 수도 있다며 목소리를 높였다. 상관없었다. 이미 한 번 겪지 않았나. 모든 것을 손에 쥘 수는 없다는 것을. 무언가를 얻으려면 무언가를 잃어야 하는 게 인생이었다. 그는 기꺼이 그가 지금껏 밟아온 궤도를 버렸다. 쌓아온 커리어에 흠집이 날지언정 의미 두지 않았다. 그리고 이제 그에게 남은 것은 오직 서화, 하나뿐이었다.

"……언제 왔어요?"

"깼어?"

지한이 서화의 볼을 살살 어루만졌다. 그 다정함에 서화의 입가에 희미한 미소가 번졌다.

"……꿈을 꿨어요."

"꿈?"

"응. 좀 많이 슬픈 꿈이었는데."

잠시 호흡을 고르던 서화가 눈을 들어 지한을 바라봤다. 몽롱한 두 눈에 지한의 얼굴이 가득 들어차자 그녀는 안도하듯 말했다.

"근데 다행이에요. 꿈이라서."

"무슨 꿈이었길래?"

서화는 대답하지 않았다. 대신 지한의 품에 더 깊숙이 파고들며 눈을 감았다. 지한은 말없이 서화의 가녀린 등을 토닥여주었다. 그녀가 다시금 깊은 잠으로 빠져들 때까지 끊임없이 그의 온기를 나눠주었다.

* * *

아침이 밝아오며 산뜻한 햇살이 침실을 뚫고 들어왔다.

잠에서 막 깨어난 서화는 옆자리가 비어 있는 걸 눈치채자 곧바로 몸을 일으켰다. 분명 이곳은 지한의 방이 맞았다. 그새 어디 간 거지. 그의 온기가 남아 있는 시트를 쓸어내리는데, 어디선가 고소한 향기가 흘러들어왔다. 서화는 그것에 이끌리며 다리를 움직였다. 얼마 안 가 부엌에서 무언가를 손질 중인 지한의 모습이 보였다.

"일어났어?"

인기척을 느꼈는지 그가 고개를 돌려 서화를 바라봤다.

"뭐 해요?"

그의 손에 프라이팬이 들려 있었다. 먹기 좋은 크기로 잘린 햄이 노릇노릇하게 익어가는 중이었다.

"앞으로 잘 먹어야 하니까. 거기서 생활하려면."

……거기? 갈피를 잡지 못한 서화의 두 눈이 문득 식탁에 놓인 봉투로 향했다.

"……이게 뭐예요?"

떨리는 목소리로 묻자 지한이 선선히 대답했다.

"보이는 그대로."

서화는 다시금 종이를 확인했다. 비행기 티켓이었다. 얼마 전, 지한이 떠난다며 거짓으로 말한 목적지와 같은 곳이었다. 그런데 한 장이 아니었다. 두 장이 가지런히 놓여 있었다. 지한이 완성된 요리를 식탁에 내려놓으며 티켓 한 장을 서화의 앞으로 내밀었다.

"나랑 같이 유럽으로 가자."

"……유럽이요?"

서화는 믿을 수 없다는 듯 되물었다. 지한이 고개를 끄덕이며 그녀를 의자에 앉혔다.

"그곳에서 네가 하고 싶은 걸 하게 할 거야."

그는 계획한 일정을 차례차례 늘어놓았다.

"작품을 만들어도 좋고, 다른 꿈을 꿔도 좋아. 물론 꿈을 꾸지 않아도 좋아. 거기서만큼은 네가 마음 편히 지냈으면 해."

마음 편히. 그 말이 가시가 되어 서화의 가슴에 깊숙이 박혔다.

"그 집으로 돌아가지 마."

지한은 단호히 말했다.

"네가 간다고 해도 이젠 내가 안 보낼 거야."

그 집. 서화는 새삼 얼마 전까지 자신에게 가족이 있었다는 걸 실감했다.

"그렇다고 강요하는 건 아니야. 다만 네가 뭔가에 얽매이지 않았으면 해."

상처도, 아픔도, 그래서 찾아오는 원망도.

지한은 그 모든 걸 겪어본 경험자였다. 서화만큼은 그 미로에 갇혀 시간을 허비하지 않길 바랐다. 그녀가 지금보다 더 자유롭게 세상을 바라봤으면 싶었다.

"……짐이 될까 봐 무서워요."

침묵 끝에 서화가 입을 열었다.

"설마 내가 짐 떠안자고 널 데려왔을까 봐?"

지한이 픽, 웃음을 터트렸다. 그는 주먹 쥔 손에 관자놀이를 비스듬히 기대며 서화를 빤히 응시했다.

"나 생각보다 이기적인 놈이라서 굉장히 계산적이야. 마크 일 때문이면 신경 쓰지 마. 잘 해결됐으니까."

발끝에 맺혀 있던 서화의 시선이 번뜩 들렸다. 'Glow'라는 대기업으로부터 소송이 걸려올 수 있다던 그의 말이 문득 생각났다.

"소송 걸어봤자 소용없을 거야. 마크 말고도 피해자는 많으니까."

그 피해자 중 한 명이 얼마 전 지한이 도움을 청했던 윤 기자의 친구였다. 문화부 기자로 일하던 그녀는 친구의 급작스러운 죽음에 수상함을 느끼며 몇 년째 'Glow'를 상대로 취재 중이었다.

"윤 기자의 친구도 무명이 길었대. 결국 'Glow'가 원하는 상아 조각상을 만들기로 했는데, 하루 전날에 계약을 파기했나 봐. 그 비리가 밖으로 새 나갈까, 기업은 수시로 윤 기자의 친구를 공격했고. 결국 이 바닥에서 발붙이지 못한 처지가 된 거지."

"……."

"그러니까 걱정하지 마."

서화를 안심시키듯 지한이 부드럽게 웃었다.

"그리고 이제 나한테는 너밖에 없어."

지한과는 어울리지 않은 애틋한 고백이었다. 그의 간절한 눈빛에 서화의 마지막 양심이 와르르 무너졌다. 이기적일지언정 안도했다. 더는 혼자가 아니라서. 그와 함께할 수 있어서. 이젠 외롭지 않을 수 있어서.

* * *

"괜찮겠어?"

걱정 어린 시한의 음성이 자체를 울렸나. 조수식에 앉아 있던 서화는 벨트를 풀며 미소를 머금었다.

"내 손으로 직접 정리하고 싶어서 그래요."

그녀에게 함께 떠나자는 제안을 한 지 얼마 되지 않아서였다. 서화는 갑자기 볼 일이 생겼다며 나갈 채비를 했다. 지한은 그 용무가 무엇인지 본능적으로 알아챘다.

"무슨 일 생기면 바로 전화해."

서화는 알겠다며 고개를 끄덕였다.

"다녀올게요."

그의 배웅을 받으며 차 문을 열고 나오자 수없이 드나들었던 대문이 서화의 시야를 채웠다. 이젠 가족이라 부를 수 없는 그들을 찾은 건 순전히 그녀의 의지였다. 서화는 차분한 손길로 벨을 눌렀다. 머지않아 문이 철컥, 열렸다.

* * *

제원은 며칠째 서재에 갇혀 일상을 보내는 중이었다. 꼭 시간이 멈춘 듯한 기분이었다. 얼마 전 준택에게서 한 통의 연락을 받고 나서부터였다.

'자네가 양심이 있다면 내가 먼저 자네 목을 치기 전에 스스로 학교를 떠났으면 하네.'

준택이 전화를 건 용건은 하나였다. 그의 손이 닿기 전에 제원이 손수 총장 자리에서 내려오는 것. 강호에서 해줄 수 있는 최소한의 배려였다. 제원은 알겠다며 순순히 통화를 끊었다. 무어라 형용하기 힘든 감정이 가슴을 조여 왔다. 낮과 밤이 어떻게 흐르는지도 모른 채 서재에 앉아 하루를 보냈다. 무엇도 먹지 않았고, 무엇도 취하지 않았다. 숨만 쉬는 무생물처럼 허공에 시선만 붙박였을 때였다. 똑똑똑. 노크 소리가 울리며 혜진의 음성이 넘어왔다.

"손님이 왔어요."

제원에게는 대답할 힘조차 없었다. 그 마음을 읽었는지 문이 스르르 열리며 익숙한 실루엣이 밀려들어 왔다.

"여기가 어디라고 기어들어 와."

표정 없던 제원의 얼굴에 희미한 감정이 스쳤다. 그것은 분노였고, 원망이었다. 반면 서화는 흔들림 없는 얼굴로 서재 안으로 걸어 들어왔다. 그리고 보았다. 서서히 일그러져가는 남자의 얼굴을.

"다행이에요."

"……."

"괜찮지 않아 보여서."

한눈에 봐도 제원의 몰골은 사람의 것이 아니었다. 패인 양 볼과 푹 파진 눈두덩이가 보기 흉했다. 눈 밑으로 자욱이 밴 그늘은 그가 얼마나 하루하루를 괴롭게 보내고 있는지를 여실히 보여줬다.

"간절히 원했어요."

"……."

"당신이 절망했으면 좋겠다고."

그가 서화를 불구덩이에 빠트린 것처럼 그녀 또한 제원이 절망 속에 허덕이기를 간절히 바랐다.

"안 그럼 진짜 원망할 거 같아서."

"……."

"적어도 그 여자랑은 다른 삶을 살고 싶었어요."

서화는 진모에게 학대당하던 기억을 떠올렸다. 애정도, 온기도 느낄 수 없었던 짧은 삶. 그녀와 있을 때면 언제나 홀로 남겨진 기분이었다.

"그래서 당신 손을 잡았어요. 당신은 한때 내게 구원이었으니까."

제원의 눈동자가 얕게 흔들렸다. 그에 비해 서화는 초연했다. 과거의 상처에서 벗어나지 못하는 제원과 달리 그녀는 마치 남 이야기를 하듯 차분히 말했다.

"근데."

"……."

"이젠 당신이 불쌍해."

"……뭐?"

제원이 눈을 희번덕거리며 서화를 죽일 듯이 노려봤다. 그 분노마저 서화의 눈에는 못난 미련으로밖에 보이지 않았다.

"이런 모습으로 평생을 살아가겠죠."

과거에 갇혀 원망하고, 탓하고, 끊임없이 불타오르는 감정을 해소시키지 못한 채 허덕일 남자의 앞날이 훤히 그려졌다.

"그래도 한 번쯤은 당신 자식이길 바랐어요."

항상 무심한 아버지여도 제원은 애정만 없었을 뿐, 부족함 없이 서화를 키워주었다. 하지만 이제는 알고 있다. 그 마음도 덧없는 미련에 불과하다는 걸.

"후회하세요?"

서화가 물었다.

"아니. 절대."

제원이 대답했다.

"다행이에요."

서화가 웃었다.

"저도 후회하지 않거든요."

문득 어젯밤 꾼 꿈이 서화의 머릿속을 선명히 흘러갔다. 항상 꾸던 악몽이었다. 새하얀 설원. 피로 물든 부모님의 이루어지지 못한 사랑. 그리고 그 꿈의 끝은 병실에서 처음 만난 제원을 보며 사라지곤 했다. 그런데 신기루처럼 다음 장면이 서화의 눈앞에 펼쳐졌다.

'……아저씨는 누구예요?'

'나는 말이지. 네 아버지와…….'

제원이 어린 서화의 볼을 조심스레 쓰다듬으며 웃었다.

'친한 친구란다. 널 부탁한다는 연락을 받고 여기까지 찾아왔지. 많이 아프지? 걱정하지 말렴. 이제부터 내가 널 책임지마.'

비록 거짓말일지라도 제원의 목소리는, 그 순간만큼은 따스했다. 이유 모를 서글픔이 그의 까만 눈동자에 맺혀 한참을 사라지지를 않았다. 그 장면이 꿈이라서 얼마나 다행이었는지 모른다. 결국 그가 진심이었던 적은 한 번도 없다는 소리가 되니까.

"나는 당신처럼 살지 않을 거예요."

서화가 견고히 말했다.

"그게 내가 당신 밑에서 유일하게 배운 거예요."

미련 없이 돌아서는 그녀를 제원은 복잡한 눈으로 바라봤다. 저도 모르게 팔을 뻗는 순간, 나직한 음성이 끝을 알렸다.

"그동안 키워주셔서 감사했습니다."

붙잡을 새 없이 서화가 문을 박차고 나갔다.

쿵. 묵직한 파열음이 제원의 가슴에 커다란 파동을 일으켰다. 거슬리는 감각에 제원은 가슴 부근을 쥐어뜯으며 다급히 책상 서랍을 열어젖혔다. 늘 복용하던 약을 찾아 헤매는데, 불현듯 제원의 시선이 서랍 안쪽에 붙잡혔다. 아홉 살. 서화가 고사리 같은 손으로 만들어온 카네이션이 고스란히 놓여 있었다.

'이거⋯⋯.'

아이는 초조한 얼굴로 입술을 말아 물며 조심스레 꽃을 내밀었다.

'학교에서 만든 건데, 다음에는 예쁘게 만들어 드릴게요.'

아이는 밤늦은 시각까지 제원이 오기만을 기다렸다. 걱정 반, 설렘 반의 마음을 떠안고 거실을 서성거렸을 모습이 상상되어 제원은 절로 팔을 뻗었다. 그러나 서화의 머리를 쓰다듬기 전에 가까스로 주먹을 움켜쥐어야 했다. 차가운 일침이 아이의 귓가를 울렸다.

'쓸데없는 곳에 시간 투자하지 말렴.'

그래, 쓸데없는 것이었다. 볼품없는 종잇조각에 불과할 뿐이다. 사정없이 카네이션을 구기려는 순간, 제원의 손짓이 멈추었다. 꽃 밑에 적힌 문구가 뒤늦게 눈에 들어왔다.

'아빠.'
'고맙습니다.'

한 글자, 한 글자 정성 들여 써 내려간 티가 역력했다. 그리고 마지막 한 문장.

'사랑해요.'

제원은 카네이션을 다시 서랍에 집어넣으며 눈을 감았다. 울렁거리는 감정을 집어삼키며 그는 끊임없이 되새겼다.
후회하지 않는다.
후회하지 않는다.
절대……. 후회하지 않을 것이다.

* * *

"언니!"

서화가 마당을 가로질러 가던 중이었다. 등 뒤에서 절박한 외침이 울려 퍼졌다.

"언니, 잠깐만!"

뒤를 돌아보자 수연이 울먹거리는 얼굴로 달려오고 있었다.

"언니, 어디 가?"

그녀는 거세게 서화의 품을 파고들었다.

"……수연아."

"여기가 언니 집이잖아. 근데 지금…….."

서화의 손에는 어떤 짐도 들려 있지 않았다. 그러나 수연은 직감적으로 알아챘다. 지금 서화를 붙잡지 않으면 영영 볼 수 없을지도 모른다는 걸.

"미안해. 너한테는 미리 말을 해야 했는데."

마음이 약해질까 봐 서화는 차마 연락하지 못했다. 덧없는 미련에 발목이 붙잡히면 다시 돌아보게 될까 봐, 겁이 났다. 그 미련 중 하나가 바로 수연이었다.

"알고 있었다며."

"……."

"내가 네 친언니가 아니란 거."

지한을 통해 알게 된 사실이었다. 결혼식이 있기 하루 전, 모르는 번호로 그에게 전화가 걸려왔다고 한다. 발신자는 수연이었다.

그녀는 대뜸 우는 것도 모자라 우리 언니를 당장 데려가라며 호소했다고 한다. 그 이야기를 전해들은 서화는 깊은 침묵에 잠겨야 했다.

"응. 맞아. 처음부터 알고 있었어."

수연은 놀란 기색 하나 없이 대답했다.

"초등학생 때 준비물 놓고 와서 집에 다시 돌아왔다가 엄마랑 언니가 하는 이야기를 듣게 됐어."

하필 전날 서화와 다툼이 있었다. 수연은 어려서부터 서화가 하는 거라면 뭐든 따라하기를 좋아했다. 그날도 서화가 그리던 그림을 이어서 그리겠다며 도화지를 빼앗다 그만 종이가 반으로 찢어지는 사태가 일어나고 말았다. 곧 다가올 혜진의 생일을 위해 서화가 정성 들여 그린 그림이었다. 그날 서화는 처음으로 수연에게 화를 냈다.

'언니니까 당연히 양보했어야 했는데, 그러질 못했어요. 죄송해요.'

'아니야. 서화야. 그건 수연이가 잘못한 거야. 언니라고 다 양보할 필요는 없어. 그건 너에게도 수연이에게도 좋지 못한 거야.'

'그래도……. 전 수연이 친언니가 아니잖아요. 제가 양보하는 게 맞아요. 더 잘해줬어야 했는데.'

자학하는 서화를 보며 수연은 그날의 충격을 꾹 삼켜 넣었다. 절대 입 밖으로 꺼내지 않았다. 그리고 매 순간 서화의 옆을 지켰다. 두려웠고, 불안했다. 혹시나 서화가 떠날까 봐. 하나뿐인 언니를 잃게 될까 봐.

"근데 그게 뭐? 같은 피 안 섞였다고 언니가 내 언니가 아닌 게 돼? 언니는 그래? 언니한테 나는 허수아비 같은 동생이었어?"

다급히 쏟아내는 수연의 얼굴은 위태로웠다. 서화는 고개를 저었다. 눈물을 꾹 참는 동생의 하얀 뺨을 감싸며 말했다.

"그럴 리가 없잖아."

"근데 왜 가는데."

수연이 울음을 터트리며 서화의 허리를 당겨 안았다.

"가지 마. 내가 잘못했어. 내가 잘할게. 응? 아빠가……. 아빠가 언니한테 몹쓸 짓 한만큼 내가 잘할 테니까……."

"수연아."

다정한 부름에 수연의 입술이 다물렸다. 서화는 언제나 사랑스럽던 여동생의 눈을 빤히 응시했다.

"네가 그랬지."

"……."

"좋아하는 사람이랑 있으면 자꾸 애가 탄다고. 같이 있는데도 목이 마르고, 계속 옆에 있고 싶고."

사랑을 속삭이던 그날의 수연처럼 서화는 부드럽게 미소 지었다.

"내가 지금 그래. 그 사람이랑 있으면 행복이 뭔지를 느껴. 그리고 지금보다 더 행복해지고 싶어."

처음이었다. 서화가 자신의 감정을 털어놓은 적은.

"못됐다, 진짜."

수연이 원망스러운 눈으로 서화를 올려다봤다.

"그렇게 말하면 어떻게 더 붙잡으라고."

"연락할게."

"……정말이지? 이대로 영영 모른 척하는 거 아니지?"

"응. 그러니까 잘 지내고 있어. 아프지 말고."

다정한 인사를 끝으로 서화는 걸음을 돌렸다. 그때 현관문 앞에 서 있는 혜진과 눈이 마주쳤다. 그녀는 차마 서화를 붙잡지 못하고 멀리서 딸을 지켜보기만 했다. 먼 거리에서도 그녀의 일렁거리는 눈이 선명히 느껴졌다. 서화는 아무 말도 하지 않았다. 그저 허리를 깊이 숙이며 나지막이 속삭였다.

"덕분에 버틸 수 있었어요."

상처투성이였던 어린 시절. 혜진의 살가운 보살핌이 없었다면, 사랑이 없었다면 언제 눈을 감아도 이상하지 않을 삶이었다. 그래서 그녀를 미워하지 않기로 했다. 누구처럼 불필요한 원망에 사로잡혀 아직 많은 길이 남아 있는 인생을 허비하지 않기로 했다.

"서화야."

돌아서는 서화를 보며 혜진은 간절히 말했다.

"……행복하렴."

달칵. 문이 열렸다. 19년의 아픔이 뜨거운 햇살 아래, 잔잔히 녹아내렸다.

* * *

한 달 후.

"뭐야."

"쟤 오서화 맞지?"

"대박이다. 헤어진 거 아니었어?"

아침부터 한영 대학교 캠퍼스가 소란스러웠다. 따가운 뙤약볕 아래서, 서화는 땀이 밴 손을 바라봤다. 크고 단단한 손이 그녀의 손을 꽉 움켜쥐고 있었다.

"네 소원이 이런 거였어?"

귓가를 울리는 중저음에 고개가 들렸다. 지한이 붙잡은 손에 힘을 주며 미간을 좁혔다.

"다 너만 본다."

많은 학생이 두 사람을 주시하는 중이었다. 얼마 전까지 학교를 떠들썩하게 만들었던 서화와 지한이었다. 헤어졌다는 소문이 돌던 게 엊그제 같더니, 두 사람이 손을 잡고 캠퍼스에 나타나자 다들 놀란 기색을 감추지 못했다.

"보라고 잡은 거예요."

서화가 주눅 드는 기색 없이 말했다.

"한 번쯤은 이렇게 꼭 해 보고 싶었거든요."

남들 시선 따위 신경 쓰지 않으며 그의 손을 잡고 맘껏 캠퍼스를 누비고 싶었다.

"그리고 이제 이 학교 교수도 아니잖아요."

"뭐?"

지한의 미간에 힘이 실렸다. 그러나 이내 실소를 터뜨린 그가 서화의 손에 들린 황갈색 봉투를 바라봤다.

"후회 안 하겠어?"

며칠 전이었다. 졸업전시회를 앞두고 서화는 작품을 만드는 대신 다른 길을 택했다. 바로 학교를 그만두는 것이었다. 좀 더 진지하게 생각해보라는 지한의 권유에도 그녀는 의견을 굽히지 않았다.

"후회, 할 수도 있지 않을까요?"

지한이 걸음을 멈추며 표정을 굳혔다. 꽤 심각한 그의 얼굴을 보며 서화는 웃음을 터트렸다.

"서지한 씨가 그랬잖아요. 후회 안 하는 삶은 없다고."

한때 사소한 것까지 완벽히 이뤄내야 옳다고 생각한 적이 있었다. 그래야 모두에게 인정받을 것만 같았고, 그것만이 외톨이가 되지 않는 유일한 경로라 생각했다. 그러나 지한을 만난 후로 서화의 궤도는 전혀 다른 방향으로 흐르기 시작했다. 처음으로 자신이 원하는 게 무엇인지 귀 기울일 수 있게 됐고, 두려움으로 둘러싸인 마음은 겁도 없이 그동안 쌓아온 것들을 내던지려고 했다. 자퇴를 택한 이유도 그래서였다.

"뭐가 됐든 그렇게 살아보려고요. 후회해도 좋으니까 다시 시작하고 싶어요. 진짜 내 모습으로요."

사람들이 기억하는 '오서화'라는 이미지에서 탈피하고 싶었다. 제 손으로 직접 허물을 벗고 앞으로 걸어 나가고 싶었다.

"그러니까 이건 너한테 껍데기, 그 이상 그 이하도 아니란 거네."

서류를 향한 지한의 감상평에 서화의 눈이 가느스름해졌다.

"그 말 어디서 많이 들어본 거 같은데."

기억을 더듬는 서화와 달리 지한의 머릿속에는 그날의 일이 선명히 재생됐다. 학교 실기장에서 그녀의 작품을 처음 본 날이었다. 아니, 정확히는 두 번째였다. 모두가 감탄하는 그녀의 작품을 두고 지한은 사정없이 악평을 내던졌다. 그것에 꿈틀거리던 서화의 반응이 그의 구미를 낭겼나는 걸 그녀는 절대 모를 것이나.

그는 서화의 진짜 알맹이를 보고 싶었다. 그래서 계속 찌르고, 틈만 나면 건드렸다는 걸. 그렇게 그녀의 삶에 멋대로 침투했다는 걸. 서화는 절대 모를 것이다.

"뭐 하고 있어. 움직이지 않고."

지한은 단호히 서화의 등을 떠밀었다.

"마음 정했으면 뒤도 돌아보지 말고 다녀와."

"이러니까 더 수상하잖아요."

"딱 10분 줄 거야. 그때까지 안 돌아오면……."

"거짓말."

서화는 냉큼 지한의 뺨을 감싸며 속삭였다.

"기다려줄 거면서."

지한은 아무 말도 하지 못했다. 서화의 입가에 피어오른 미소가 푸릇한 녹음처럼 싱그러웠다.

"다녀올게요."

그녀가 뛰어가며 손을 흔들어 보였다. 지한은 서화가 건물에 도착할 때까지 눈을 떼지 못했다. 뒤늦은 실소가 터졌다.

"제대로 코가 꿰였지."

종일 보고 있어도 영 질리지 않으니. 이만하면 병인 듯도 싶었다.

초록이 무성한 나무 밑에서 서화를 묵묵히 기다리던 중이었다. 지한의 휴대폰에서 진동이 울렸다. 그는 통화버튼을 누르며 건성으로 대답했다.

"왜."

ー목소리 들으니까 살 만하나 보네?

전화를 건 사람은 유미였다.

"뭔 소리야."

ー서화 씨한테 프러포즈했다가 까인 거 아니었어?

정적이 찾아왔다. 표정 없는 지한과 달리 유미는 해맑은 목소리로 통화를 이어갔다.

－같이 유럽으로 가자니까, 거절당했다며?

"상원이 형이 그래?"

－아니 서화 씨가. 얼마 전에 같이 만나서 밥 먹었거든.

누굴 만나?

지한은 귀를 의심했다. 서화가 유럽으로 함께 떠나자는 제안을 거절한 건 불과 일주일 전이었다. 그녀는 미안하지만, 당분간은 한국에서 그동안 못해본 걸 해 보고 싶다며 거절의 의사를 밝혀 왔다. 지한은 강요하지 않았다. 그녀에게 모든 선택권을 쥐어 준지 오래였다.

－근데 서화 씨는 그게 프러포즈인 줄도 모르는 눈치더라?

"누가 그래. 프러포즈라고."

－그게 프러포즈 아니면 뭐야. 하긴 반지를 끼워주기도 전에 낯선 땅에 살림부터 차리셨으니 서화 씨 입장에선 충분히 부담스러울 만하지.

휴대폰을 쥔 지한의 손에 점점 힘이 들어갔다.

－제이클이 그러던걸. 땅도 사놓고, 집도 사고, 서화 씨 작업실까지 사 뒀다나? 나 같아도 도망가겠다.

"쓸데없는 소리 할 거면 끊어."

차가운 일갈에도 유미는 쉬지 않고 지한의 신경을 박박 긁었다.

너 다시 한국에 온 것도 결국 서화 씨 때문이잖아.

아무에게도 말하지 못한 사실이었다. 지한의 표정이 차갑게 굳어가는 걸 전화기 너머로도 느꼈는지 유미가 냉큼 덧붙였다.

─강 교수님이 말씀해주셨어. 널 교수로 데려오고 싶은데, 자꾸 거절하길래 학생 작품 하나를 보여줬더니 냉큼 수락했다고.

그게 바로 서화의 작품이었다. 무료했던 그의 일상이 조금씩 변해가기 시작한 건 아마 그때부터였으려나. 무어라 말하려던 지한은 건물에서 나오는 서화를 발견하고 서둘러 휴대폰을 귀에서 떼어냈다. 그때 유미가 재빠르게 물었다.

─혹시 서화 씨가 아무 말 안 해?

"무슨 말."

─아니야. 안 했으면 됐어. 그나저나 너 또 까이면 어떡하니, 불쌍해서.

지한은 칼같이 통화를 끊었다. 지한을 찾아 두리번거리던 서화가 그와 눈을 마주치고 양손을 들어 올렸다. 서류가 보이지 않았다. 완벽한 해방이었다. 그 사실이 벅찼는지 내리막길을 천천히 내려오던 그녀의 발걸음에 속도가 붙기 시작했다.

"뛰지 마."

지한이 경고했지만 소용없었다. 사뿐히 뛰어오던 서화는 양팔을 활짝 벌렸다. 지한이 서둘러 그 앞으로 달려가 날아오르는 그녀의 몸을 힘껏 받아냈다.

"너 진짜……."

탄식하는 그를 보며 서화는 누구보다 행복한 미소를 머금었다.

"진짜 다 끝났어요."

후련하다는 듯 그녀의 목소리가 한결 가벼웠다. 미련은 한 톨도 찾아볼 수 없었다.

"백수가 된 주제에 안색이 좋아?"

"누가 그래요? 나 백수라고?"

"백수 아니면 뭔데."

"얼마 전에 스카우트 제의받았어요."

"누구한테."

"제니스요."

제니스라면……. 지한의 미간에 힘이 실렸다. 제니스는 유미가 실장으로 있는 회사였다. 그제야 서화에게서 아무 말 듣지 못했냐던 유미의 꿍꿍이가 단번에 파악됐다. 서화의 입술이 예고 없이 들이닥친 건 그때였다. 작고 도톰한 입술이 지한의 입술에 촉, 닿았다가 떨어졌다.

"화내지 말기."

또 한 번 입술이 맞붙었다. 이번에는 좀 더 긴 입맞춤이었다.

"약속했잖아요. 내가 어떤 길을 걷든 지켜봐 주겠다고. 함께해 주겠다고 그랬잖아요."

서화의 눈빛이 간절했다. 그러나 지한의 마음을 건드린 건 말간 눈동자 속에 담긴, 그를 향한 깊은 믿음과 신뢰였다. 결국 그는 백기를 들었다. 나직한 한숨이 입술을 타고 흘렀다.

"까여도 어쩌겠어. 계속 매달리는 수밖에."

"응? 방금 뭐라고……."

서화는 말을 잇지 못했다. 지한이 순식간에 거리를 좁혀오며 입술을 삼켰다. 그녀가 한 입맞춤과는 비교도 되지 않을 만큼 깊은 맞물림이었다. 허공을 맴돌던 서화의 양손이 곧 지한의 목을 끌어안았다. 그녀는 힘껏 발뒤꿈치를 들어 그의 뜨거움에 응답했다. 쿵쿵쿵. 그의 커다란 심장 소리가 기분 좋은 전율이 되어 뼛속까지 퍼져나갔다. 서화는 입술을 맞붙인 채로 속삭였다.

"후회하지 않아요?"

문득 그를 이 캠퍼스에서 마주한 첫날이 떠올랐다. 자꾸만 시선이 가고, 틈만 나면 서화를 흔들던 남자는 그녀에게 없어선 안 될 유일무이한 존재로 자리 잡았다. 그럼 그는 어떨까. 그에게 그녀는 어떤 존재일까.

슬픔일까, 행복일까.

미련일까, 희망일까.

수십 가지의 감정이 회오리치는 순간이었다. 지한은 서화의 아랫입술을 부드럽게 깨물며 슬며시 웃었다.

"기적을 후회하는 놈이 있으면 나와 보라고 해."

기적. 그것만으로 모든 게 설명되는 이 순간. 서화는 웃음을 참지 못하고 지한의 품에 안겨 키스를 이어갔다. 그리고 간절히 바랐다. 그를 만나 피어오른 이 불씨가 꺼지지 않기를. 그렇게 영원히 함께 타오르기를. 진한 입맞춤이 끝나자 많은 시선이 몰려들었다. 두 사람은 개의치 않으며 손을 잡고 걸어 나갔다.

끝이 아닌 새로운 시작이었다.

– Fin –

외 전

1. 품

이른 아침부터 서화는 분주하게 움직였다. 그녀는 성급한 손길로 머리를 매만졌다. 어색하지만, 평소 잘 하지 않던 눈화장도 꼼꼼히 하며 재차 거울을 확인했다. 옷걸이에 걸어둔 복장에 손을 뻗던 참이었다.

"뭐 해?"

낮게 잠긴 목소리가 서화의 귓가를 울렸다. 고개를 돌리자 너른 침대에 누워있는 지한이 보였다. 막 잠에서 깨어난 듯 그는 한결 풀어진 자세로 침대 헤드에 등을 기댄 채 서화를 주시하고 있었다.

"약속 있어?"

그의 시선이 서화의 머리부터 발끝까지를 훑어 내렸다. 불과 몇 시간 전만 해도 쾌락에 젖어 헐떡이던 여자의 모습은 감쪽같이 사라진 뒤였다. 달콤하면서 부드러운 향기가 그의 코끝을 간지럽혔다.

"선약이 있었는데, 깜빡 잊고 있었어요."

서화는 귀걸이를 차며 대답했다. 분명 며칠 전까지만 해도 기억하고 있던 일정이었다. 눈앞의 누구 때문에 까무룩 잊고 말았지만.

"저거 입으려고?"

지한이 옷걸이에 걸린 원피스를 눈짓했다. 수수한 디자인이었지만, 엉덩이와 골반을 살려주는 라인이 꽤 노골적이었다.

"유미 언니가 계약한 기념으로 사준 건데, 한 번도 입은 적이 없어서요."

학교를 자퇴한 후, 서화는 한동안 바쁜 일정에 시달려야 했다. 거기에는 유미의 몫이 컸다. 그녀는 수시로 서화에게 연락해 함께 전시회를 보러 다니거나 이 바닥에서 내로라하는 예술가들을 소개해줬다.

"왜요? 나랑 안 어울려요?"

서화의 표정이 초조했다. 내심 긴장이 됐다. 지한의 앞에서 한껏 꾸민 적이 있던가. 그는 자연스러움을 추구하는 남자였다. 화려한 치장보다 어리숙할지언정 본연의 모습으로 자신을 마주하는 걸 좋아했다.

"아니."

지한이 침대에서 몸을 일으켰다. 서화의 눈이 크게 흔들렸다. 어젯밤, 거친 정사의 흔적을 보여주듯 그의 상체에 박힌 손톱자국이 선명했다. 모두 서화가 낸 상처였다. 끈질기게 몰아붙이는 그를 감당하지 못해 울면서 매달린 기억이 떠오르자 절로 손끝이 움츠러들었다. 그 손을 지한이 손쉽게 풀어내며 하얀 손바닥에 깊게 입 맞추었다.

"예뻐."

서화의 눈동자가 크게 팽창됐다. 지한은 그 눈에도 살며시 입 맞추며 담백한 목소리로 말했다.

"잘 다녀와."

* * *

"얼굴 제대로 폈다? 살맛 좀 나나 봐?"

비꼬는 음성이 서화의 얼굴을 향해 날아들었다. 그런데 서화는 기분 나빠하기는커녕 연신 죄스러운 표정을 지었다.

"미안해, 말 못 하고 떠나서."

"미안한 건 아나 봐?"

"노유라. 적당히 해라."

"뭐가! 난 아직 시작도 안 했는데!"

유라가 크게 소리치자 은정이 갑갑하다는 듯 눈살을 구겼다. 학교를 자퇴한 후로 처음 보는 두 사람이었다. 그게 못내 서운했는지 유라는 심통 난 표정을 숨기지 못했다.

"너 그렇게 관두고 학교 난리도 아니었어. 남들 눈에도 그런데 우리 속은 오죽했겠어?"

"그냥 솔직하게 말해. 보고 싶었다고."

가만히 지켜보던 은정이 중재에 나섰다.

"학교에서 오서화 험담이라도 하면 앞뒤 안 가리고 달려들던 게 누군데. 아주 쌈닭 아니랄까 봐."

"그럼 그것들을 가만히 둬? 확 입을 꿰매서……!"

유라는 황급히 입을 다물었다. 서화의 입가에 옅은 미소가 번져 있었다.

"……그래도 잘 지내는 거 같아서 다행이네."

사랑에 빠지면 좋은 호르몬이 나온다던데, 서화의 얼굴에서 평소 보지 못한 사랑스러움이 물씬 흘러나왔다.

"겸임이 잘해주나 봐? 얼굴이 활짝 폈네."

서화는 부정하지 못했다. 지한과 함께 살게 된 이후, 많은 것이 바뀌었다. 세상을 바라보는 시선부터 습관처럼 자리 잡고 있던 강박관념이 하나둘씩 사라졌다. 덕분에 서화는 처음으로 '여유'라는 걸 느낄 수 있게 됐다.

"좋은 사람이니까."

"좋은 사람이라……. 뭔가 오그라드는데, 틀린 말은 또 아닌 거같아서 트집은 못 잡겠네. 실은 며칠 전에 겸임한테 연락 왔었어."

생각지 못한 소식에 서화의 눈이 휘둥그레졌다.

"너랑 절교하지 말라더라."

"그게 무슨……."

"전시회 준비한다며."

한 달 후, 서화의 자그마한 개인전이 열릴 예정이었다. 신인 예술가치고는 꽤 파격적인 행보였다.

"이제 곧 수십억을 만질 수 있을지도 모르는데, 돈 많은 친구 하나쯤 곁에 둬도 나쁘지 않냐면서 사람을 살살 구슬리는데……."

유라는 기가 막힌다는 듯 혀를 내두르며 고개를 저었다.

"너 조심해야겠더라. 겸임 사람 주무르는 스킬이 장난 아니야. 주변에 여자가 안 꼬이려야 안 꼬일 수가 없겠어."

"꼬인 건 너겠지."

잠자코 듣고 있던 은정이 대화에 끼어들며 상황을 정리했다.

"얼마 전에 서새욱이랑 일쭈넌이있는네, 겸임이 크게 한딕닜대. 강릉 스파까지 뜯어내셨다지?"

"야. 말은 바로 해라. 뜯어낸 게 아니라 어쩔 수 없이 가준 거거든?"

　정황을 따지자면 이러했다. 지한이 오랜만에 재욱에게 연락을 한 날, 재욱은 유라와 데이트를 즐기는 중이었다. 전화를 건 상대가 지한이란 것에 유라는 내심 서운한 티를 팍팍 냈다고 한다.

　그게 사건의 시발점이었다. 다음날, 지한은 연락도 없이 두 사람 앞에 나타나 그들을 레스토랑으로 이끌고 갔다. 그러곤 비싼 밥을 사 먹이며 대뜸 두 장의 종이를 건넸다. 일박에 몇 십만 원이 넘는 강릉의 유명한 호텔 티켓이었다.

"너한테 서운한 거 있으면 자기한테 풀래. 그런 쪽으론 무심한 줄 알았더니 외조도 할 줄 알고. 겸임 다시 봤어."

"……전혀 몰랐어."

　서화의 표정이 아득했다. 이런 이야기가 숨겨져 있을 줄은 전혀 상상도 하지 못했다.

"그러니까 네 남자친구지."

　유라가 흐뭇한 눈으로 서화를 바라봤다.

"생각해보면 학교도 잘 떠났어. 처음엔 너 관뒀다는 거 듣고 깜짝 놀랐는데, 대학이 뭐 별거냐? 어차피 이 바닥 실력으로 돈 버는 곳인데. 넌 어딜 가든 잘했을 거야. 그치?"

　동의를 바라는 유라의 눈짓에 은정은 순순히 고개를 끄덕였다. 두 사람은 진심으로 서화가 잘 되길 바라는 표정이었다. 서화는 새삼 용기 내 두 사람에게 연락해보길 잘했다는 생각을 했다.

"그래서 오써, 넌 뭐 해줄 건데?"

　유라의 물음에 서화가 고개를 갸웃거렸다.

"뭘 해주다니?"

"곧 겸임 생일이잖아."

"……어?"

"뭐야? 설마 몰랐어? 서재욱이 저번에 그러던데. 다음 달 초에 지한이 형 생일이라고."

서화는 말을 잇지 못했다. 지한과 쭉 함께 있을 수 있다는 사실에 흠뻑 빠져 그의 생일을 물어볼 생각조차 하지 않았다.

"지금이라도 알았으면 다행이지."

유라의 위로에도 서화는 심각하게 굳은 얼굴을 풀지 못했다.

"다음 달 초면 얼마 안 남았는데."

지한은 서화에게 첫 남자친구이자, 처음으로 좋아하게 된 사람이었다. 그러니 되도록 그의 머릿속에 기억 남을만한 선물을 해주고 싶었다.

"내가 좋은 걸 하나 알고 있긴 한데."

골몰하던 서화를 보며 유라가 슬그머니 입을 열었다. 그게 뭐냐는 듯 귀를 쫑긋 세우자 유라의 눈에 은밀한 장난기가 발동했다.

* * *

"서화 씨 왔어요?"

갤러리에 도착하자 유미가 반갑게 알은 척을 했다. 서화는 일주일 세 번씩 제니스 측에서 제공한 공방에서 개인 작업을 이어나가는 중이었다.

"손에 든 건 뭐예요?"

유미가 서화의 손에 들린 쇼핑백을 보며 물었다. 서화는 황급히 쇼핑백을 등 뒤로 숨겼다.

"별거 아니에요."

"별거 아닌데, 그렇게 숨겨요?"

"그냥 좀…… 작업에 필요한 물건이에요."

유라에 의해 반강제적으로 사게 된 것이었다. 그녀와 헤어진 후 바로 작업실에 오느라 미처 집에 두고 올 시간이 없었다. 유미는 미심쩍은 눈으로 서화를 바라보더니, 이내 미소 지으며 서화를 2층으로 이끌었다.

"시간 맞춰서 잘 왔어요. 마침 지한이도 와있던 참이거든요."

서화의 두 다리가 우뚝 멈추었다. 지한이 여기 있다고?

그는 종종 제니스에 들릴 때가 있었다. 서화의 퇴근길을 책임지기 위해서였다. 괜찮다는 만류에도 그는 집에 돌아갈 시간이 되면 귀신처럼 차를 끌고 와 주차장에서 서화를 기다렸다. 하지만 오늘은 상황이 달랐다. 친구들과 선약이 있다는 걸 그가 모를 리없었다. 게다가 작업실에 간다고 말한 적도 없는데.

"저 남자가 그 작품 만든 사람이죠?"

"만든 사람이라니. 앞으로 작가님이라고 불러야지."

2층에 도착한 지 얼마 되지 않아서였다. 열기 섞인 웅성거림이 서화의 귓가를 울렸다. 관장실 앞에 여직원들이 옹기종기 모여 유리창 너머의 누군가를 응시하고 있었다.

"내가 저럴 줄 알았지."

유미는 알만하다는 듯 픽 웃으며 그들에게 다가갔다. 뒤를 따르던 서화는 이유 모를 기시감을 느꼈다. 어쩐지 후끈 달아오른 이 공기가 낯설지 않은 건 기분 탓일까.

"어? 실장님 오셨어요?"

유미를 발견한 여직원 중 한 명이 반갑게 손을 들어 보였다.

"작품에 반한 거야, 저 녀석 얼굴에 반한 거야?"

"그거야 당연히 둘 다죠. 저분이 그 작가님 맞죠? 실장님이랑 대학 동문이라고 했던."

서화의 시선이 유리창 너머로 향했다. 예상은 빗나가지 않았다. 여직원들이 호감을 느낀 상대는 역시나 지한이었다. 그가 제니스의 관장으로 추정되는 여자와 대화를 나누고 있었다. 저 사람이 왜…….

서화는 우두커니 서서 지한의 차림새를 살폈다. 겨울이 다가온 걸 상기시키듯 그의 몸에는 진회색 슈트가 감겨있었다. 외투로 걸친 장코트는 긴 길이에도 불구하고 그의 훤칠한 팔다리를 완벽히 숨겨주지 못했다.

"실은 관장님이 지한이를 무척 탐내고 있어요."

유미가 서화의 등 뒤로 다가와 은밀히 속삭였다.

"제이클과 지한이 합동 작업했던 거 기억나죠? 그 작품도 화제였지만, 지한이 개인 작품이 파장을 몰고 와서 한동안 여기저기서 문의가 빗발쳤거든요."

그건 서화도 알고 있는 사실이었다. 지한의 작품은 어떠한 트집도 잡기 어려울 만큼 완벽했다. 무엇보다 작가명을 공개하지 않고 작품을 제출한 게 사람들의 호기심을 불러일으켰다. 누군가는 10년에 한 번 있을까 말까 한 천재 신인이 나타났다며 환호성을 내질렀다. 그러나 그 작품을 만든 작가가 지한이란 것에 한동안 예술계가 떠들썩했다. 정확히 짚으면 그가 사용하던 가명이 'Leap'

란 게 밝혀지면서 사람들은 경악을 금치 못했다. 그중에는 서화도 포함이었다.

'Leap'가 누구던가. 단 몇 개의 작품으로 세상을 사로잡은 천재 예술가이자 어떤 인터뷰에도 응하지 않아 언제나 베일에 싸여 있던 인물이었다. 그런데 그 사람이 지한이었다니. 정작 당사자는 덤덤한 목소리로 상황을 일관했다.

'이제 그 이름도 한물갔으니까 괜히 오버하지 마.'

과연 그럴까. 불이 나게 울리는 그의 휴대폰을 옆에서 본 게 불과 한 달 전이었다.

"우리 관장님뿐만 아니라 우리나라에서 내로라하는 갤러리라면 모두 다 호시탐탐 서지한을 노리고 있을 거예요."

유미의 설명에 서화는 저도 모르게 고개를 끄덕였다. 다시는 볼 수 없을 줄 알았던 'Leap'의 작품이 한국에서 공개되자 여기저기서 기사가 터져 나왔다. 온 나라가 지한을 주목했다.

"어? 나온다!"

"팬이에요, 작가님!"

이야기가 끝났는지 지한이 관장실에서 걸어 나왔다. 그의 등장에 여직원들의 얼굴이 한껏 상기됐다. 서화는 그제야 깨달았다. 이 광경과 공기, 이러한 장면이 낯설지 않았던 건 학교에서 줄기차게 겪었기 때문이라고. 그가 교단에 설 때마다 설레하던 여학생들의 얼굴과 여직원들의 반응이 별반 다르지 않았다.

"뭐야, 우리 쪽도 칼같이 쳐 낼 것처럼 굴더니."

유미가 은근슬쩍 지한의 앞을 가로막았다.

"연락도 없이 관장님이랑 약속 잡은 걸 내가 어떻게 해석해야 하나?"

그녀의 등장에 지한은 잠시 걸음을 멈추더니, 서화를 발견하곤 유미를 무심히 스쳐 지나갔다.

"약속 있던 거 아니었어?"

서화는 지한을 가만히 올려다보았다. 바람에 살랑거리던 그의 갈색 앞머리가 말끔히 말려 올라가 있었다. 깔끔한 수트핏까지 더해지자 서화는 새삼 그가 뭐 하나 빠짐없이 완벽한 남자란 걸 실감했다.

"헤어지고 바로 오는 길이에요."

뒤늦은 대답에 지한의 눈초리가 가늘어졌다.

"연락하지. 데리러 갔을 텐데."

무심한 목소리 같아도 다정함이 물씬 묻어났다. 그 모습에 여직원들이 수군거리며 두 사람을 훔쳐봤다. 시선을 느낀 지한이 돌아서서 덤덤히 말했다.

"여자친구입니다."

"아……."

깊은 탄식이 허공을 맴돌았다. 당황한 건 서화도 마찬가지였다. 그가 스스럼없이 깍지를 껴오며 물었다.

"저녁은?"

"……아직이요."

"가자. 배고프다."

"야, 서지한. 잠깐만."

유미가 1층으로 향하던 지한을 다급히 붙잡아 세웠다.

"아직 내 말에 대답 안 해줬거든? 서화 씨만 보이는 거 알겠는데, 끝은 내고 가야지."

유미는 내심 초조해하는 얼굴이었다. 며칠 전만 해도 지한의 얼굴에서 작품 활동을 이어간다는 의지를 찾아보기란 힘들었다. 모두가 숨죽이며 그를 주시하고 있는 가운데, 오직 당사자만 평온했다.

"궁금하면 직접 물어봐."

지한의 심드렁한 대답에 유미의 미간이 더욱 좁아졌다. 때마침 관장이 모습을 드러냈다. 그녀는 급히 유미를 관장실 안으로 불러냈다. 늘 차분함을 추구하던 관장의 톤이 유달리 드높아지자 유미는 직감적으로 알아챘다. 극적으로 지한과의 합의가 이루어졌다는 걸.

"서지한! 내가 사랑하는 거 알지?"

계단을 내려가는 지한을 향해 유미가 크게 소리쳤다. 지한은 한숨을 흘리며 나직이 중얼거렸다.

"도로 무를까."

그러나 이내 가볍게 웃으며 남은 계단을 밟았다. 그의 한 손에는 서화의 손이 단단히 맞물린 채였다.

* * *

"왜 못 먹고 있어?"

지한이 식사를 하다 말고 서화의 접시를 바라봤다. 여전히 고기의 양이 수북했다. 그녀의 입으로 들어간 고기가 두 점이 될까, 말까였다.

"입에 안 맞아?"

"아니요."

서화는 고개를 작게 저었다. 지한이 데리고 온 레스토랑은 호화로움의 그 자체였다. 높은 곳에서 한눈에 내려다보이는 한강은 도시의 불빛과 어우러져 어떤 야경보다 아름다웠다.

"오늘 무슨 날이에요?"

미리 레스토랑을 예약한 것부터 오늘따라 더욱 훈훈함이 풍기는 지한의 차림새가 자꾸만 서화의 가슴을 들뜨게 했다.

"꼭 일이 있어야만 올 수 있는 거야?"

지한이 서화의 접시를 가져가더니, 미처 다 썰리지 못한 스테이크를 썰기 시작했다. 마지막 한 점까지 깔끔히 잘라 내고 나서야 서화의 앞에 다시 접시가 돌아왔다.

"요즘 바쁘기만 했잖아."

개인 전시회를 앞두고 서화의 일상에는 한동안 반복된 패턴이 이어졌다. 눈만 뜨면 공방을 찾아 작업하는데 열정을 쏟아붓는데 정신이 없었다. 그러자 지한과 함께하는 시간이 자연스레 줄어들었다. 그러나 지한은 서운한 기색은커녕 오히려 서화를 다독였다. 열정만으로 덤빌 수 있는 것도 다 때가 있다며 서화를 묵묵히 응원했다.

"갖고 싶은 거 없어요?"

"갑자기?"

지한의 의아한 눈길에 서화는 솔직하게 털어놓았다.

"매번 받기만 한 거 같아서요."

생각해보면 집을 나온 뒤로 지한이 모든 것을 뒷받침해 주었다. 그게 가끔 부담스러워 개인적으로 일자리를 알아보려고 하면 그가 귀신같이 알아채며 제지했다.

"몇 번이나 말했잖아. 줄 수 있으니까 주는 거라고."

지금처럼 단호히 말하며 서화의 방향성을 바로 잡았다.

"나 때문에 한동안 작업에 손 안 댄 거 맞죠?"

서화의 눈빛이 조심스러웠다. 제이클과 함께한 전시회 이후로 지한은 다시 작품에 손을 대지 않았다. 그 이유가 뭘까, 곰곰이 생각하던 서화는 다소 암울한 답을 찾아냈다.

"나한테 신경 쓰느라 그동안 온 연락들 다 거절한 거잖아요."

어딜 가든 지한이 있었다. 집을 나설 때도, 작업을 끝내고 돌아올 때도 언제나 지한은 서화를 기다리고 있었다. 꼭 그녀에게 돌아올 집이 있다는 걸 알려주는 것처럼. 유미에게 듣기론 지한은 자유분방한 남자라고 했다. 집에서 시간을 소비하는 것보다 작업실에서 작업을 하거나 사람들과 만나 논의하는 것을 즐기는 편이라고.

"나 이제 괜찮아요. 예전처럼 외로움을 느끼지도 않고, 작업하면서 친구도 많이 생겼어요."

이제 서화에게 가족이라고 부를 수 있는 사람은 지한, 한 명뿐이었다. 그게 못내 신경 쓰였는지 지한은 서화가 학교를 그만둔 후로 줄곧 그녀와 함께 시간을 보내왔다.

"누가 그래. 너 신경 써서 그런 거라고?"

지한의 반문에 서화의 눈이 커다래졌다.

"그동안 집 잘 지키는 강아지로 보였던 건가. 내가 너한테 미쳐서?"

"……그런 말이 아니잖아요."

"맞아."

"……네?"

"미쳐서 그런 거 맞다고."

이 사람이 지금 뭐라는 거야? 서화는 갈피를 잡지 못하며 미간을 찌푸렸다. 지한은 피식 웃으며 와인이 반쯤 채워진 잔을 빙글, 돌렸다.

"나름 할 만하던걸. 누굴 기다리는 게 적성에 맞을 줄은 몰랐지만."

"……진짜 좋아서 그런 거라고요?"

"응."

서화는 할 말을 잃었다. 지한의 수긍에 머릿속이 텅 비어버린 기분이었다. 뒤늦게 몰려오는 부끄러움에 서둘러 입을 열려는데.

"네가 돈이 어디 있다고 이런 델 예약해."

"우리 엄마 또 이러시네. 엄마 딸, 이래 봬도 전액 장학생이거든요? 그리고 이제 엄연히 사회인이라고요."

"그래, 엄마. 언니가 취업 성공한 기념으로 크게 한턱낸다는데, 이럴 때 얻어먹지, 또 언제 얻어먹겠어?"

대학생으로 보이는 앳된 여자가 자신의 엄마와 여동생의 손을 붙잡고 옆 테이블에 착석했나. 서화는 세 사람을 멍하니 지겨보았다. 이젠 덤덤해진 줄 알았더니, 자연스레 혜진과 수연의 얼굴이 떠올랐다.

"중요한 손님을 만나고 온 길이었어."

서화의 고개가 지한에게로 돌아갔다.

"……손님이요?"

그가 고개를 끄덕이며 서화의 빈 잔에 와인을 채워주었다. 서화는 재차 지한의 복장을 훑어 내렸다. 그래서 이렇게 꾸미고 왔던 건가.

"나중에 너도 소개받을 사람이야."

그게 누구냐고 서화는 묻지 못했다. 대답할 새도 없이 지한이 잔을 띵, 부딪쳐오며 나직이 웃었다.

"그러니까 남은 작업에 열심히 몰두하는 걸로. 그게 내 소원이야."

* * *

고대하던 전시회가 찾아왔다. 서화는 아침 일찍 갤러리를 찾았다. 유미를 비롯한 다수 큐레이터의 손길로 작품이 완벽히 전시돼 있다는 걸 알면서도 제 눈으로 마지막 점검을 하고 싶었다.

"서화 씨, 벌써 왔어요?"

유미가 다른 직원과 이야기를 하다 말고 활짝 웃으며 다가왔다.

"잠이 좀 안 와서요."

"그럴 만해요. 서화 씨 이름 걸고 여는 첫 전시회인데, 안 떨리는 게 이상하지."

그 말에 반응하듯 서화의 심장이 쿵쿵, 빠르게 뛰었다. 이런 적이 있었나. 완성된 작품을 사람들에게 내보이는 건 서화에게 일상이었다. 가슴이 떨린 적은 손에 꼽았다. 단 한 번. 지한을 대상으로 작품을 만들 때를 제외하곤 매번 덤덤한 눈으로 사물을 관찰하며 손을 놀렸다.

"우리가 생각했던 것보다 작품 퀄이 너무 좋아서 다들 전시 준비하는 동안 얼마나 즐거웠는지 몰라요."

유미는 진심으로 행복해하는 표정이었다. 좋은 작가를 발굴해 내는 것만큼 큐레이터에게 벅찬 일은 없었다.

"……감사해요."

"응?"

서화가 손끝을 어색하게 매만지며 입술을 말아 물었다.

"송 실장님 아니었으면 이런 자리를 마련할 수 있었을까 싶어서요."

신인임에도 불구하고 서화가 개인 전시회를 열 수 있었던 이유 중 하나는 유미의 도움이 가장 컸다.

'제니스'는 아무에게 작품을 전시할 기회를 주는 곳이 아니었다. 설립된 초창기부터 대기업의 자본으로 문을 연 그들은 신인보단 화려한 경력의 기성 작가와 작업하며 갤러리의 명성을 떨쳤다. 최근까지도 그러한 경향이 이어졌는데, 이를 바꾸기 위해 유미가 발 벗고 나섰다. 언제까지 보장된 작가에게만 기대를 걸 것이냐며 이제는 신선함을 줄 때도 됐다고 매일같이 관장과 전쟁을 치르길 반복했다.

유미는 큐레이터 중에서도 많은 작가의 신임을 믿는 이였디. 한때 그녀도 조소를 전공한 사람으로서 작품을 보는 눈이 뛰어났다. 작가가 큰 슬럼프에 빠졌을 때 다음 작품에 집중할 수 있도록 언제나 여러 가지 의견을 제시해줬다.

결국 승리의 깃발은 유미에게로 돌아갔다. 그 결과, 서화는 단독 전시회의 기회를 얻어낼 수 있었다. 작은 홀에서 이루어진다는 게 조금 아쉽긴 했지만, 그조차 감사한 일이었다. 아무리 서화가 뛰어난 실력을 지닌 신인일지라도 개인전은 쉽게 오는 기회가 아니었다.

"감사는 나중에. 내가 서화 씨 덕을 제대로 볼 때 그때 정식으로 받을게요."

유미가 한쪽 눈을 윙크하며 싱긋 웃었다.

"왠지 촉이 너무 좋아. 잘될 거 같아요. 제니스에서 처음 준비하는 신인 개인전이라 여러 곳에서 취재하러 올 거거든요. 너무 긴장은 말고."

서화의 어깨를 다독이는 유미의 손길이 다정했다. 두 사람은 한동안 이런저런 이야기를 나누며 마지막 점검에 나섰다.

서화가 만든 작품은 다양했다. 그녀의 특기인 조각상을 비롯해 CD를 깨부숴서 그 파편으로 만든 작품. 실타래를 이용해 사람의 실루엣을 표현한 작품 등등 다양한 소재의 작품이 여러 색의 조명과 어우러지며 전시돼 있었다.

"이 작품 말이에요."

유미가 한 작품 앞에 멈춰 서며 호기심 어린 눈빛을 띠었다.

"무슨 의미가 담겨 있는지 나한테만 살짝 귀띔해줄 수 있어요? 컨셉 회의 때 들은 내용으로 뭔지 알 거 같긴 한데, 개인적으로 서화 씨한테 직접 듣고 싶어서요."

서화는 눈앞의 작품을 물끄러미 주시했다. 얇은 플라스틱으로 만들어진 줄기가 바닥에서부터 솟아오르며 단 한 송이의 꽃을 피워내고 있었다. 조명이 꽃을 향해 내려앉자 플라스틱 겉면에 칠해진 색감이 빛을 발하며 딱딱한 재질과 어울리지 않게 따스한 분위기가 형성되었다.

"왜 제목이 '품'인 거예요?"

'품'이라는 제목은 서화가 이 작품을 구상하기 전부터 정해놓은 것이었다.

"사랑이요."

"사랑?"

고개를 갸웃거리던 유미가 돌연 눈을 가늘게 뜨며 추궁했다.

"설마 그 사랑이란 게……."

지한을 뜻하나 싶은 순간.

"태어나서 처음 느껴본 안도감이었거든요."

서화의 입가에 서글픈 미소가 걸렸다.

"그때부터였던 거 같아요. 살아서 숨 쉬고 있다는 걸 느끼기 시작한 게. 아직도 가끔 그 품이 생각이 나요. 아마 평생 잊지 못하겠죠."

그때의 감정을 오롯이 표현한 게 지금의 이 작품이었다. 작품에 감정을 담기보단 완벽함만 추구하던 서화였다. 그러나 이번 개인전은 달랐다. 서화는 자신이 태어나서 지금까지 느낀 여러 가지의 감정을 생생히 전달하려고 노력했다. 그녀의 두 번째 도약이었다.

* * *

많은 취재진이 제니스에 몰려들었다. 평소 서화의 작품을 관심 있게 주시한 대기업의 고위 관계자와 다양한 셀럽들이 갤러리를 방문했다.

"오써!"

반가운 목소리와 함께 대기실 문이 열렸다. 서화는 기쁜 얼굴로 거울에 비친 상대를 바라봤다.

"일찍 왔네? 은정이도 왔구나. 늦을 줄 알았는데."

"남자친구가 직접 데려다주셨단다."

"……남자친구?"

유라의 설명에 서화가 휘둥그레 뜬 눈으로 고개를 돌렸다.

"저번에 만나서 말하려고 했는데, 타이밍을 놓쳤어."

그러니 서운해 하지 말라며 은정이 손에 든 꽃다발을 서화의 품에 안겨주었다.

"축하한다 오써. 아니지. 이젠 오서화 작가님이라고 불러드려 야겠구나."

"……고마워."

서화는 활짝 핀 꽃의 향기를 들이마셨다.

"향기 좋다."

"장하다. 자기 손으로 학교 그만둔 애가 가장 먼저 필드에서 활동할 줄 누가 알았겠어? 그것도 우리나라에서 제일 잘나가는 제니스랑 협업까지 하고. 역시 될 놈은 뭘 해도 된다니까?"

유라가 엄지를 치켜세우며 감탄하자 서화는 수줍게 웃어 보였다.

"근데 겸임은? 같이 온 거 아니었어?"

"아. 곧 올 거야. 아까 출발했다고 연락받았는데."

화장대에 올려둔 휴대폰을 집어 든 참이었다.

"서화 씨."

문이 열리며 유미가 나타났다.

"이제 무대 인사드릴 때 돼서 내려가야 할 거 같아요."

벌써 시간이 그렇게 됐나. 서화는 꽃다발을 책상에 내려놓으며 옷매무새를 정돈했다. 거울에 비춘 연하늘색 원피스가 서화의 청초한 얼굴과 잘 어울렸다. 지한이 손수 사준 옷이었다. 어떤 예고 없이 받게 된 선물이기도 했다. 어젯밤, 그는 포장이 정갈하게 된 상자를 내밀며 살포시 미소를 띠었다.

'네가 입으면 잘 어울릴 거 같아서.'

참 담백한 목소리였다. 과하지도 모자라지도 않는 그의 진심을 가득 받은 서화는 천천히 유미를 뒤따라 1층으로 내려갔다. 그녀의 등장에 작품을 보기 위해 몰려든 사람들의 시선이 죄다 위로 향했다. 생각보다 많은 사람이 미술관을 꽉 채운 상태였다. 서화는 떨리는 심장에 손을 얹으며 강단에 올라섰다. 유미의 짧은 인사와 함께 마이크가 전달되자 숨을 크게 들이켰다.

"안녕하세요. 작가, 오서화입니다."

스피커를 타고 흐르는 서화의 목소리가 차분했다.

"제 첫 개인선을 보기 위해 이렇게 귀한 시간 내주셔서 진심으로 감사드립니다."

서화가 허리를 숙이며 인사하자 사람들이 야트막하게 박수갈채를 보냈다. 조명이 그녀에게로 쏟아지며 주변의 공기가 고요해졌다. 자연스레 사람들의 시선은 벽면에 붙은 현수막으로 향했다.

[당신을 만나 아프고 행복했습니다.]

이번 전시회의 주제였다. 서화가 손수 정한 제목이기도 했다.
"우리는 살면서 무수히 많은 감정과 끊임없이 충돌하게 되는 거 같아요."
서화는 나지막이 운을 떼며 말을 이었다.
"그게 가끔은 죽을 만큼 버거워서 회의를 느낄 때도 있습니다. 저는 한때 그 모든 것을 회피하기에 급급한 사람이었습니다. 하지만……."
순간 문이 열리며 빛이 스며들어왔다. 저벅저벅. 느긋한 걸음걸이로 사람들 사이로 파고드는 남자의 모습이 서화의 가슴을 들뜨게 했다. 눈이 마주쳤고, 지한이 웃었다. 서화도 그를 따라 미소 지었다.
"소중한 누군가를 만나 비로소 알게 됐습니다."
"……."
"기쁨, 아픔, 슬픔. 그 모든 감정을 오롯이 느낄 수 있다는 게 얼마나 감사한 일인지."
상상해본다. 지한을 만나지 않았다면 과연 이 자리에서 서 있을 수 있었을지. 이곳에 전시된 작품들을 과연 만들 수 있었을지.
아니.
절대.

그를 좋아하며 아프지 않았다면 거짓말이겠지만, 그래도 행복했다. 그래서 더 간절했고, 애가 탔고, 벅차올랐다.

"그러니 여기 계신 분들도 맘껏 사랑하고, 맘껏 미워하고, 맘껏 느끼셨으면 좋겠습니다."

"……."

"행복은 곧 아픔 끝에서 찾아오는 거니까요."

* * *

전시회는 성공리에 마무리가 지어졌다. 서화는 유미가 중요하다고 누누이 언급한 손님 몇몇과 인사를 나눠야 했다. 겨우 그들에게서 벗어나자 서둘러 지한이 있을 곳으로 향했다. 지한은 서화의 작품을 차분히 감상하는 중이었다. 그 모습을 발견한 서화의 발걸음에 속도가 붙었다.

"오래 기다렸죠?"

"품, 이라."

지한이 눈앞의 작품을 보며 중얼거렸다. 유미가 유독 마음에 들어 하던 그 작품이었다.

"축하해. 이제 정식 작가가 됐네."

지한이 돌아서서 서화를 마주 봤다. 그의 손에 커다란 꽃다발이 들려 있었다.

"아……."

서화는 말을 잇지 못했다. 검푸른 슈트를 착용한 그의 모습은 더할 나위 없이 완벽, 그 자체였다. 그리고 솔직히 말하면 부끄러웠다. 지한은 그녀의 남자친구이기 전에 'Leap'이 아니던가. 전 세계를 열광하게 했던 예술가 앞에서 그녀의 작품을 내보인다는 것은 꽤 많은 떨림을 안겨주었다.

"아직 잘 실감이 안 나요."

"왜. 명언도 잘만 만들던데. 뭐랬지? 아픔 끝에서 행복이 찾아온다?"

"충분히 부끄러우니까 되짚지 말아 줄래요."

"멋있었어."

서화의 어깨가 흠칫 굳었다. 지한은 손을 뻗어 서화의 머리를 부드럽게 쓰다듬었다.

"정말로."

"……응. 앞으로 더 열심히 해 보려고요."

"그런 의미로 소개할 사람이 한 분 계셔."

"소개요?"

누군가 등 뒤로 다가왔다. 인기척을 느낀 서화는 고개를 돌려 상대를 바라봤다. 한순간에 그녀의 얼굴이 허물어졌다. '품'이라는 작품의 주인공. 서화에게 처음으로 '사랑'을 알려준 사람이 눈앞에 서 있었다.

"……엄마."

"……서화야."

혜진은 차마 서화에게 다가서지 못했다. 한 발짝 디디는 것조차 죄스럽다는 듯 서화의 얼굴을 아련하게 바라보기만 했다. 지한의 모습은 감쪽같이 사라진 뒤였다. 그제야 서화는 깨달았다. 한 달 전, 그가 소개해주고 싶다던 사람이 혜진이었다는 걸.

"······미안하다."

"······."

"널 위해서라도 여길 오면 안 됐는데."

장장 7개월 만의 재회였다. 짧다면 짧을 수 있는 시간, 혜진에게는 많은 변화가 찾아왔다. 언제나 곱기만 하던 피부에는 얕은 주름이 져 있었고, 안 그래도 작은 체구는 살이 빠진 모양인지 한층 더 가녀리게만 느껴졌다.

"다시 생각해도 이건 아닌 거 같아."

"······."

"미안하다. 너무 내 생각만 했어. 이만 가볼게."

"보고 싶었어요."

돌아서던 혜진의 등이 딱딱하게 굳었다.

"잘 지낼 수 있을 줄 알았는데······."

서화는 고개를 저었다. 한 걸음 한 걸음 나아가 혜진의 허리를 꽉 끌어안았다. 한없이 작은 등에 얼굴을 묻으며 고백했다.

"······사랑이었더라고요."

그녀를 원망하지 않았다면 거짓말일 것이다. 날 사랑한다면서 왜 진실을 말해주지 않았는지. 왜 당신을 내 인생의 전부라고 여길 만큼 잘해줬던 건지. 그게 과연 진심이었던 건지. 하루에도 수십 번 천국과 지옥을 오가며 답을 찾아 헤맸지만, 서화는 인정할 수밖에 없었다. 혜진에게 받은 건 '사랑'이었다고. 그토록 갈구하던 온기를 처음으로 나눠준 사람이란 설 차마 부정하지 못했나.

"······단 한 번도 엄마가 아니었던 적이 없었어요."

혜진이 아니었다면 작품이란 걸 만들어 볼 기회조차 주어지지 않았을 것이다. 곪을 대로 곪아버린 서화의 상처를 위해 시작한 미술 치료는, 이제는 그녀의 꿈이 되어 있었다. 모두 다 혜진의 노력 덕분이었다.

"……엄마도 그래."

혜진이 돌아서며 애틋하게 서화의 얼굴을 감싸 안았다.

"내 품을 떠나갔어도 항상 널 그리워했어. 매일같이 꿈에 서화, 네가 나오는데 왜 이렇게 멀게만 느껴지던지."

꿈에서조차 딸을 안을 수 없었던 혜진의 죄책감이 고스란히 느껴졌다. 서화는 더더욱 혜진의 허리를 강하게 끌어안았다. 다행이었다. 그녀를 미워했고, 그녀 때문에 많이 아파했지만 결국은 이렇게 행복할 수 있어서. 이렇게 그녀를 용서할 수 있어서. 그리고 제 감정에 솔직할 수 있어서 눈물이 날 만큼 기뻤다.

* * *

혜진과 데이트를 했다. 수연도 함께였다. 눈물겨운 상봉이었다. 갑작스레 나타난 서화를 보고 수연은 한걸음에 달려와 서화를 끌어안았다.

그동안 쌓아둔 이야기를 실컷 풀며 함께 맛있는 밥도 먹었다. 다음날에는 분위기 좋은 카페도 가서 서로의 손을 한참 동안 쥐고 있었다. 다시는 가질 수 없을 거라고 생각한 일상이 거짓말처럼 펼쳐지자 모든 게 꿈만 같았다. 그리고 그 기적을 만들어 준 사람을 떠올리자 서화의 발걸음이 빨라졌다.

"언제부터였어요?"

집에 도착하자 역시나 온기가 느껴졌다. 지한과 함께 살게 된 후로 이 집에 혼자 남겨진 적이 드물었다. 언제나 그가 곁에 있었다. 언제나 그가 서화를 기다려주었다.

"좋은 시간 보내고 왔어?"

지한이 스스럼없는 미소를 지으며 방에서 모습을 드러냈다. 서화는 다시 한번 되물었다.

"……왜 말 안 했어요? 엄마랑 전부터 연락하고 있었다는 거."

혜진의 말에 따르면 그녀는 줄곧 지한과 안부를 묻고 지냈다고 한다. 그를 통해 꾸준히 서화의 소식을 전달받고 있었다는 말도 덧붙였다.

"얼마 안 됐어."

"……."

"네가 살던 집 근처에 일이 있어서 들렸다가 우연히 마주쳤어. 널 많이 그리워하시는 게 보여서 그냥 지나칠 수가 없었고. 솔직하게 말 못 해서 미안."

서화는 화가 나기보다, 이해를 할 수 없었다. 솔직하게 털어놨다면 그녀 또한 지한에게 제 마음을 이야기했을 텐데, 그가 왜 지금까지 침묵을 지켰는지 알고 싶었다.

"너한테도 시간이 필요했을 테니까."

지한이 한 걸음 다가와 서화를 내려다봤다.

"어머님을 내가 만난다고 해서 네가 용서하겠다는 마음을 억지로 갖지 않았으면 했어. 내가 원하지 않았다면 이야기하지 않았을 거야."

"……어떻게 알았어요?"

서화는 타오르는 갈증을 참지 못하고 물었다. 자신이 혜진을 그리워하고, 그녀를 만나고 싶어 했다는 걸 어떻게 알았냐는 듯.

"네 작품."

"……설마."

"품이라고 했던가. 유독 그 작품만큼은 정성 들여 만드는 거 같아서."

서화는 할 말을 잃어버렸다. 그런 사소한 것까지 그가 예의주시하며 제 감정을 꿰뚫어 봤다는 게 믿기지 않았다.

"……미안해요."

"또 뭐가."

서화는 조용히 지한의 품속으로 들어갔다. 기다란 팔이 기다렸다는 듯 허리를 감싸오자 안도감과 말 못 할 죄책감이 목울대를 타고 올라왔다.

"……보란 듯이 잘살고 있다는 걸 보여주고 싶었는데."

그게 누구보다 지한의 옆자리에서이길 바랐는데, 그가 있어서 행복하다는 걸 보여주고 싶었는데. 그러지 못한 거 같아서 마음이 좋지 못했다. 안 그래도 서화에게서 가족이란 울타리를 빼앗은 거 같아 늘 마음이 쓰였던 지한이었다.

"엄마……. 그 사람이랑 이혼했대요."

"응."

"알고 있었구나."

"응."

"……무슨 말을 해야 할지 모르겠더라고요."

충격적이지 않았다면 거짓말이었다. 제원을 누구보다 사랑했던 혜진이었다. 그와 함께 살아온 세월이 행복보다는 외로움에 가까웠지만, 그럼에도 그를 바라보는 그녀의 시선에는 언제나 애틋함이 담겨 있었다.

"네 탓이 아니야."

서화의 어깨가 흠칫 떨렸다. 자그마한 정수리를 지한은 말없이 쓰다듬었다.

"자책할 필요 없어."

"엄마랑 똑같은 말을 하네요."

서화의 입가에 서글픈 미소가 걸렸다. 혜진은 손등을 포개며 몇 번이나 같은 말을 반복했다.

"내 탓이 아니라, 자기가 택한 길이래요. 자기 인생을 위해 선택한 길이니까 괜한 죄책감 가지 않았으면 좋겠다는데……."

그렇게 말하는 그녀의 얼굴에서는 한 폭의 후련함이 느껴졌다.

"그냥 행복했으면 좋겠어요. 엄마가 어떤 선택을 하든 욕심인 걸 알면서도…… 아프지 않았으면 좋겠어요."

"그럼 자주 얼굴 보여드려. 그것만으로 충분히 행복하실 테니까."

서화는 고개를 끄덕이며 지한의 목을 감싸 안았다. 뒤꿈치를 들어 서슴없이 그의 입술에 입을 맞추었다. 지한의 눈이 잠시 커지나 싶더니, 그는 능숙하게 서화의 목과 허리를 더욱 당겨 안으며 깊은 키스를 이어갔다. 서로의 타액이 엉킬 만큼 엉키고, 질척한 소음이 귓가들 석실 때쯤 서화가 딕한 숨을 흘리며 지힌에게서 멀어졌다. 타액이 묻은 그녀의 입술을 지한이 부드럽게 쓸어내렸다. 열기에 젖은 서화의 두 눈이 몽롱했다.

"소원 들어줄게요."

"아, 그거 아직도 유효한 거였어?"

"빨리요."

"내 소원은 이미 이룬 거 같은데."

혜진을 만나고 온 뒤 서화는 진심으로 행복해하는 표정이었다. 그것만으로 그의 소망은 완벽히 이룬 셈이었다.

"무효야. 이게 어떻게 소원이에요."

서화가 고개를 저으며 지한의 옷자락을 꽉 그러쥐었다.

"말만 해봐요. 뭐든 다 들어줄 수 있어요."

"그럼 당장 가야지."

가다니? 어딜? 질문을 간파할 새도 없이 서화의 몸이 허공으로 붕 떠올랐다. 본능적으로 지한의 목을 끌어안자 그가 거실 복도를 지나 안방으로 성큼성큼 들어갔다.

삐걱. 문이 닫히는 소리와 함께 서화의 몸이 커다란 시트 위로 내려앉았다. 어떤 말도 없이 다가오는 지한을 서화는 기꺼이 당겨 안았다.

"간다는 곳이 여기였어요?"

"여기도 맞고."

"여기도 맞고?"

의아한 눈빛으로 그를 바라보자 지한이 원피스 안으로 손을 집어넣고 허벅지를 살며시 쓸어내렸다. 은밀한 손길에 서화는 반사적으로 몸을 움츠렸다. 소름이 척추를 타고 오소소 돋아났다. 그곳이 취약점이라는 걸 누구보다 잘 알고 있는 지한의 손끝이 서화의 척추를 느릿하게 타고 올라갔다.

"급한 불부터 끄게 해주면 알려줄게."

"그게 뭐예…… 읍."

제대로 된 반박을 하기도 전에 입술이 집어삼켜졌다. 서화는 순순히 지한을 받아들였다. 빈틈없이 맞물린 입술 새로 웃음이 흘러나갔다. 행복했다. 가슴이 벅찰 만큼. 깊어지는 겨울, 두 사람의 밤은 아늑했고 여전히 뜨거웠다.

2. 사랑이 있는 곳에 '삶'이 있다.

"우리 어디 가는 거예요?"

전시회가 성공적으로 끝이 나며 곳곳에서 서화에게 인터뷰 제안이 쏟아졌다. 오늘도 한 아트 일보와의 인터뷰를 끝마치고 개인 작업실로 향하는 길이었다. 갑자기 지한이 연락도 없이 찾아와 그녀를 차에 태웠다. 그리고 집으로 데려가더니, 꼭 챙겨야 하는 세 가지를 서둘러 손에 쥐고 오라고 했다. 거의 통보나 다름없었다. 서화는 뭔가에 홀린 사람처럼 휴대폰 충전기와 카드 지갑 그리고…….

내가 이걸 왜 가져 왔을까.

얼마 전, 지한의 생일 선물을 고민하자 유라가 손수 데리고 간 매장에서 구매한 상품이 쇼핑백 안에 그대로 담겨 있었다. 그러고 보니 이틀만 지나면 지한의 생일이었다. 서화는 저도 모르게 쇼핑백을 꽉 움켜쥐며 전방을 주시했다. 그때 고속도로의 팻말에 적힌 글자가 눈에 띄었다.

"……공항?"

서화는 저도 모르게 깜짝 놀란 얼굴로 운전 중인 지한을 바라봤다. 그가 기다렸다는 듯 씩 웃으며 말했다.

"응. 지금 당장 유럽으로 떠날 거야."

"……어딜 간다고요?"

내가 지금 뭘 들은 거지. 얼이 빠진 서화를 보며 지한이 작게 키득거렸다.

"앞으로 한 시간 후면 이 위를 날아다니고 있겠지."

"⋯⋯그런 말 전혀 없었잖아요. 나 짐도 못 챙겼는데."

"걱정 마. 부족한 거 없이 채워왔으니까."

지한이 룸미러로 뒷좌석을 가리켰다. 족히 30cm는 돼 보이는 캐리어 두 개가 떡하니 놓여 있었다. 저건 또 언제 준비한 거야. 서화는 황당한 얼굴로 지한을 바라봤다. 기다렸다는 듯 그가 덧붙였다.

"길게 있다 오진 않을 거야. 2주 정도 머무를 생각이야."

"그래도 이건 좀⋯⋯. 내가 뭐가 필요할 줄 알고요."

"잠깐 머무는데 거창하게 챙길 필요가 뭐 있어. 네가 집에서 자주 입는 옷이랑, 외투 몇 벌이랑 속옷 몇 개면 충분하지."

"⋯⋯방금 뭐라고 했어요?"

서화의 얼굴이 뻣뻣하게 굳었다. 잘못들은 게 아니라면 분명 그의 입에서⋯⋯.

"어디서 데미지를 입었을까."

지한의 입꼬리가 장난스럽게 휘어졌다. 석상처럼 굳은 서화의 얼굴이 볼만했다.

"주인 취향을 닮아서 그런지 죄다 파스텔 톤이던데."

"⋯⋯세상에."

"그러게. 왜 몰랐지? 보자마자 벗기기 바빠서 그랬나."

"⋯⋯진짜."

서화는 거의 울 거 같은 얼굴이었다. 지한은 픽, 웃으며 룸미러로 실컷 서화의 반응을 감상했다. 쉬지 않고 몸을 섞은 적이 허다

한데, 매번 빨개지는 얼굴을 보는 게 지겹지 않았다.

"그건 뭐길래 꼭 쥐고 있어?"

지한의 시선이 서화의 손에 들린 쇼핑백으로 향했다. 서화는 다급히 쇼핑백을 옆으로 내뺐다.

"아무것도 아니에요."

지한이 더 캐물어 보면 어떡하나 걱정됐지만 다행히 그는 다시 운전에 집중했다. 서화는 한숨을 삼키며 창밖을 바라봤다. 하얀 눈발이 조금씩 휘날리고 있었다.

* * *

지한은 철두철미했다. 서화가 여권을 챙길 여력조차 없다는 걸 미리 알고서 모든 걸 완벽하게 준비했다. 덕분에 서화는 손 하나 까딱하지 않고 비행기에 올라타 스톡홀롬 공항에 무사히 도착할 수 있었다.

짐을 챙기고 밖으로 나오자 매서운 추위가 얼굴을 강타했다. 코끝이 시려 고개를 숙이자 지한이 부드럽게 깍지를 껴왔다.

"조금만 참아. 곧 데리러 올 거야."

"……누가요?"

"지한!"

불쑥 들린 음성에 서화의 고개가 들렸다. 누군가 커다란 차를 대기시킨 채 반갑게 손을 흔들고 있었다. 상대의 얼굴을 확인한 서화의 눈이 커졌다.

"……제이클?"

"오랜만이야. 서화."

그가 달려와 해맑게 웃어 보였다.

"······방금 서화라고."

제이클은 전시회를 끝마치고도 종종 한국에 놀러 온 적이 있었다. 그때마다 서화를 보며 제이클은 '뮤즈' 혹은, 그와 대면하고 흥분을 감추지 못한 유라와 친해진 뒤로 '오써'라고 어색하게 발음하곤 했다. 하지만 방금 제이클의 입에서 흘러나온 건 더할 나위 없이 완벽한 한국어였다.

"요새 한국어 배우는 거에 맛 들여서 난이도별로 클리어하는 중이야."

지한의 상황설명에 서화의 입이 느슨히 벌어졌다. 그래봤자 몇 개월밖에 되지 않았을 텐데, 그새 완벽한 어휘력을 구사하는 게 역시 천재는 남다르구나, 싶었다.

제이클의 친절한 에스코스로 서화와 지한은 차창 밖에 스쳐 가는 풍경을 편안히 감상했다. 뾰족한 산 위를 덮고 있는 눈송이가 아늑하고 아름다웠다. 정말로 겨울이었다.

"우리 어디 가는 거예요?"

서화가 의아한 눈길로 지한을 바라봤다. 그의 목적지가 북유럽인 건 알겠다. 그런데 정확한 종착지에 대해 지한은 입도 뻥긋하지 않았다.

"밥도 먹고 잠도 자려면 묵을 곳이 필요하겠지."

그가 서화의 손등에 제 손을 겹치며 대답했다.

"그러니까 거기가 어딘데요."

"가보면 알아."

대체 어디길래 말을 안 해주는 거지. 불만이 삐죽 솟다가도 금세 스르르 녹아버렸다. 계획 없이 떠나는 여행은 서화에게 처음이었다.

아마 지한을 만나지 않았다면 절대 꿈꿀 수 없을 미래였겠지. 가끔은 어떠한 선로도 만들지 않고 앞을 바라보는 게 숨통을 트이게 할 때가 있다. 생각이 거기까지 닿자 마음이 한결 편안해졌다. 설렘을 느낀 것 같기도 했다. 보이지 않는 미래를 두고 이렇게 두근거린 적이 있던가. 서화는 지한의 단단한 어깨에 기대며 눈을 감았다.

* * *

제이클의 차를 타고 도착한 곳은 하얀 눈밭으로 뒤덮인 노르웨이의 북쪽에 있는 한 숙소였다. 빨갛게 뒤덮인 지붕과 통 원형으로 둘러싸인 상아색의 집이 꼭 TV에서나 볼법한 디자인이었다.

뽀득뽀득, 세상을 뒤덮은 눈을 밟고 올라가자 듣기 좋은 소리가 귓가를 울렸다. 한국에는 아직 눈이 오지 않은 상황이었다. 남들보다 더 빨리 완벽한 겨울을 만끽했다는 것에 서화의 마음이 한껏 들떴다.

"그럼 즐거운 시간 보내. 이왕 불타오르면 더 좋고."

이게 무슨 말이야? 서화는 성큼 뒤를 돌아봤다. 제이클이 가벼운 작별 인사와 함께 다시 운전석에 몸을 실으려 했다.

"제이클은 같이 안 가요?"

옆에 있는 지한에게 묻자 그가 퉁명스레 말했다.

"맡은 바를 다 했으면 눈치껏 빠져줘야지. 제이클은 그런 거 잘 해."

그렇다는 건 이미 그들 사이에 어떤 이야기가 오갔다는 건데. 머리를 굴리기 무섭게 그가 말을 이었다.

"여기까지 오려면 마땅한 운송 수단이 필요했어. 마침 제이클이 이쪽으로 이사를 왔고. 집까지 가려면 한참 더 밟아야겠지만. 뭐, 그건 내 사정 아니니까."

"그럼 여긴 누구 집인데요?"

서화는 주변을 쓱 들러봤다. 겨울 정원에 와 있는 것처럼 눈으로 뒤덮인 높은 산맥과 청명한 남색 밤하늘이 시선을 끌었다. 이렇게 아름다운 곳이 또 있을까. 그래도 가장 마음에 드는 걸 고르라면 눈앞의 이 집이었다.

"내 집."

지한이 기대에 부푼 서화를 보며 말했다.

"아니, 우리 집이라고 해야 하나."

* * *

우리 집이라고?

서화의 머릿속이 복잡했다. 집에 들어선 뒤로 그녀는 심각한 얼굴로 지한의 뒷모습을 주시했다. 그는 쉬지 않고 이곳저곳을 손보는 중이었다. 미리 사람을 써서 집을 청소한 뒤였지만 눈에 거슬리는 곳이 몇 군데 있었다.

그는 가장 먼저 안방과 거실에 있는 벽난로에 미리 준비해 둔 장작을 넣어 불을 지폈다. 화르륵 피어오른 불길이 서화의 눈동자에 일렁였다. 내부는 밖에서 봤던 것보다 훨씬 더 아늑하고 깔끔했다. 너무 크지도, 그렇다고 작지도 않은 모던한 디자인의 부엌과 이어진 거실은 두 사람이 살기에 딱 적당한 크기였다.

서화는 거실과 이어진 발코니에 나가 풍경을 응시했다. 드넓은 호수가 유유히 펼쳐져 있었고, 그 위로 느리게 떨어지는 하얀 눈송이가 녹아 스며들었다.

"실컷 봐둬."

어느 정도 집을 정리한 지한이 손에 끼고 있던 목장갑을 벗으며 다가왔다.

"한동안 또 작업 들어가면 바빠질 텐데."

서화는 전시회를 끝마친 후로 수많은 러브콜을 받았다. 성공적인 데뷔전이었다. 이 기회를 놓칠 수 없다면서, 유미는 합동 작업으로 이름을 알릴 수 있는 스케줄을 건넸다. 서화는 흔쾌히 수락했다. 여러 명이 머리를 맞대고 작품을 만드는 게 쉬운 일은 아니지만 그만큼 성취감과 즐거움도 컸다. 되도록 다양한 시선으로 작품을 만들고 싶었다. 아직 이 스케줄을 지한에게는 말하지 않았다. 그러나 그의 얼굴을 보니 진즉에 알고 있던 모양이다. 서화는 조심스레 목소리를 냈다.

"우리 집이라는 거 말이에요."

"알면서 묻는 거면 내 대답은 예스."

망설임 없는 대답에 서화의 표정이 초조해졌다. 지한이 씩, 웃으며 미간을 찡그렸다.

"누가 대차게 까는 바람에 허수아비로 전락했지만."

"······진짜 집까지 마련한 줄은 몰랐어요."

7개월 전. 유럽으로 향하는 티켓 두 장을 내밀던 지한의 얼굴이 새록새록 떠올랐다. 집과 차, 개인 작업실까지 부족한 게 없을 거라던 그의 말이 진심인 줄은 알았지만, 정말로 이렇게 모든 걸 준비한 상태일 줄은 꿈에도 몰랐다.

"또 심각해졌네."

지한이 서화의 코앞까지 얼굴을 들이밀었다. 그러곤 그녀의 코끝을 살며시 튕겼다.

"너 말이야."

"······."

"내가 여기서 살자고 하면 평생 같이 살 생각은 있는 거야?"

지한의 물음에 서화는 쉽사리 말을 잇지 못했다. 그와 함께 살 의향을 묻노라면 고민할 것도 없이 'YES'였다. 어쩌면 그게 서화의 최종 목표일지도 모른다. 자신의 삶에 지한이 없는 건 상상해 본 적이 없었다. 눈을 감을 때까지 그의 옆에 머무르며 앞으로 남은 일생을 살아가고 싶었다. 그러니······.

"오서화."

낮은 부름에 고개가 덥석 들렸다. 예상치 못한 한 마디가 지한의 입에서 떨어졌다.

"그럴 땐 'No'라고 해야지."

······뭐? 서화가 당황하자 지한은 그녀의 코를 살며시 붙잡아 흔들었다.

"내가 아무리 여기에서 살겠다고 고집해도 쉽게 수락하지 마."

"······왜요?"

이해할 수 없다는 눈을 하자 지한은 드넓게 펼쳐진 호수를 멀거니 바라봤다.

"난 너랑 미래를 함께하고 싶은 거지."

"……"

"네가 내 뜻대로 끌려와 주길 바라는 게 아니야."

서화의 표정이 멍해졌다. 미래를 함께하는 것. 문득 얼마 전 만난 유라와 은정과 나눈 대화가 머릿속을 스쳐 갔다.

'근데 겸임이랑 평생 살 셈이야?'

서화는 망설이지 않고 고개를 끄덕였다.

'응. 그 사람이 헤어지자고만 하지 않는다면.'

'그게 뭐야. 네가 헤어지자고 할 수도 있는 거잖아.'

'……그럴 일 절대 없어.'

'오써, 너. 모든 걸 겸임한테 맞추고 있는 건 아니지?'

서화는 생각했다. 그게 나쁜 건가. 지한이 웃으면 그녀도 웃었고, 지한이 행복하면 그녀도 행복했다. 그를 위해서라면 뭐든 할 수 있을 것만 같았다.

'겸임. 좋은 사람이지. 보기 드문 진짜 어른이고. 하지만 서화야.'

잠자코 대화를 듣고 있던 은정이 나긋하게 서화를 설득했다.

'그렇다고 상대방에게 모든 걸 양보하고 맞추려 하지 마. 그건 너한테도 남자친구한테도 좋지 않아. 지금 당장은 행복할지 몰라도 누군가와 발맞춰 걷는다는 게 생각보다 쉬운 일은 아니니까.'

서화는 조용히 지한의 옆모습을 바라봤다. 겨울바람에 흔들리는 그의 다갈색 앞머리가 마음을 울렁거리게 했다. 착각일까. 늘 말갛던 그의 눈동자가 오늘따라 유독 지쳐 보이는 건.

"왜 나는 안 돼요?"

그래서 충동적으로 물었다.

"서지한 씨는 나 때문에 많은 걸 포기했으면서."

지한의 고개가 느릿하게 돌아갔다. 서화의 얼굴에 보기 드문 불만이 쌓여 있었다.

"서지한 씨야말로 나한테 모든 걸 맞추고 있잖아요. 항상 양보하고, 항상 배려하고."

그가 그녀를 지키기 위해 얼마나 많은 것을 포기했던가. 가끔 그 사실을 외면하지 못하고 정통으로 마주할 때면 가슴 한켠이 사무치게 시렸다.

"내가 꼭……."

"……."

"짐이 된 거 같잖아요."

그래서 솔직하게 말하지 못했다. 지한을 좋아한다고 무작정 배려하지 말라는 은정과 유리에게, 사실 호의를 받는 쪽은 나라고.

"누가 짐이래."

지한의 음성이 한껏 낮아졌다. 여기서 멈춰야만 했다. 그러나 서화는 파도처럼 넘실대는 감정을 억누르지 못했다.

"근데 왜 그래요. 나한테는 이기적으로 굴어도 좋다면서 왜 서지한 씨는 한 번을 그러질 못해요?"

"오서화."

"내가 그럴 그릇이 못 돼서?"

"그만해."

"……역시 그럴 줄 알았어요."

"하."

지한이 한숨을 흘리자 서화의 심장이 크게 덜컹거렸다. 가슴 한구석이 선득해진 기분. 은연중에 알고는 있었다. 그가 해준 것을 지금 당장 갚기엔 자신은 턱없이 부족한 사람이란 걸. 그런데 막상 그 사실을 맞닥뜨리자 눈물이 날 것만 같았다.

"잠깐 나한테 생각할 시간을 줘."

서화의 얼굴이 돌이킬 수 없을 만큼 하얗게 질려갔다. 믿을 수 없었다. 몇 번이나, 방금 지한이 했던 말을 곱씹고 나서야 상황의 심각성을 자각했다.

"……알겠어요."

그래봤자 할 수 있는 말은 고작 이게 전부였다. 이 순간에서조차 아이처럼 떼를 쓰고 싶지 않았다. 지한을 뒤로 하고 서화는 발코니에서 나와 안방으로 들어갔다. 달칵. 문을 닫고 나서야 그녀의 몸이 위태롭게 스르르, 주저 내렸다.

"……무슨 짓을 한 거야."

서화는 무릎을 끌어안으며 그 위에 얼굴을 묻었다. 혹시나 지한이 헤어지자고 하면 어떡하나. 사실 자신과의 이별을 그는 예전부터 생각하고 있었던 게 아닐까. 시간이 흐를수록 불안감이 무서운 속도로 증폭됐다.

홀로 방 안에 남아 타오르는 벽난로를 멍하니 바라보고 있을 때였다. 똑똑똑. 가벼운 노크와 함께 철컥, 문고리가 돌아갔다.

"배 안 고파?"

지한이 모습을 드러내며 다가왔다.

"밥 먹으러 가자."

서화는 꿈쩍도 하지 않았다. 아무렇지 않은 얼굴로 그를 볼 자신이 없었다.

"나한테 할 말 있던 거 아니었어요?"

여전히 벽난로에 시선을 고정한 채 물었다. 그러자 지한이 서화의 앞을 막아서며 몸을 숙였다.

"그래, 꼭 전할 말이 있었지."

"……"

"그 말 하려고 여기 온 것도 있으니까."

서화는 불쑥 고개를 들어 지한을 바라봤다. 원망스러운 감정이 그득, 그녀의 눈동자에 차올랐다. 어서 말해보라는 눈빛에도 지한은 성급하게 굴지 않았다. 그저 서화의 손을 부드럽게 잡으며 그녀를 일으킬 뿐이었다.

"그 전에 배부터 채우고. 그런 다음 말해줄게."

* * *

지한이 미리 준비해 둔 차를 타고 두 사람은 북유럽의 파리라고 불리는 '트롬쇠'로 향했다. 예약을 해뒀는지 서화는 인근 레스토랑에 어렵지 않게 착석할 수 있었다. 준비한 음식이 나오자 지한이 앞접시를 서화의 앞에 내려놓았다. 그러나 서화는 쉽사리 포크를 손에 쥐지 못했다. 입맛이 없었다.

"먹어. 여기서 잘 챙겨 먹어야 가서도 버틸 수 있어."

"……할 말 있다면서요."

차를 타고 이곳에 오기까지 서화의 머릿속은 온통 지한이 내뱉지 못한 한 마디뿐이었다. 해결되지 못한 실마리를 쥔 사람처럼 불안한 눈으로 그를 주시했다.

"오서화."

"……."

"네가 무슨 생각을 하는지 알 거 같은데, 그럴 일 절대 없어."

어둡게 가라앉아 있던 서화의 눈동자가 희미하게 일렁였다. 지한이 단호히 쐐기를 박았다.

"너랑 헤어지겠다고 마음먹은 적 단 한 번도 없어. 앞으로도 쭉 그럴 거고."

"그럼 왜……."

생각할 시간을 달란 거냐며 서화가 눈으로 물었다. 지한은 팔짱을 끼며 그녀를 빤히 주시했다.

"내가 지금 좀 떨리거든."

"……떨리다뇨?"

그런 것치고 지한의 상태는 평온해 보였다. 그의 말투, 숨소리 하나에도 온 신경을 곤두세우는 서화와 달리 그는 지극히 태연했다.

"너한테 꼭 보여주고 싶은 게 있어."

지한은 스파게티를 담은 접시를 서화에게 슥 밀며 미소 지었다.

"그전에 이것부터 해치우자고."

서화는 하는 수 없이 스파게티를 돌돌 말아 입안에 집어넣었다. 그제야 지한도 식사를 시작했다.

식사를 끝마치고 나왔을 때는 하얀 눈발이 꽃잎처럼 휘날리고 있었다. 두 사람은 다시 차를 타고 좀 더 북쪽으로 깊숙이 들어갔다. 몇 시간을 달려 인근 해변에 도착하자, 지한은 트렁크를 열고 집에서 가져온 장작을 이용해 모닥불을 지피기 시작했다.

"뭐 하는 거예요?"

서화가 의아한 얼굴로 물었다.

"지금 불을 지피지 않으면 버티기 힘들 거야. 한 시간이 될지, 두 시간이 될지. 아니면 아예 안 나타날 수도 있어."

설마 보여주고 싶다는 게 여기 있는 건가. 서화는 주변을 두리번거렸다. 그러다 멍하니 지평선 너머에 시선을 붙잡았다. 잘 보이지 않았지만, 겹겹이 몰려 있는 자그마한 마을로부터 아늑한 빛이 물줄기처럼 흘러나왔다. 꼭 크리스마스에서나 볼 법한 아름다운 풍경이었다.

그 사이, 완벽히 준비를 끝낸 지한이 세팅한 간이의자에 서화를 앉혔다. 혹여 그녀가 감기라도 걸릴까, 목도리를 손수 감아 주며 준비한 담요까지 무릎에 덮어주었다.

"이런 건 언제 준비했어요?"

서화는 활활 타오르는 불 위로 손을 올렸다. 차갑게 굳은 몸이 천천히 녹아내렸다.

"글쎄. 여길 와야겠다고 마음먹은 순간부터?"

지한이 옆에 앉으며 대답했다. 그는 보온병에 미리 챙겨온 핫초코를 종이컵에 담아 서화의 손에 쥐여 주었다.

"추우니까 쥐고 있어."

"대체 뭘 보여주려고……."

"어쩌면 못 볼 수도 있어. 몇 번이나 보기 위해 마음먹고 여길 왔었는데, 단 한 번도 보질 못했거든. 그래도 할 말은 해야지."

서화는 상황 파악이 되지 않았다. 그렇게 아무 대화 없이 한 시간이 흐른 무렵이었다.

"오서화."

지한이 어느 때보다 진중히 서화의 이름을 불렀다.

"나랑 함께하는 미래가 생각보다 행복하지만은 않을 거야."

"그게 무슨……."

"가끔 생각해. 지금 나를 좋아하는 네 마음이 언젠가는 식어가겠지. 그때는 설렘보다 익숙함이 더 많아서 지치기도 하겠지. 어쩌면 그것 때문에 억지로 관계를 유지하려고 노력할지도 몰라."

"서지한 씨."

서화가 다급히 목소리를 냈다. 매서운 칼바람에 코끝이 얼얼해지고 그가 손수 타온 코코아조차 차갑게 식어 손끝에 감각이 없었다. 그게 꼭 이별을 알리는 신호 같아 심장이 거세게 펌프질을 시작했다.

"그래도 네가 내 옆에 있으면 해."

담백하지만 간절한 애원이 귓가를 울렸다. 서화는 눈꺼풀을 느리게 끔뻑였다. 멍한 정신을 일깨운 건 지한의 미소였다. 그가 씩 웃으며 하늘을 바라봤다.

"오늘만큼 운이 좋은 날도 없을 거야."

서화의 시선이 뒤늦게 하늘로 향했다. 한 줄기의 빛이 하늘을 가로지르며 물결처럼 나타났다 사라지기를 반복했다. 그리고 점차 영역을 넓혀가더니, 하늘을 온통 초록빛으로 뒤덮었다.

그러니까. ……오로라였다.

그 사실을 경각하기 무섭게 차가운 감각이 서화의 왼손, 네 번째 손가락에 스며들었다. 다이아몬드가 박힌 반지가 오로라의 빛을 받아 반짝였다. 할 말을 잃어버린 서화를 보며 지한이 고백했다.

"결혼하자, 우리."

"……진심이에요?"

서화는 간신히 목소리를 끄집어냈다. 현실 감각이 없었다. 모든 게 꿈만 같았다. 시야를 뒤덮은 오로라의 향연도, 그보다 더 반짝이는 반지도. 그러나 가장 믿을 수 없는 건 지한의 고백이었다. 결혼하자는 그의 말이 귓가에 박혀 에코처럼 퍼져나갔다.

"그럼 하고 싶다는 말이……."

"살면서 내가 이런 말을 하게 될 줄은 몰랐지."

지한에게 있어서 인생은, 홀로 외로움을 묵묵히 견디는 것이었다. 그러나 서화를 만나 그의 일상에 여러 가지 색깔이 덧입혀졌다. 요즘 그에게 새로 생긴 취미가 있다면 누군가를 기다리는 일이었다. 홀로 집을 지키고 있다가 일을 끝마치고 달려오는 서화를 볼 때면 뜨거운 무언가가 복울대를 지고 올라왔다. 그녀가 보고 싶었다며 품에 안길 때면 살면서 느껴보지 못한 충만함이 가슴을 가득 채웠다. 그 행복을 놓치고 싶지 않았다.

지한은 서화의 손을 제 가슴 위로 가져갔다. 판판한 가슴근육을 뚫고 나온 거센 고동이 서화의 손바닥을 울렸다.

"이제 대답 좀 해주지. 전부터 이 상태라 더는 버티기 무리일 거 같은데."

서화는 울 거 같은 얼굴로 지한을 바라봤다.

"이건 언제 준비한 거예요?"

그가 끼워준 반지 안쪽에 스펠링이 박혀 있었다.

"설마 직접 만들었어요?"

지한은 대답 대신 모닥불을 피우려 착용한 장갑을 벗었다. 서화와 똑같은 디자인의 반지가 그의 네 번째 손가락에 껴있었다.

"이왕 시도한 거 특별하면 더 좋잖아."

반지를 만드는 것은 그다지 어렵지 않았다. 철강, 알루미늄, 플라스틱, 유리 다양한 소재로 작품을 만들어 본 적이 허다했다. 다만 이 세상에 하나밖에 없는 반지를 만들어 보이겠다고 손수 다이아몬드까지 공수해 왔다는 게, 이전이라면 그의 성격상 있을 수 없는 일이었다.

"그래서 하는 말인데, 넌 이 순간을 평생 잊지 못할 거야."

"……지금 협박하는 거예요?"

"아마도? 두고두고 기억나라고 하는 짓이니까."

지한의 목소리가 의기양양했다. 서화는 반박할 수 없었다. 가장 아름다운 절경 아래, 사랑을 속삭이는 남자는 너무도 달콤하며 위험했다. 얼어붙은 서화의 볼을 지한이 부드럽게 감싸 안았다.

"그리고 나도 죽는 순간까지 이 순간을 잊지 못하겠지."

생각해보면 서화와 함께한 모든 추억이 그랬다. 처음 그녀를 본

날부터 지금까지 한 폭의 그림처럼 그의 가슴 속에 담겨 있었다.

"……난 그런 줄도 모르고."

서화의 입술이 파르르 떨렸다. 금세 차오른 눈물이 하얀 볼을 타고 흘러내렸다. 그것을 지한이 손으로 훔치며 못다 한 말을 이었다.

"앞으로 마냥 행복하지만은 않을 거야. 사람 감정이란 게 간사해서 시간이 흐르면 언젠가는 무뎌질 수밖에 없으니까. 네가 좋아하는 내가 때로는 짜증이 날 때도 있을 거고, 화가 날 때도 있을 거야. 서로 의견을 굽히지 못해 등을 돌리고 잠을 잘 때도 있겠지."

"……."

"그래도 네 옆에 있을게."

"……."

"아니."

"……."

"내 옆에 있어 줘."

그의 간절한 고백에 서화는 양팔을 뻗었다. 망설일 거 없이 지한의 품을 파고들며 눈물을 삼켰다.

"좋아해요."

"……."

"처음 만난 순간부터 지금까지. 그리고 앞으로도 내 인생에 이렇게 좋아할 수 있는 사람은 서지한 씨밖에 없을 거예요."

감정이 시간에 무뎌지는 것일지라도 서화는 확신할 수 있었다. 이 남자를 좋아하지 않는 날은 절대 찾아오지 않을 거라고. 매 순

간 사랑받고 있음을 느끼게 해주는 사람. 서화가 그토록 바라는
행복이었다.

* * *

차를 타고 집으로 돌아가자 어느덧 시침이 새벽 열두 시에 닿
아 있었다. 새로운 하루의 시작 속에서 두 사람은 입을 맞추었다.
씻고 나오기 무섭게 서화는 지한의 목에 매달렸다. 갈급하게 서
로의 입술을 훔쳤다. 입고 있던 잠옷이 바닥으로 집짝처럼 떨어
져 나갔다.

두 발이 활활 타오르는 벽난로 앞에 닿은 순간, 지한은 숨을 멈
추며 시선을 내렸다. 반면 서화는 속옷만 입고 있는 하얀 몸을 양
손으로 가렸다. 그래봤자 한 줌에 불과했다. 꽤 파격적인 디자인
의 속옷은 그녀의 속살을 가려주기는커녕 얇은 망사를 뚫고 비추
는 하얀 살결을 더욱 노골적으로 보이게 했다.

"······생일, 축하해요."

"뭐?"

지한은 웃음이 터지려는 걸 참으며 서화를 내려다봤다. 부끄
러워 몸이 발갛게 달아오른 주제에 하는 말이 생일 축하한다니.

"그게······."

서화는 민망함에 발끝을 모으며 말했다.

"갑자기 오는 바람에 생일 선물을 준비하지 못했어요."

"이미 준비한 게 아니라?"

지한의 두 눈이 느릿하게 서화의 머리부터 발끝까지 훑어 내

렸다.

"이건 유라가……."

"그래. 작정하고 널 꼬셨겠지. 내 생일 선물로 이만한 게 없다면서."

"어, 어떻게 알았어요?"

당황한 서화를 지한은 능숙하게 끌어당겼다. 섬세한 손끝이 허리춤을 살살 어루만지자 흐읍, 하고 배에 힘이 들었다. 그가 씩 웃으며 서화의 양손을 손쉽게 머리 위로 올렸다.

"이제껏 노유라가 한 짓 중에 가장 마음에 드네."

"……보, 보지 말아요."

서화는 고개를 저으며 시선을 바닥으로 떨어트렸다. 차마 맨정신으로 지한을 마주할 자신이 없었다. 유라 말을 듣는 게 아니었는데. 지한의 정신을 쏙 빼놓을 선물이 될 거라며 무작정 속옷 코너로 끌고 갔을 때부터 알아봤어야 했다.

'원래 가장 아름다운 조각상은 맨 마지막에 등장하는 거야.'

조각상은 무슨. 온몸이 발갛게 물들어가는 걸 보고 놀리지 않으면 다행이었다. 나긋한 음성이 떨어진 건 그때였다.

"예뻐."

서화가 화들짝 놀라며 고개를 들었다. 지한이 부드럽게 웃으며 그녀의 이마에 살며시 입 맞추었다.

"더없이 완벽한 선물이야."

멍하니 서 있기를 잠시.

"앗……!"

그가 서슴없이 서화의 목에 입술을 묻었다. 따스한 숨결이 척추를 타고 흐르자 절로 호흡이 가빠졌다. 지한은 그 틈을 노려 좀 더 입술을 내렸다. 촉, 촉, 부드러운 마찰음이 귓가를 울릴 때마다 서화의 허벅지가 움츠러들었다.

탁한 눈으로 천장을 바라봤다. 몇 번을 겪어도 익숙해지지 않는 감각이 불씨를 피우며 갈증을 몰고 왔다. 지한의 입술이 가장 은밀한 곳에 닿자 서화는 반사적으로 눈을 내렸다. 남자의 장난스러운 미소는 감촉같이 사라진 뒤였다.

그녀의 허벅지를 붙든 커다란 손 위로 핏줄이 곤두섰다. 그가 얼마나 깊은 열망에 시달리고 있는지를 알 수 있었다. 그런 남자를 서화는 빤히 바라보았다. 등 뒤로 타오르는 벽난로의 불길처럼 남자의 눈동자는 뜨거웠다. 오직 자신을 갈구할 때만 드러나는 욕망이었다. 서화는 지한의 머리칼에 손을 집어넣으며 애원했다.

"……더."

"……."

"더 깊이 와줘요."

지한은 숭배하는 여왕을 모시듯 서화의 허벅지에 잔 키스를 흩뿌렸다. 긴 손가락은 그녀가 애써 준비한 속옷 사이를 파고들어 단숨에 끌어 내렸다. 가장 습한 곳이 드러나자 그는 망설이지 않고 얼굴을 묻었다.

"하……."

아득한 신음이 서화의 입술을 타고 흘렀다. 그녀는 지한의 단단한 어깨를 짚으며 그가 선사하는 쾌감을 고스란히 받아냈다. 마침내 그의 것이 빠듯하게 뚫고 들어오자 이상하게도 안도감이 폐부에 밀물처럼 차올랐다.

"……죽을 거 같은데."

열기에 젖은 눈으로 그를 바라봤다.

"……좋은 건 뭘까요."

항상 그랬다. 그와 한 몸처럼 맞물리면 꽉 찬 포만감에 질식할 것 같다가도 더 큰 쾌락을 원하게 되곤 했다. 그 갈망을 채워주듯 지한은 그녀의 양 허벅지를 자신의 허리에 감았다. 하얀 엉덩이를 단단히 받치며 걸어 나가자 그의 열망이 끝도 없이 밀려들어 왔다. 아득한 서화의 얼굴을 보며 지한은 나긋이 속삭였다.

"사랑이겠지."

사랑. 그것만으로 모든 게 설명되는 이 순간.

서화는 남자의 목을 꽉 끌어안았다. 한동안 질척이는 소음이 거실에 울려 퍼졌다. 살과 살이 부딪칠 때마다 강한 쾌락이 몸 구석구석에 퍼져나갔다. 오늘이 마지막인 것처럼 서로를 끌어안았다. 소파, 탁자, 침실, 식탁. 장소 가릴 거 없이 뜨거운 흔적을 남겼다. 카펫에 누운 서화가 지한의 밑에 깔려 숨을 허덕일 때였다. 농밀하게 움직이던 그의 몸짓이 한껏 가팔라지며 그녀를 더 거칠게 밀어붙였다. 서화는 울 거 같은 얼굴로 그의 팔뚝을 할퀴었다. 이미 그의 몸은 땀으로 흥건히 젖은 상태였다. 활활 타오르는 모닥불이 잔 근육이 도드라진 남자의 등 위를 일렁였다.

"이제 더는……."

서화는 필사적으로 지한에게 매달렸다. 한계였다. 온몸이 부서질 것만 같았다. 발끝에서부터 부글부글 피어오르던 열기가 잠식

할 것처럼 전신을 뒤덮었다. 지한이 입술을 겹쳐오며 혀를 거칠게 얽어왔다. 동시에 서화의 드높은 교성이 그의 입안에서 아득히 부서져 내렸다.

* * *

관계가 끝이 난 후, 두 사람은 카펫에 누워 담요 한 장만을 덮고서 서로를 끌어안았다. 실오라기 하나 걸치지 않고 얽혀 든 다리의 온기가 따스했다.

"이 문구는 무슨 뜻이에요?"

서화는 몸을 돌려 지한과 깍지 낀 손을 바라보았다. 새삼 반지에 적힌 문구의 뜻이 궁금해졌다.

"불어 같은데."

"결혼해주면 알려줄게."

뜸 들이는 지한의 태도에 어이가 없다가도, 서화는 실없이 웃으며 다시 그를 마주 보았다.

"나랑 약속하나만 해줘요."

"약속?"

"응. 약속이요."

"뭔데."

서화는 대답 대신 지한의 품을 파고들었다. 그가 기다렸다는 듯이 어깨와 허리를 당겨 안았다.

"이렇게."

"……."

"혹시나 우리가 크게 싸워도 이렇게 내 손을 잡고, 지금처럼 내 등을 끌어 안아줘요."

함께할 미래가 마냥 행복하지 않을 수도 있다. 어쩌면 바보 같은 바람일 수도 있다. 이미 감정이 상할 대로 상한 상태에서 손을 잡고 안아주라니. 그럼에도 그가 자신을 안아준다면 모든 게 풀릴 것만 같았다.

"그렇게 해주면?"

지한이 머리칼을 귀 뒤로 넘겨주며 묻자 서화의 입가가 부드럽게 풀어졌다.

"난 해마다 서지한 씨 생일을 꼭 챙길 거예요. 절대 혼자 보내게 하지 않을 거예요."

유미에게 듣기론 지한은 제대로 된 생일 축하를 받은 적이 한 번도 없다고 한다. 그런 자리를 좋아하지 않는 그의 성향도 있지만, 홀로 지내는 게 익숙한 남자였다.

"그럼 앞으로 컬렉션을 볼 수 있는 건가?"

지한의 시선이 짐짝처럼 널브러진 서화의 망사 속옷으로 향했다. 서화가 얼굴을 붉히며 눈을 흘겼다. 작게 키득거리며 그녀의 입술에 짧게 입 맞추었다.

"기대할게."

"나 잘래요."

서화가 투정 부리며 몸을 돌렸다. 하지만 허리를 부드럽게 감싸오는 손길에 언제 그랬냐는 듯 마음이 사르르 녹아내렸다.

한껏 노곤해진 탓에 서화는 금세 잠에 빠져들었다. 새근새근, 흘러나오는 숨소리를 기분 좋게 듣고 있던 지한은 조용히 서화의 손

에 자신의 손을 얽었다. 그러자 그가 손수 맞춤 제작한 반지가 맞
닿았다. 이제는 두 사람을 이어주는 영원한 증표였다.

[Là où il y a amour, il y a la vie.]
'사랑이 있는 곳에 삶이 있다.'

반지에 적힌 문구의 뜻이었다.

지한은 새하얀 웨딩드레스를 입고 자신을 향해 환히 웃어 보일
서화를 떠올렸다. 상상만으로 가슴이 뻐근해졌다. 비로소 숨을
쉴 수 있게 된 순간, 그는 편안히 눈을 감으며 다짐했다. 앞으로
남은 인생을 함께하게 될 이 사랑스러운 동반자를 무슨 일이 있
어도 행복하게 해주겠다고.

3. 첫 번째 봄

　4개월 후. 온 세상을 하얗게 뒤덮은 눈이 녹고, 마른 가지에 새 싹이 솟아난 어느 따스한 봄날. 계단을 밟고 올라서는 유미의 다 리가 다급했다. 아침 일찍 끝날 줄 알았던 미팅이 예상보다 길어 지는 바람에 늦게 식장에 도착하고 말았다. 아니나 다를까 휴대 폰이 불이 나게 울렸다.

　-어디야? 식 시작한 지 한참 지났는데.

　전화를 건 사람은 오늘 결혼식 사회를 맡은 상원이었다.

　"미안, 미안. 하필 오기로 했던 작가님한테 가벼운 마찰사고가 나는 바람에 미팅이 길어졌어. 길은 왜 이렇게 또 막히는지. 거의 다 왔어요."

　-빨리 와. 곧 끝나겠다.

　유미는 알겠다며 뛰다시피 웨딩홀 안으로 들어섰다. 준비한 축 의금을 건넨 뒤, 야외 식장으로 발을 디뎠다.

　생각보다 더 아름다운 웨딩홀이었다. 초록이 무성한 버진로드 와 곳곳에 세워진 조각상은 그리스 로마 신화의 한 장면을 떠올 리게끔 했다. 지평선 너머로는 푸른 바다가 드넓게 펼쳐져 있었는 데, 한 번씩 불어오는 바람이 가슴을 벅차게 했다.

　"유미 언니!"

　유미를 발견한 유라가 손을 높이 흔들었다. 유미는 최대한 소리 를 죽이며 유라와 은정이 앉아 있는 테이블로 다가섰다.

"다들 오랜만이야. 어떻게, 잘 지냈어?"

"저희야 똑같죠, 뭐. 근데 왜 이렇게 늦었어요? 서화가 언니랑 같이 사진 찍고 싶어 했는데."

유미는 주례사를 받고 있는 서화를 바라봤다. 오프 숄더의 비즈 웨딩드레스가 그녀의 하얀 피부와 한 몸처럼 잘 어울렸다. 꼭 이 세상의 모든 빛이 서화에게 쏟아지는 것처럼, 모두가 그녀에게서 눈을 떼지 못했다.

"그러게. 아쉽다. 뒷모습만 봐도 너무 예쁜데."

두 사람이 결혼한다는 소식을 듣고 이만저만 놀란 게 아니었다. 무엇보다 지한은 결혼과는 거리가 먼 남자였다. 예상과 달리 신부를 바라보는 그의 눈빛은 영화나 드라마에서 숱하게 본 여느 남자배우의 것보다 깊고 단단했다.

"턱시도가 제법 잘 어울리네."

"유미 언니도 곧 가야죠."

"응?"

갑작스러운 화제 전환에 유미의 고개가 돌아갔다. 유라의 두 눈이 호기심에 반짝였다.

"만나는 사람 없어요? 하다못해 이은정도 연애를 하는데."

"어머. 은정이 너, 남자친구 생겼니?"

은정은 가볍게 어깨를 으쓱였다. 어쩌다 보니 그렇게 됐다는 뉘앙스였다.

"말도 말아요. 무려 열 살 연상의 사업가. 심지어 성격은 이은정이랑 완전 판박이에요."

"은정이 닮은 사람이면 좋은 사람이겠네."

"그래서 언니는요?"

오늘따라 유라는 집요했다.

"혹시 없으면 소개 한번 받아볼래요? 서재욱 친구인데, 집안도 빵빵하고 생긴 것도 말끔하고. 저번에 언니네 갤러리 놀러 갔던 날 기억하죠? 그때 첫눈에 반한 눈치더라고요."

유미는 머리를 굴렸다. 유라의 입에서 나올 다음 말은 뻔했다. 적당한 대답이 뭐가 있을까, 고민하던 찰나.

"전에 좋아하는 사람 있다고 했었죠?"

"……."

"설마 아직도 그 사람 좋아해요?"

생각지 못한 물음이 가슴을 파고들었다. 동시에 상원의 우렁찬 멘트가 스피커를 뚫고 터져 나왔다.

"신랑 신부, 행복한 미래를 위하여 행진!"

곳곳에서 박수 소리가 우렁차게 울려 퍼졌다. 하객들의 축복 속에 신랑 신부가 한 발, 한 발 나아갔다. 하얀 꽃잎이 축복하듯 두 사람 머리 위로 눈처럼 떨어졌다. 유미는 그 광경을 멍하니 바라봤다. ……아름다웠다. 수없이 봐온 작품보다 '사랑'을 하는 지한의 얼굴이, 그리고 그에게서 사랑받는 서화의 얼굴이 한 폭의 풍경처럼 유미의 머리에서 떠나가지를 않았다.

* * *

"차성준 씨는 이 자리에 나온 이유가 뭐예요?"

여자는 레스토랑에 들어선 순간부터 불만스러운 표정을 숨기지 못했다. 지금까지 총 세 번의 만남. 고작 식사와 티타임을 가진 게 전부였지만, 그래도 서로에게 호감은 있다고 생각했다. 어차피 집안과 집안끼리의 결혼. 결과는 불 보듯 뻔하지 않나. 그걸 알면서도 눈앞의 남자를 두 번씩이나 더 보겠다고 마음먹은 건 자꾸만 눈길이 가서였다.

남자는 그간 만나온 숱한 이성과는 비교도 안 될 정도로 완벽한 외모를 지니고 있었다. 하지만 그보다 매력적인 건 한결같은 남자의 태도였다. 자신이 가진 재력과 외형이 큰 장점으로 부각된다는 걸 전혀 의식하지 않는 모습이 여자의 가슴에 더욱 불을 지폈다.

"이소라 씨가 원하는 대답이 아니면 어떻게 되는 겁니까?"

"……네?"

여자는 한참 뒤에야 대답했다. 안 그래도 말수가 적은 남자였다. 그게 가끔 불만이긴 했지만, 남자가 입을 열면 언제 그랬냐는 듯 시선이 집중됐다. 귓가에 꽂힌 중저음이 이토록 매력적일 수가 없었다.

"지체하지 않고 본론만 말하겠습니다."

"……."

"내가 이소라 씨를 품고 갈 시 이 회장님의 지분의 70% 이상이 강호에 투자될 겁니다. 그게 그쪽을 만나는 이유입니다."

여자의 표정이 점점 구겨졌다. 반면 성준은 감흥 없는 얼굴로 여자를 바라봤다.

"만나는 남자가 있다고 들었습니다."

"……그, 그걸 어떻게."

"혹 지금 만나는 사람이 질려 다른 남자를 만나게 된다 해도 관여하는 일은 절대 없을 겁니다."

"그러니까 지금 그 말은……."

그녀의 눈 밑이 부들부들 떨렸다.

"그 정도는 다 예상하고 나온 자리일 텐데요."

형식적인 부부 행세를 해야 하는 순간만 제외하면 여자를 만날 일은 없을 것이다. 함께 사는 것은 예정에 없었으며, 같은 침대에서 눈을 뜰 생각은 결코 없었다. 성준이 원하는 건 아내가 아니라 '강호'가 좀 더 높은 위치에 도달하는 데 필요한 조건들이었다. 여자가 가진 배경은 그중 하나일 뿐이었다.

"……내가 뭘 착각했던 거 같네요. 미안하지만 이 만남은 없던 걸로 해줘요."

여자는 나름 마지막 자존심을 내세웠다. 이렇게라도 하면 저 오만한 남자의 얼굴에 최소한 금이라도 갈까 싶어서.

"그러도록 하죠."

하지만 성준은 미련 없이 자리에서 일어났다. 여자는 돌아서는 널따란 어깨를 위태롭게 바라봤다. 꼭 상처라도 받은 것처럼.

* * *

"언제까지 그러고 다닐 거야?"

준택이 못마땅한 눈으로 성준을 훑어 내렸다. 벌써 의미 없는 만남만 몇 번째이던가. 어느 순간부터 성준은 가리지 않고 여자를 만나고 다녔다. 처음엔 심정에 무슨 변화라도 생겼나 싶었다.

이미 한 번 다녀온 몸이라며 그를 흉보는 사람이 아직도 많았다. 결혼식을 앞두고 신부가 도망친 일화 때문에 그는 등장하는 곳마다 입방아에 오르내렸다. 하지만 세찬 풍파와 무관하게 성준을 눈독 들이는 이들은 끊이지 않았다.

너도 이제 나이가 찼으니 새로운 사람을 만나보라는 권유가 화근이었을까. 성준은 평소 거들떠보지도 않던 고위 임원들의 딸이라던가, 혹은 조카라던가, 더 나아나 손녀까지 제약 없이 만나기 시작했다. 그래봤자 이윤을 따지는 자리에 지나지 않았다. 사람과 사람이 만나는 게 아니라, 물건의 가치를 돈으로 매기는 경매와 다를 게 없었다. 그게 준택은 못내 불만이었다.

"내가 언제 회사 이윤 따져가면서 만나라고 했어? 너 좋아하는 사람. 시선이 가는 사람. 자꾸 네 신경을 긁는, 그런 여자를 만나라는 거잖아. 그게 그렇게도 어려워?"

성준은 말이 없었다. 소파에 앉아 준택을 조용히 응시했다.

"회장님은 그런 감정에 전념하면서 회사를 키웠습니까?"

"뭐?"

"사랑에 눈이 멀었다면 지금의 강호는 존재하지도 않았겠죠."

준택의 입이 굳게 다물렸다. 틀린 말이 하나도 없었다.

"어차피 회사를 물려주실 생각이면 한량처럼 사랑 따위에 허덕이는 놈보다 하나라도 더 따져가며 회사 가치를 높이기 위해 고뇌하는 놈이 회장님께는 훨씬 더 이득일 텐데요."

"누가 물려준대?"

준택은 낮게 으름장을 놓더니, 돌연 측은한 눈빛을 내비쳤다.

"너는……."

"......"

"나처럼 살지 않았으면 해서 하는 소리다."

제 어깨에 머리가 닿을까, 말까 했던 어린 아들은 어느새 '강호'라는 커다란 기업을 진두지휘할 만큼 성장해 있었다. 이대로만 나아가준다면 준택이 수십 년을 쏟아부어 이뤄낸 것보다 더 큰 결과물을 기대해볼 수 있었다. 그러나 그만큼 잃을 것도 만만치 않을 것이다.

살아보니 그랬다. 뭔가를 얻기 위해선 뭔가를 내려놔야 하는 게 인생이었다. 그게 준택에게는 사랑과 시간이었다. 적어도 성준만은 남은 삶 전부를 회사에 투자하지 않았으면 했다. 소소한 것에 행복을 느꼈으면 했고, 그 감정이 때로는 인생의 전부가 될 수 있다는 걸 깨우쳤으면 했다.

"덧없는 바람을 품고 계시네요."

성준은 더는 할 말이 없다는 듯 몸을 일으켰다. 그의 긴 두 다리를 붙잡은 건 준택의 일방적인 통보였다.

"다음 주 금요일 여덟 시."

"......"

"세화 호텔이다."

명확한 주어 없이도 얼굴 모를 이성과의 만남이란 걸 알 수 있었다. 성준은 마저 걸음을 옮겼다. 침묵은 곧 그의 수긍이었다.

달칵. 서재 문이 닫히자 준택은 한숨을 길게 내쉬었다.

"쯧쯧, 저런 놈을 누가 품어줄지."

준택은 서재 책상에 올려둔 사진 한 장을 물끄러미 바라봤다. 턱시도를 입은 지한이 그의 사랑스러운 신부, 서화와 마주 보며 활짝 웃고 있었다. 오롯이 사랑으로 피어난 행복한 모습에 준택은 간절히 바랐다.

"이번에는 틀리지 않았으면 하는데."

* * *

비가 내렸다. 봄비였다. 통유리에 달라붙는 빗방울들을 성준은 고요히 감상했다. 약속 시각보다 일찍 장소를 찾았다. 내일 새벽부터 해외 출장이 잡혀 있었다. 시드니와의 협업 공사에서 제대로 된 말뚝을 박냐, 안 박냐에 따라 내년 상반기 매출이 결정된다. 준택의 권유로 이 자리에 나왔으나 그간의 경험상 30분이면 모든 게 끝이 나곤 했다. 이번에는 더 빨리 매듭을 지을 생각이었다.

'너는 나처럼 살지 않았으면 해서 하는 소리다.'

준택의 처연한 음성이 귓가를 맴돌았다. 그러나 성준은 동요하는 기색을 보이지 않았다. 사랑. 그 감정에 허덕이기엔 그는 너무 멀리 와버렸고, 그럴 만한 여유도 없었다. 하물며 그 누구를 만나도 자극받지 못했다.

또각또각, 청량한 굽 소리가 레스토랑 입구에서부터 들리기 시작했다. 약속 상대란 걸 알아챈 성준은 천천히 눈을 들었다. 마침내 눈이 마주친 순간, 그의 시선이 날카로워졌다. 이러한 반응을 예상했다는 듯 유미가 어색한 미소를 머금었다.

"······오랜만이야, 오빠."

그러니까 지금으로부터 일주일 전이었다. 유미는 떨리는 눈으로 높이 솟아오른 담장을 올려다봤다. 대리석으로 탄탄하게 쌓아 올린 저택이 그녀를 반겼다. 강호의 주인, 차준택 회장과 그의 장남 성준의 거처였다.

큐레이터 일을 시작한 후로 유미는 종종 이곳을 방문한 적이 있었다. 평소 차 회장은 예술에 관심이 많은 편이었다. 눈이 가는 그림과 조각상이 있을 때마다 유미를 통해 수집한 적이 빈번했다. 오늘도 그러한 이유로 준택이 선뜻 연락을 취해왔다고 생각했다. 다만 이토록 가슴이 떨리는 건······.

"설마 이 시간에 여기 있겠어."

예상은 적중했다. 성준의 모습은 찾아볼 수 없었다. 바보 같았다. 그를 좋아하지 말자고 다짐한 지가 언제인데, 아직도 '차성준'이라는 이름 세 글자에 신경이 곤두서는지. 스무 살, 그를 처음 본 그날처럼 유미의 시선은 2층 계단으로 향했다.

"갈수록 유미는 분위기가 성숙해지는 게, 참 잘 자랐어."

유미를 서재로 안내한 준택의 입가에 흐뭇한 미소가 걸렸다. 준택이 기억하기로 유미는 지한의 유일한 친구였다. 과제를 한다고 자주 집에 드나들던 게 엊그제 같은데, 벌써 10년이란 세월이 흘렀다.

"자주 찾아뵙지 못해 죄송해요. 대신 회장님이 눈독 들인 작품은 하나도 빼놓지 않고 다 보여드릴 수 있어요. 요즘에는······."

"유미야."

"네, 회장님."

"오늘 내가 너를 여기 부른 건 다른 이유 때문이다."

"다른…… 이유요?"

유미는 잠자코 귀를 기울였다. 준택은 어렵사리 입을 열었다.

"지한이가 그러더구나."

"……."

"네가 전부터 성준이를 좋아하고 있었다고."

유미의 동공이 갈 곳을 잃었다. 심장이 팔딱거리며 손발이 차갑게 식어갔다.

"너만 괜찮다면 성준이랑 만나봤으면 싶은데."

"회장님. 저는……."

"이 늙은이의 못난 욕심인 거 안다. 알면서도 그 녀석이 눈에 자꾸 아른거리니. 언젠간 내가 눈을 감게 되면 성준이 녀석 혼자 남게 될 텐데, 정붙이고 살만한 곳이 하나는 있어야지."

유미는 아무 말도 할 수 없었다. 정붙이고 살만한 곳. 그게 제 자리가 아니란 것쯤은 알 수 있었다.

"지한이 그 녀석, 결혼했다는 소식은 들었다. 애비 얼굴은 영영 찾지도 않을 줄 알았더니. 그저께 대뜸 연락이 와서 신혼여행 중이라는데. 나 원 참……."

준택은 기가 찬다는 표정을 짓다가도 애틋한 눈으로 물었다.

"행복해 보이더니?"

유미는 이번만큼은 확신에 찬 목소리로 대답할 수 있었다.

"아주…… 많이요."

"그럼 됐다. 사진 한 장을 보내준다는데, 잘만 살면 됐지. 그러니 나는 이제……."

성준이 녀석만 거두면 여한이 없겠다며 유미를 설득하기 시작했다. 저택을 빠져나와서야 유미는 반쯤 정신을 차렸다. 당장 휴대폰을 꺼내 지한에게 전화를 걸었다.

"너 무슨 생각이야? 어쩌자고 회장님께 그런 이야기를 흘려."

—아무 생각 없었는데?

"그걸 지금 말이라고 해?"

—싫으면 안 나가면 그만 아닌가.

"뭐?"

—너 알아서 하라고.

"서지한."

—끊어. 서화 두고 나온 길이야.

뚝. 손쓸 새도 없이 끊긴 통화에 유미는 하, 헛숨을 터트렸다. 하지만 금세 복잡한 얼굴로 저택을 바라봤다. 성준을 보며 못내 가슴 설레하던 나날들이 주마등처럼 스쳐 갔다.

"……서지한, 하여간 나쁜 자식."

녀석은 알고 있던 것이다. 그녀가 아직도 성준을 그리워한다는 걸. 혹여 그 걸림돌이 친구인 자신이 될까, 미리 손을 쓴 것이고. 그래서였다. 이미 결말이 정해진 만남이란 걸 알면서도 유미가 성준의 눈앞에 나타난 것은. 제 손으로 직접 끝내본 적 없던 사랑.

누군가 그랬다. 짝사랑에 유일한 장점이 있다면 스스로 끊어낼 수 있는 것이라고. 이번에야말로 직접 이 사랑을, 이 남자를 해결하고 싶었다. 난 아닐 거라고. 난 안 될 거라고. 바보처럼 시도도 하지 않고 포기하고 싶지 않았다. 제 마음의 불씨를 더는 억지로 꺼트리고 싶지 않았다.

"쓸데없는 짓을 벌이셨군."

성준의 낯빛이 어두웠다. 낮게 가라앉은 두 눈만 봐도 그가 단단히 화가 났다는 걸 알 수 있었다.

"네가 나설 자리가 아니야. 돌아가."

"……오빠."

의자를 밀고 일어나는 성준을 보며 유미는 꾹 눌러왔던 감정을 터트렸다.

"……좋아했었어."

"……."

"아니, 지금도 좋아하는 거겠지. 그러니까 이 자리에 나왔겠지."

성준의 표정을 읽기 어려웠다. 그는 항상 유미를 들뜨게 했던 무표정으로 그녀를 직시했다. 꼭 스무 살 때로 돌아간 기분이었다. 유미는 미처 전하지 못한 진심을 10년이 지난 후에야 용기 내 고백했다.

"한 달만."

"……."

"우리 딱 한 달만 만나보자."

* * *

성준은 해외 출장을 끝내고 돌아오자 곧바로 본사로 출근해 남은 일정을 해치우는 데 집중했다. 아침부터 오후 여섯 시까지 쉬지 않고 회의실과 집무실을 드나들었다. 이젠 일상이 돼버린 스케줄이었다. 그러나 요새는 어쩐지 일이 손에 잡히질 않았다.

'우리 딱 한 달만 만나보자.'

충동적인 고백을 던진 후로 유미는 틈만 나면 성준에게 연락을 해왔다. 밥은 먹었냐, 잠은 잘 잤냐. 지극히 평범한 안부 인사였지만, 성준에게는 낯설기만 했다.

'내가 누구와 결혼까지 가려고 했던 걸 알게 되면 그런 소리 못할 텐데.'

차가운 경고에도 유미는 물러서지 않았다.

'알아. 나라고 오빠만 쭉 바라본 것도 아니야. 다른 남자도 만나 봤어. 물론 그게 전부였지만.'

이 정도 상처쯤은 아무것도 아니란 듯 그녀의 태도는 의연했다. 성준이 예상한 가벼운 호기심과는 전혀 다른 감정이었다. 그 속 내를 알게 된 건 준택의 입을 통해서였다.

'널 마음에 담아둔 지가 무려 10년이란다. 그 세월이면 강산도 변한다는데, 눈빛만 봐도 알 수 있더구나. 그 아이는 너에게 진심이야.'

성준은 결재서류를 옆으로 밀어내며 조용히 펜을 돌렸다. 생각에 잠길 때면 나오는 그의 습관 중 하나였다.

송유미. 그 세 글자를 차분히 혀끝에서 굴려보았다. 벌써 수십 번째 반복된 행동이었다. 그에게 유미는 서지한의 친구, 그 이상 그 이하도 아니었다. 좀 더 파고들면, 때 묻지 않은 순수함이 눈에 띄던 아이였다. 유독 저만 보면 볼을 붉히며 시선을 회피하던 모습이 여전히 기억에 남아 있었다. 그것만으로 그녀가 자신을 남몰래 흠모했다는 것쯤은 어렵지 않게 눈치챘다. 하지만 깊은 감정은 아니겠거니, 그저 어린 나이에 가져본 풋내기 같은 사랑이겠거니 가볍게 치부한 성준이었다.

똑똑똑. 가벼운 노크와 함께 권 실장이 모습을 드러냈다.

"손님이 와 계십니다."

"오빠."

권 실장의 등 뒤로 유미가 빼꼼히 얼굴을 내밀었다.

"아직 끝나려면 멀었어?"

함께 영화를 보기로 약속이 잡혀 있었다. 성준의 의사와 상관없이 잡힌 일정이었다. 항상 그랬다. 메시지를 먼저 보내는 쪽도, 가끔 전화를 거는 쪽도 늘 유미였다. 지치면 알아서 돌아서겠지, 예상한 것과 달리 그녀는 틈만 나면 성준의 일상으로 침투했다.

"권 실장은 먼저 들어가 봐요."

"예. 이사님."

권 실장이 돌아가자 성준은 유미를 데리고 지하 주차장으로 향했다. 차에 올라탄 유미는 조심스레 성준의 눈치를 살폈다.

"출장은 잘 다녀왔어? 많이 피곤하지? 정 힘들면 다음에 볼까?"

일주일 넘게 해외에서 일만 하고 온 성준이었다. 지칠 법도 한데, 그는 영화를 보자는 유미의 제안에 별다른 불편한 기색을 보이지 않았다. 연락도 그랬다. 일이 바쁜 사람이라 한 번쯤은 무시

당할 줄 알았는데, 그는 꼬박꼬박 답장을 해주었다. 그래봤자 단답형에 가까운 대답이었다. 하지만 그것만으로 유미는 세상을 다 가진 것만 같았다. 첫사랑을 앓는 소녀처럼, 잠들기 직전 침대에 누워 그와 나눈 문자를 몇 번이나 정독한지 모른다.

"예약까지 해뒀다며."

"응?"

차는 어느새 영화관 입구 안으로 들어섰다. 특별히 실내 상영관이 아닌 자동차 영화관을 찾았다. 성준이 편히 영화를 관람하길 바라는 유미의 배려에서 비롯된 결정이었다.

간단한 간식거리를 구매한 뒤, 예약한 공간에 주차했다. 유미는 어렵지 않게 라디오 주파수를 고정했다. 주변이 어둑해지며 스크린에 영화의 한 장면이 떠올랐다. 좋아하는 장르가 있냐는 물음에 성준에게서는 '딱히 없다.'라는 딱딱한 대답이 돌아왔다. 그마저도 유미는 예상한 바였다. 하루 이틀도 아니고 몇 년을 짝사랑했는데, 그 정도도 모를까. 그래서 무난히 볼 수 있는 블랙 코미디 스릴 영화를 택했다.

첫 장면부터 총을 쏘고 다니는 난투극이 벌어졌다. 관객의 시선을 압도하기에 충분한 씬이었다. 단 한 사람만 제외하고. 유미의 신경은 온통 성준에게로 쏠려 있었다. 그의 차를 타서일까. 성준이 가지고 있는 특유의 시원한 향기가 가슴을 간지럽혔다. 저도 모르게 그의 날렵한 옆선에서 눈을 떼지 못했다.

"한 가지 이해가 안 가는 게 있는데."

스크린에 고정된 성준의 시선이 예고 없이 돌아갔다. 눈이 마주치며 유미의 심장이 쿵, 내려앉았다. 그 모습을 느긋하게 감상하던 성준이 팔짱을 끼며 물었다.

"내가 왜 좋지?"

손에 들린 과자가 시트에 툭, 떨어졌다. 유미는 호흡을 크게 들이켰다. 심장이 터져 나가기 일보 직전이었다. 쿵쿵쿵. 클럽에서나 울려 퍼질 법한 강렬한 비트가 뼈마디 곳곳을 타고 흘렀다.

"……오빠, 잘생겼잖아."

간신히 내뱉은 대답은 한심하기 짝이 없었다. 성준의 눈이 묘하게 가늘어졌다.

"그게 10년씩이나 품을 만한 이유가 되나?"

"누, 누가 그래? 10년이나 좋아했다고?"

설마 서지한, 이 자식이……. 유미의 얼굴이 발갛게 달아올랐다.

"나 말고 다 알고 있던데."

유미는 문득 울고 싶어졌다. 이미 제 마음을 다 전한 뒤였지만, 막상 성준이 이를 언급하자 못 견디게 부끄러웠다. 또 한편으론 그가 부담스러워하면 어쩌나 싶었다.

"내 마음 알아달란 거 아니야. 오빠를 짝사랑한 시간만큼 날 봐 줬으면 하는 건 더더욱 아니고."

성준과 함께 영화를 볼 수 있는 것만으로 큰 축복이었다. 그와 이렇게 눈을 마주치고 대화를 할 수 있을 줄 상상이나 했을까.

"한 달이잖아."

유미의 목소리가 간절했다.

"그 기간만이라도 날 있는 그대로 봐줬으면 해."

성준에게선 긍정의 대답도, 부정의 대답도 들을 수 없었다. 유미의 혀끝에 쓸쓸함이 맴돌았다. 여기서 더 바라면 안 되는 걸 아는데, 욕심이 생겨나는 건 어쩔 수 없었다.

"식당 예약해뒀어."

유미의 시선이 번뜩 들렸다. 성준이 그녀의 손에 들린 과자를 눈 짓하며 무심히 덧붙였다.

"적당히 먹어둬. 헛배 차기 전에."

마치 어린아이를 꾸짖는 듯한 투였다. 유미는 입술을 말아 물며 정면을 바라봤다. 두 손은 부지런히 과자 봉지의 입구를 말아가는 중이었다. 묵묵히 지켜보던 성준의 시선이 가느다란 어깨를 타고 유미의 얼굴에 닿았다. 그녀의 귓불이 붉게 물들어 있었다.

* * *

성준이 예약한 식당은 셀럽들에게도 평소 인기가 좋은 곳이었다. 최소 일주일 전부터 미리 연락해야지 겨우 한자리를 얻을 수 있을까 말까였다. 그가 바쁜 와중에도 식당을 직접 알아봤다는 것에 유미는 들뜬 마음을 억눌러야 했다. 그뿐인가. 그가 스테이크를 먹기 좋게 자른 뒤 접시를 제 앞에 내려놓았을 때는 바보처럼 활짝 웃을 뻔했다.

어떻게 식사를 마친지도 모르고 그의 차에 올라탔다. 유미가 사는 신축 오피스텔이 보이자 성준은 서서히 속도를 줄이며 그녀가 내리기 편한 곳에 차를 정차했다.

"들어가 봐."

그의 작별 인사에도 유미는 좀처럼 몸을 움직이지 못했다. 무언가 할 말이 있는 것처럼 입술을 맞붙었다 떼기를 반복했다.

"하고 싶은 말이 뭔데."

결국 성준이 먼저 입을 뗐다. 제 허벅지만 보고 있던 유미가 조심스레 눈을 들어 성준을 바라봤다.

"아까 그랬잖아. 오빠 왜 좋아하냐고."

순전히 이해되지 않아 던진 질문이었다. 어렸을 때부터 성준을 어려워하는 사람이 많았다. 어린아이와 어른, 가릴 거 없이 그에게 다가가기조차 쉽지 않아 했다. 성준은 자신이 사랑받기 힘든 성격이라고 막연히 생각했다. 구김살 없이 타인과 잘 지내던 지한과 달리 성준은 언제나 혼자였다. 그래서일까. 새삼 이 순해 빠진 여자의 진심을 알고 싶어진 건.

재미도, 애정도 느낄 수 없는 자신을 왜 좋아하는지. 대가 없는 관심과 사랑을 받아본 것은 성준에게 처음 있는 일이었다.

"좋아하는 데에 이유가 어디 있어."

차 문고리를 잡은 유미의 손에 힘이 실렸다.

"그냥 오빠가 좋으니까."

"……."

"좋은 사람이니까 좋아하는 거지."

달칵, 문이 열리며 유미의 몸이 조수석을 빠져나갔다. 죽을힘으로 오피스텔 계단을 밟고 올라가던 그녀는, 돌연 몸을 돌려 다시 성준의 앞에 나타났다.

"오늘 즐거웠어."

짧은 인사와 함께 유미의 입술이 성준의 왼쪽 볼에 닿았다 떨어졌다. 느낌을 자각할 새도 없이 그녀가 서둘러 달아났다.

"……미쳤나 봐."

현관에 들어서기 무섭게 유미의 몸이 스르르, 내려앉았다. 그녀는 화끈거리는 입술을 양손으로 급히 틀어막았다. 충동적인 입맞춤이었다. 성숙하게 성준을 대하자면서도 좀 더 그와 가까워지고 싶다는 욕망이 기어코 그녀의 등을 떠밀었다.

"……벌써 이렇게 조절 못 하면 어떡해."

공과 사를 구별 못 한 스스로가 원망스러웠다. 그런데도 싫지 않은 건 왜 때문인지. 유미는 한동안 주체 안 되는 심장을 꾹 붙잡아야 했다.

* * *

시간은 무섭게 흘러갔다. 하루가 고작 24시간이란 게 아쉬울 정도였다.

유미는 여유가 생길 때면 성준의 회사를 찾았다. 성준이 불쑥 차를 끌고 와 갤러리를 방문한 적도 있었다. 그때마다 유미는 떨리는 감정을 감추는 대신 고스란히 얼굴에 드러냈다. 사랑한다면 최선을 다하라는 누군가의 말처럼 진심으로 성준을 대했다. 언젠간 이 순간을 돌아봤을 때 조금이라도 덜 후회하고 싶었다. 그리고 드디어 오늘. 약속한 한 달의 마지막 날이 찾아왔다. 유미는 며칠 전, 성준과 동네 한 바퀴를 돌며 한 가지를 제안했다.

'오빠. 우리 저번에 갔던 카페 기억나?'

디저트가 맛있기로 소문난 곳이었다. 단 음식은 쳐다보지도 않는 성준을 설득해 겨우 찾은 곳이었다. 그날 유미는 어린아이처럼 쉬지 않고 재잘거렸다. 그를 만나면서 가장 기뻐한 순간이었다.

좋았다. 남들이 하는 평범한 데이트를 성준과 할 수 있다는 게. 그래서 다시 한번 그 장소를 택했다.

'다음 주 금요일 여섯 시야.'

'……'

'만약 내가 생각난다면. 자꾸 오빠 눈앞에 아른거린다면 그때 거기서 보자.'

'안 나가면 어떻게 되는 거지?'

성준의 무심한 물음에 유미는 풀이 죽은 채 대답했다.

'……오늘이 마지막이 되겠지.'

우리가 이렇게 마주 보는 건.

'그리고 뭔가 착각하는 거 같은데, 내가 안 나올 수도 있는 거 아니야?'

서운한 마음에 내뱉은 말이었다. 알고 있다. 그럴 일은 절대 일어나지 않을 거란 걸. 성준은 말없이 유미를 내려다보더니, 그녀를 집 앞까지 데려다주었다. 그렇게 그와 헤어졌다.

"실망하지 말자. 충분히 행복했잖아."

유미는 퇴근하기 직전, 거울을 보며 입고 나온 하얀 원피스를 정돈했다. 오늘을 위해 손수 구매한 옷이었다.

"……어린애도 아니고."

"실장님! 큰일 났어요."

유미의 등 뒤로 직원이 부리나케 다가왔다. 거친 숨을 내뱉는 얼굴이 다급함을 담고 있었다.

"무슨 일인데 그래?"

"윤세라 작가님 말이에요."

"작가님이 왜?"

"갑자기 이번 전시회 못 하시겠대요. 위약금이랑 전부 다 책임지겠다면서. 어떡하죠? 대실이랑 다 준비 해뒀는데."

이미 기사까지 나간 마당이었다. 게다가 제니스와 몇 년을 함께한 작가였다.

"전화 돌려봐."

유미는 당황하지 않고 2층으로 향했다. 이런 적이 한두 번이 아니었다. 대개 작가들의 심정에 급작스레 변화가 생길 때에는 몇 가지 이유가 있었다.

"작가님, 저 송 실장입니다."

회의실로 들어간 유미가 연결된 전화를 능숙하게 이어받았다. 통화는 30분가량 지속됐다. 다행히 어렵지 않게 작가의 마음을 돌릴 수 있었다.

"아니, 마지막 작품이 자기 마음에 안 든다고 전시회를 무른다는 게 말이 돼요?"

"원래 예술을 하다 보면 그래. 작품은 곧 작가의 세계라잖아. 모든 시간을 거기에 쏟아붓다 보면 사소한 거에도 예민해질 수밖에 없어. 다음에는 당황하지 말고 작가님 이야기를 들어드려. 그것만으로 위로가 되실 거야."

"감사해요. 실장님 아니었으면 큰일 날 뻔했어요. 근데 약속 있다고 하지 않으셨어요?"

직원의 언질에 유미는 벽에 걸린 시계를 확인했다. 5시 37분. 약속 장소에 도착하기엔 다소 촉박한 시간이었다.

"그럼 나 먼저 가볼게."

"살펴 가세요."

갤러리를 빠져나온 유미는 서둘러 택시를 잡아탔다. 하필 퇴근 시간이 맞물린 탓에 좀처럼 차가 속도를 내지 못했다. 설상가상으로 아침까지만 해도 구름 한 점 없던 하늘에 먹구름이 잔뜩 껴 있었다. 토독. 토독. 빗방울이 하나둘씩 떨어지자 마음이 조급해졌다. 결국 유미는 사거리 하나를 남겨두고 양해를 구했다.

"기사님. 죄송한데, 여기서 내릴게요."

차에서 내리자 콧등에 빗방울이 툭, 떨어졌다. 곧 폭우가 시작될 기세였다. 유미는 개의치 않으며 걸음을 옮겼다. 숨이 턱 끝까지 차오를 때쯤 코너가 하나 보였다. 저곳만 돌면 그토록 바라던 카페가 나타날 예정이었다. 조금만. 조금만 더. 발끝에 힘을 주며 코너를 막 돈 참이었다. 가쁜 숨을 내쉬느라 들썩거리던 유미의 어깨가 거짓말처럼 늘어졌다.

……없다. 성준의 모습이 보이지 않았다. 그의 그림자조차 구경할 수 없었다.

"……알고 있었잖아."

이렇게 될 거란 걸. 알면서도 유미는 쉽게 발걸음을 돌리지 못했다. 그 사이, 굵어진 빗방울이 사선으로 바닥에 꽂혔다. 머리칼이 젖고 애써 준비한 원피스가 축축해진 무렵이었다. 유미의 어깨 너머로 한 남자가 다가왔다. 그와 함께 머리 위로 커다란 장우산이 드리웠다. 유미는 숨을 굳히며 몸을 돌렸다.

"……."

"……."

믿을 수 없게도 성준이 서 있었다. 그가 흠뻑 젖은 유미의 상태를 못마땅한 눈으로 내려다봤다.

"들어가 있지. 왜 여기 서 있어."

유미는 아무 말도 하지 못했다. 꿈은 아니겠지. 허상은 아니겠지. 수십 번, 수백 번 곱씹고 나서야 성준을 제대로 마주했다.

"……지금 온 거야?"

성준은 대답 대신 길가에 세워둔 차를 응시했다. 그는 약속 시간보다 더 빨리 이곳을 찾아 유미를 기다렸다. 그녀가 제시간에 도착하지 않아도 기다리고, 또 기다렸다. 때마침 비가 내리자 근처 편의점에서 우산을 사고 나온 길이었다.

"……내가 안 오면 어쩌려고 그랬어?"

유미의 입술이 파르르, 떨렸다.

"찾아가려고 했어."

"……왜?"

유미는 믿을 수 없다는 얼굴로 되물었다. 성준은 손을 뻗었다. 그리고 유미의 입술에 고인 차가운 물기를 부드럽게 훔쳐냈다.

"사랑받는 게."

"……"

"꼭 나쁘지만은 않아서."

유미를 만난 날이면 한동안 그녀의 잔상이 성준의 머릿속을 떠돌아다녔다. 자신을 바라볼 때마다 총명하게 빛나던 눈빛. 수줍게 붉어지는 양 볼. 그리고 웃을 때마다 살며시 들어가는 보조개는 다음날이 돼서도 떠나가지를 않았다. 한결같은 모습으로 그를 찾아와 한결같은 사랑을 내비쳤다. 그 손길이 성준은 싫지 않았다. 그제야 그는 깨달았다. 어쩌면 누군가의 진심을, 온기를 막연히 기다렸던 걸지도 모르겠다고.

"……거짓말이야."

유미가 고개를 저으며 성준의 목을 와락 끌어안았다.

"내 마음 알아주지 않아도 된다는 거, 내가 오빠를 좋아한 시간만큼 날 봐주지 않아도 된다는 거, 사실 다 거짓말이야. 하루에도 수십 번씩 생각해. 어떻게 하면 나를 바라봐줄까. 나만 바라봐줄까."

빗물인지 눈물인지도 모를 투명한 액체가 유미의 볼을 타고 설새 없이 흘러내렸다. 종국에는 어린아이처럼 펑펑 울며 성준의 품을 파고들었다.

"내가 많이 좋아해 줄게. 지금도 많이 좋아하지만, 앞으로 더, 더, 많이 좋아할 거야."

와르르 쏟아진 그녀의 진심을 성준은 말없이 듣기만 했다. 한 손은 어느새 그녀의 머리를 쓰다듬고 있었다. 세차던 빗줄기가 거짓말처럼 자취를 감추고 태양이 나타났다. 성준은 조용히 우산을 접으며 고개를 들었다. 구름 한 점 없이 하늘이 맑았다. 따스한 햇살이 한 줄기 내려와 성준의 얼굴을 비추었다.

그에게 찾아온 첫 번째 봄이었다.

– 마침 –

작가 후기

　살다 보면 저마다 가슴 속에 '불씨' 하나쯤은 품고 사는 순간
이 찾아옵니다.

　그게 누구에게는 꿈을 이룰 수 있는 원동력이 돼주기도 하고,
또 누구에게는 타인을 향한 미움을 갖게 해 지나친 욕심을 불러
일으키기도 합니다. 〈불씨〉를 쓰면서 그런 다양한 삶과 감정을 보
여주고 싶었습니다.

　그중에서도 '오서화'라는 친구를 쓰면서 진심으로 바랐던 기억
이 납니다. 서화가 가진 상처를 이겨내고 세상에 한 걸음 내디디
기를. 그리고 그녀의 '불씨'가 되어준 '서지한'이라는 친구도 서화
를 만나 과거의 늪에서 벗어나기를.

　무엇보다 이 글을 읽는 모든 독자님의 마음에도 잊고 있던, 혹은
아직 찾아오지 않은 불씨가 활활 피어올라 가슴 한편에 묻어뒀던
꿈과 사랑을 꼭 이뤘으면 하는 마음이었습니다. 그렇게 또 누군가

의 '불씨'가 되어주기를요.

여전히 글을 쓸 때마다 망망대해를 걷는 기분입니다. 길을 잘못 들기도, 헤매기도, 멍하니 멈춰 설 때도 있지만 그래도 '끝'이 있 다는 걸 알기에 그와 함께 새로운 '시작'이 기다리고 있다는 걸 알 고 있기에 저는 아무것도 없는 출발선에서 또다시 새로운 시작을 해보려고 합니다.

다시 만나는 그 순간까지 항상 건강하고, 행복한 일상만 가득 하길 바랍니다.

마지막으로 부족한 글을 세상 밖으로 나올 수 있게 도와주신 쉼 표 출판사 관계자분들께 진심으로 감사하다는 말씀을 전합니다.

2021년 8월 어느 무더운 여름
차해솔 올림

재워주세요

빛나는 결혼

이웃집 악당

얄궂은 선배님

허즈번드

그 남자의 결혼 파트너

짜릿해도 괜찮아

나를 찾는 밤

자고 일어났더니

해주세요!

내안의 악마를 위하여

불순한 동거동락

사심폭발 로망스

갑의 품격

위험한 사내연애

나쁜제안

치명적인 결혼

달콤한 사이코